FEDERHERZ
VERLAG

SOPHIE MOORE

LONDON DEVIL

VERBOTENE LEIDENSCHAFT

London Devil
Verbotene Leidenschaft

Band 3 von 3 einer Reihe

Bildmaterial: Shutterstock
Korrektorat: Elja Janus

Bestellung und Vertrieb: Nova MD GmbH, Vachendorf

ISBN: 978-3-96966-925-9

WIRmachenDRUCK GmbH
Mühlbachstr. 7
71522 Backnang
Deutschland

Federherz Verlag
Süntelstraße 70
31848 Bad Münder
www.federherzverlag.de
Instagram: @federherz.verlag

Für deine Dunkelheit.
Denn in ihr wohnt die Tiefe.

PLAYLIST

Arcade – Duncan Laurence
Waking Up – MJ Cole
Seven Devils – Florence + The Machine
Bang Bang – Asaf Avidan
You Destroy Me – Vast
Power – Isak Danielson
Burn the Witch – Radiohead
Loyal – ODESZA
We Move Easy – Welshly Arms
Devil Eyes – Hippie Sabotage
Fuck You – Silent Child
Sinnerman – Nina Simone
Oh What You Do to Me – Swing Republic

Für Abbies Auftritte:
I Put A Spell On You – Nina Simone
I Just Want To Make Love To You – Etta James

TRIGGERWARNUNG

London Devil – Verbotene Leidenschaft
hat von allem etwas mehr.

Hier laufen die Fäden aus Teil 1 und 2 zusammen. Es gibt noch heißere Leidenschaft, gemeinere Beschimpfungen (sogar auf unterschiedlichen Sprachen), böseren Herzschmerz und ein paar finstere neue Kumpels, die du vielleicht besser nicht kennenlernen möchtest …

Bist du trotzdem noch bereit für Abbies letztes Abenteuer? Gute Entscheidung! Dann schnall dich an und genieß die wilde Fahrt. Sie wird herrlich, versprochen! Und auch ein bisschen teuflisch …

EINS

»In meine Lunge, heiß geliebter London-Mief!« Lilith sah wieder einmal aus wie ein gefeiertes It-Girl in ihrem violetten langen Cardigan und den goldfarbenen High Heels, die so gar nicht wirkten, als hätte man bei ihrer Herstellung an das Londoner Pflaster gedacht.

Sie drehte sich in Richtung Themse und streckte die Arme aus. »Hallo, du lange vermisste kleine grimmige Stadt.«

»Sie ist verrückt«, flüsterte Marc mir zu und legte den Arm um mich. »Und du hast mich viel zu lange mit ihr allein in New York gelassen.«

»Tja, verrückt oder nicht, sie ist eben unsere Lilith.«

Etwas in mir rebellierte.

Komm schon, Abbie! Mach dich locker.

Es überforderte mich, dass sie plötzlich hier waren. Als wären Neo und Trinity aus *Matrix* plötzlich in *Herr der Ringe* aufgetaucht. Deshalb hatte ich auch direkt einen Spaziergang vorgeschlagen. In der Wohnung war es mit ihnen einfach viel zu eng geworden. Ich brauchte, verdammt noch mal, Luft zum Atmen.

Marcs Parfum kam mir aufdringlicher vor als sonst

und der Griff, mit dem er mich an sich presste, unangemessen fordernd.

»Mein Schmetterling«, raunte er und musterte mich forschend. »Ist alles in Ordnung mit dir? Du bist so unentspannt.«

»Es ist verrückt, dass ihr plötzlich hier seid«, erwiderte ich ehrlich. »Ich werde schon noch klarkommen. Gib mir ein paar Stunden.«

O wow, Abigail!

Marc presste die Lippen zusammen und blickte leer hinüber zu Lilith. Ich verstand seine Enttäuschung.

Wenn ich meinem Zukünftigen einen Überraschungsbesuch abstatten würde, wäre das auch genau, was ich hören wöllte.

Ich werde schon noch klarkommen.

Ich war echt ein menschliches Totalversagen.

»Aber ich freue mich natürlich trotzdem, dass ihr hier seid.« Okay, ich machte es nur schlimmer.

Klappe halten, Abigail Summers! Sei einfach nur still!

Marc lächelte freudlos und gab mir einen Kuss auf den Haaransatz. »Schon gut, mein Schatz. Wir haben uns ja auch nicht angekündigt.«

Wie lieb er war. Es tat mir leid, dass er mit so einer grässlichen Person wie mir zusammen sein musste.

»Wann können wir deinen Regisseur denn kennenlernen? Ich bin wirklich unglaublich gespannt auf den übergriffigen Knilch, der meine Frau so durcheinanderbringt, dass sie mir freiwillig monatelang fernbleibt.« Er grinste, meinte es offenbar als Scherz.

Mir blieb das Lachen im Halse stecken und mein Mund war ausgedorrt wie eine Wüste, als ich eilig hervorwürgte: »Er hat sehr viel zu tun aktuell. Ich weiß nicht, ob …«

»Ruf ihn an«, unterbrach mich Marc.

Etwas blitzte auf in seinen stahlblauen Augen und er

beobachtete mich verschlagen wie ein Adler eine Ratte. Er würde sich nicht abwimmeln lassen, ich kannte diesen Blick. Er wollte unbedingt wissen, wer der Mann war, mit dem ich hier in London so viel Zeit verbrachte. Ob er etwas ahnte? Im Moment durchleuchtete er mich wie ein Gepäckscanner.

Irgendein fairer, aber wahrscheinlich extrem dämlicher Teil von mir wollte es ihm hier und jetzt sagen, ihm alles brühwarm servieren, damit er komplett eskalierte, James und mich umbrachte und einfach wieder nach New York flog. Ich hätte alles verdient, was er auf diese Beichte hin mit mir anstellte, definitiv!

Aber mein Großhirn hatte sich ebenso Rays Worte zu Herzen genommen. Ich befand mich in einer Safe Zone, die einfach wieder endete, wenn der Dreh vorbei war. In einer Schutz-Blase, die ich um mich herum aufgebaut hatte. Und es würde vorbeigehen. Die ständigen Gedanken an James, die Träume von den Rosen, das Ziehen in meiner Brust, wenn ich an die letzten Wochen dachte, an den Moment auf der Brücke oder an diesen betörenden Duft seiner Haut, der meine Hormone komplett verrücktspielen ließ.

All das würde verschwinden wie eine fiese Grippe, sobald ihre Zeit um war. Und dann würde ich wieder ich selbst sein. Abigail Summers, die zukünftige Abigail Minor.

»O Gott, ja, bitte, ruf ihn an!« Lilith war mit einem Satz bei mir und nahm mein Gesicht in ihre Hände. Ihre katzenhaft geschminkten Augen funkelten sehnsüchtig. Sie war eine solche Schönheit. »Ruf ihn an, damit ich mir dieses Genie greifen und ihn küssen kann. Mit Zunge, wenn er mitmacht.«

Ein glühender Feuerball rollte durch meine Eingeweide. Quälend langsam wie ein Bulldozer.

»Er ist verheiratet«, sagte ich mit belegter Stimme und

räusperte mich eilig.

»Ach, süß.« Lilith zwinkerte keck und drückte mir einen freundschaftlichen Kuss auf die Lippen. »Das hat andere in meinem Umfeld auch nicht abgehalten.«

Sie streichelte Marc gütig über den Arm. »Entschuldige, bei euch ist das natürlich etwas vollkommen anderes. Was ihr da habt, ist echt.«

Ich biss mir so fest auf die Zunge, dass ich Blut schmeckte.

»Das stimmt, mein Schmetterling, ich habe wirklich Glück mit dir.« Marc drehte den Kopf und küsste mich. Seine Lippen waren fest und schmal dabei.

Krieg dich ein, Abigail!

Gequält lächelnd zog ich mein Handy aus der Tasche und wand mich aus dem Griff meines Zukünftigen. »Ja dann, werde ich es mal bei ihm versuchen, was?« Ich kicherte überzogen und hielt mein Telefon in die Höhe. Marc und Lilith warfen einander verdutzte Blicke zu.

Ich benahm mich wie eine psychisch Gestörte. Das musste aufhören! Jetzt sofort! Sonst schlitterte ich auf direktem Weg in ernsthafte Schwierigkeiten.

Und ich konnte jetzt unmöglich mit James sprechen. Seine Stimme würde mich komplett aus der Bahn werfen. Ich wüsste überhaupt nicht, was ich ihm sagen sollte.

Tja, wenn ihr euch dann alle zu einem munteren Kaffeekränzchen trefft, sollte dir aber auch nicht unbedingt die Sprache wegbleiben.

Ich tat, als würde ich seine Nummer wählen, und ging ein Stück in Richtung Fluss, damit Marc und Lilith nicht hörten, dass ich komplett den Verstand verloren hatte, weil kein Freizeichen in der Leitung erklang.

Das hast du dir alles selbst zuzuschreiben!

Die Stadt wurde bereits vom Abend übermannt und die Themse spielte wieder mit ihren geheimnisvollen bunten Lichtfetzen.

»Geht leider nicht ran.« Ich drehte mich wieder zu den beiden um und zuckte mit den Schultern.

»Dann schreib ihm«, beschwor mich Lilith.

Okay, aus der Sache würde ich nicht herauskommen, egal, was für einen Kinderkram ich veranstaltete.

Ich nahm einen tiefen Atemzug. »Gut, aber dann gehen wir irgendetwas essen, ja?«

»O Gott, die allseits bekannten kulinarischen Abscheulichkeiten Englands können mir eigentlich gern gestohlen bleiben«, sagte Marc lachend und Lilith rempelte ihm in die Seite.

»Sei kein Snob. New York ist jetzt auch nicht unbedingt Italien.«

»Italien? Sieh dir die Italiener doch an. Die sind auch inzwischen komplett zu Pasta und Pizza verkommen.«

»Vielleicht, aber hast du schon mal eine richtig gut gemachte Pasta mit Parmesan gegessen? Das ist der Himmel.«

Hallo, James, lange nicht gesehen, tippte ich inzwischen und löschte es direkt wieder.

Hey, James, wir haben ein Problem. Problem? Welches verdammte Problem denn? War er jetzt mein entrüsteter Verbündeter, weil mein Verlobter überraschend zu Besuch kam?

Jetzt mach aber mal halblang!

Es war wohl an der Zeit, mal wieder ein wenig meine Prioritäten zu ordnen.

06:58 pm

Hallo, James, ich hoffe, es geht dir gut.
Meinst du, du hättest morgen Abend ein wenig Zeit, um mit meiner Freundin, meinem Verlobten und mir essen zu gehen? Überraschungsbesuch …
Abbie

Abgeschickt. Und direkt zugestellt.

O Gott, so eine dämliche Idee! Die dämlichste aller Zeiten!

Mein Bauchgefühl schlug Purzelbäume vor Wut. Das konnte doch nur übel enden. James und Marc waren wie Feuer und Wasser und Lilith würde sich wahrscheinlich auf James stürzen wie ein Raubtier.

Ich beruhigte meinen hektischen Puls. Vielleicht trat auch nichts von alledem ein. Vielleicht würden wir einfach nur wie zivilisierte Menschen an einem Tisch sitzen und zu Abend essen. Und wahrscheinlich – im meiner Ansicht nach besten Fall – hatte James gar keine Zeit. Er musste Breakdowns schreiben, Filmsets ausfindig machen, Schauspieler casten oder feuern, Meetings mit Zeus abhalten und was weiß ich nicht alles tun. Ja, mit Sicherheit hätte er gar keine Zeit für so ein nutzloses Essen.

Der Abend ging ins Land, ohne dass eine Reaktion von James kam. Wir aßen bei einem Nobel-Asiaten, den Marc ausgesucht hatte, und Lilith fragte alle zehn Minuten, ob ich schon eine Nachricht hätte.

Meine Nudelsuppe schmeckte nach Glutamat und Marc beobachtete mich die ganze Zeit über wie ein Raubtier.

»Morgen gehen wir aufs London Eye, okay?«, richtete Lilith an Marc. »Der Blick von da oben ist traumhaft.«

Er wirkte wenig begeistert, wusste aber, dass sie sowieso nicht lockerlassen würde.

»Wie lange dauert dein Dreh morgen, mein Schmetterling?«, fragte er bedächtig und ich nahm einen Schluck Tee.

»Bis zum Nachmittag, denke ich.«

»Gut, ich fahre dich hin und hole dich ab. Wir haben einen Mietwagen.«

»Das ist lieb von dir.« Ich lächelte und spürte seine Hand auf meinem Oberschenkel. Es war vielleicht merkwürdig, aber am liebsten hätte ich das Bein weggezogen.

»Und Lilith fahre ich nachher gleich ins Hotel, damit wir unser Wiedersehen gebührend feiern können, hm?« Seine Finger schoben mein Kleid ein wenig höher und das Blut rauschte mir in den Ohren.

»Hey, du Lüstling wirst dich ja wohl noch etwas beherrschen können«, schimpfte Lilith. »Wenigstens bis ich weg bin. In mir ist ja einiges nicht ganz gerade, aber die perverse Ader, meinen besten Freunden beim Beischlaf zusehen zu wollen, fehlt mir dann doch.«

Demonstrativ fanden seine schmalen Lippen meinen Hals und er flüsterte mir ins Ohr: »Am besten, ich bringe sie jetzt sofort weg, oder?«

Oh, verdammt!

Würde er mich nachher tatsächlich in dem gleichen Bett vögeln, in dem James mich vor ein paar Wochen hatte?

Der Gedanke löste sehr gemischte Gefühle in mir aus.

James hatte noch immer nicht geantwortet, als Marc erst mich in mein Appartement und dann Lilith in seinem geliehenen *Jaguar XF* ins Hotel fuhr.

Wo zur Hölle konnte man sich solche Autos leihen?

Während er weg war, lief ich gehetzt durch die Räume und versuchte mit aller Macht, meine unbegründeten Zweifel über Bord zu werfen.

Marc ist dein Mann!

Du wirst ihn glücklich machen, wie er dich glücklich macht!

Vergiss James!

Verbrenn all deine Bettwäsche und vergiss ihn!

Als es klingelte, machte mein Herz einen unangenehmen Satz. Aber es konnte hier nicht abhauen, so sehr es sich auch bemühte. Es würde weiter in meiner Brust schlagen und all das aushalten müssen, was ich ihm zumutete.

Marc lehnte im Türrahmen wie ein Dandy, als ich ihm öffnete. Er ließ seinen Blick langsam und gemächlich an mir auf und ab gleiten und zog sich den Blazer aus, während er eintrat.

»Magst du diesen Bolden?«, fragte er unvermittelt und mir war, als wäre der Raum in dem Moment etwas kälter geworden.

»Was?«, stammelte ich.

»Ob du ihn magst, den kleinen Bastard, der meint, deine Gedanken manipulieren zu können.«

Oh, zur Hölle, er hatte ja keine Ahnung, *wie* sehr es das auf den Punkt brachte.

»Natürlich mag ich ihn. Sonst würde ich nicht mit ihm arbeiten.«

»Leuchtet ein.« Er umschlich mich, atmete die Haut an meinem Hals und zog mich schließlich mit einem solchen Ruck an sich, dass ich scharf die Luft einsog.

»Dumm für ihn, dass all das hier mir gehört.« Er packte fest meinen Hintern und schob tief und fordernd seine Zunge in meinen Mund. Mit seiner Eifersucht war noch nie zu spaßen gewesen, und dass sie in dem Fall sogar begründet war, durfte er nie erfahren.

Er griff etwas zu grob nach meinem Gesicht und starrte mir in die Augen. Auch diesen Blick kannte ich. Ich war sein Besitz, das hatte keiner infrage zu stellen.

»Ich liebe dich.« Er sagte es fest, es war eher eine Feststellung als etwas, mit dem man jemandem Zuneigung bekundete. »Und jetzt runter auf die Knie!« Er ließ mich los, um in aller Ruhe seinen Gürtel zu öffnen.

Ich rührte mich nicht, wusste genau, was er vorhatte. Er wollte mich dominieren und manchmal gefiel mir das sogar, aber im Moment kam es mir vor wie kranke Psycho-Scheiße, die er nur abzog, um sein Revier zu markieren, und da war ich raus.

»Was ist denn los, mein Schmetterling?« Er kam wieder näher und strich mir gefährlich gefasst eine Haarsträhne aus dem Gesicht. »Wir gehören doch zusammen, oder bist du da inzwischen anderer Meinung?«

Er streifte mir das Kleid vom Körper und öffnete meinen BH. Mein Herz pochte hinter meinen Rippen wie Fäuste gegen eine Tür. Was sollte das hier werden?

»Du hast so gar nicht glücklich gewirkt, als wir dich überrascht haben.« Sein Tonfall war bedauernd, während er seinen Blick über meinen nackten Körper gleiten ließ. »Aber du liebst mich doch, oder?« Seine Stimme war ein Singsang, der mir gar nicht gefiel.

»Natürlich«, antwortete ich.

Eine ganze Weile sah er mir fest in die Augen, glitt mit seiner Hand in meine Mitte und hielt Blickkontakt, während er unsanft zwei Finger in mich schob.

Ich stöhnte auf. Er wusste, welche Knöpfe er bei mir drücken musste, damit ich wieder Butter in seinen Händen wurde.

»Aber ich hasse es, wenn du so ein herrisches Arschloch bist«, raunte ich und er wurde lachend noch rabiater, um sich an meinem Wimmern zu ergötzen.

»Ich muss einfach nur mein Revier abstecken, mein Schmetterling. Jeder Mann muss das.«

Er griff in meinen Nacken und rammte mir fordernd seine Zunge in den Hals, während er sich von seiner Hose befreite.

»Das hier gehört mir«, sagte er in meinen Mund und griff nach meiner nackten Brust. »Und das.«

Ich spürte seine harte Erektion an meinem Schritt, während er mich hochhob und hinüber zum Bett trug.

Er legte mich ab und inspizierte mich mit einem fiebrigen Glanz in den Augen wie ein Stück Vieh, das er im nächsten Moment auf den Grill warf.

Dann kam er zu mir, beugte sich über mich und schob seinen Schwanz unsanft bis zum Anschlag in mich hinein. Ich keuchte und er packte mich, während er aus mir glitt und sich stöhnend wieder in mich schob.

»Du gehörst mir für immer«, wisperte er in mein Ohr und ich wusste nicht, was ich denken sollte.

Er küsste mich nicht mehr und legte offenbar auch keinen Wert darauf, mich zu befriedigen, während er bis zum Anschlag in mir steckte und sich in kleinen harten Bewegungen auf mir zum Höhepunkt stieß.

Verdammt, es war so anders als mit James. Ich hatte keinen Feuersturm im Bauch, nicht den glühenden Wunsch, die Lust in seinen Augen zu sehen, die ich in der Lage war, in ihm zu entfachen, nicht den Drang, ihn festzuhalten und nicht wieder loszulassen. Nichts davon.

Ich wurde einfach nur gefickt, weil ich Marcs Besitz war.

Er zog seinen Schwanz aus mir, spritzte auf meinen Bauch ab und ließ sich zufrieden neben mich aufs Bett fallen.

Liebte er mich denn überhaupt oder verwechselte er da etwas?

»Das war großartig«, keuchte er und streichelte über mein Haar.

Meine Kehle war trocken und meine Augen brannten, während ich mir eine Dusche herbeisehnte. Sein Parfum umgab mich ungewohnt penetrant.

Nein, das war nicht großartig!

Es erschreckte mich, dass ich so dachte, aber ich wusste, wie großartiger Sex sich anfühlte, denn vor wenigen Wochen hatte ich ihn gehabt.

Genau hier.

ZWEI

Während ich neben Marc im Auto saß und wir auf dem Weg zum Set waren, hatte ich mich wieder etwas eingekriegt. Wenn das hier funktionieren sollte, musste ich meinen Kopf von diesem Gedankensturm befreien. Natürlich war Marc wütend auf mich. Ich hatte die Hochzeitspläne platzen lassen, vernachlässigte die Kanzlei, zog mich einfach so für Monate in eine andere Stadt zurück und glotzte nur stumpf und schweigend vor mich hin, wenn er als mein Zukünftiger mir einen Besuch abstattete. Mich würde das genauso rasend machen wie ihn. Und von dem ganzen Rest wusste er zum Glück nicht einmal etwas. Musste er aber auch nicht, denn ich würde es verdrängen und mein Herz wieder für ihn freischaufeln, koste es, was es wolle!

War es nicht menschlich, sich nach dem zu sehnen, was man nicht haben konnte?

Komm schon, Abbie!

Man sollte immer schätzen, was man hat.

Ich musterte sein attraktives Gesicht. Als er es bemerkte, grinste er und streichelte mir über die Wange.

»Du bist noch schöner als vorher, mein Schmetterling.

Irgendetwas in dieser schmutzigen Stadt lässt dich offenbar aufblühen.«

Ein schweres Schlucken fiel zäh in meine Brust. »Hmmm.«

»Oh, schau mal, da vorn sind schon die Tore. Dann muss ich dich jetzt wohl gehen lassen.« Er fuhr den protzigen Wagen in eine Haltebucht und drehte den Oberkörper in meine Richtung.

Ich zwang mich zu einem Lächeln, während er mit den Fingern in mein Haar glitt. »So schön«, flüsterte er und zog mich am Hinterkopf zu sich, um mich zu küssen.

Los, Abbie! Liebe den Mann!

Seine Lippen waren so schmal und starr. War mir das noch nie vorher aufgefallen?

Und warum passierte nichts mehr in mir, wenn er mich küsste? Verflucht, warum konnte nicht einfach alles sein wie früher?

Er hielt mich noch immer fest, als er seinen Mund von meinem gelöst hatte, und blickte mir forschend in die Augen. »Dann kannst du ja jetzt gleich deinen James Bolden fragen, wann er es einrichten möchte, mit der Familie seiner Hauptdarstellerin ein Abendessen einzunehmen.«

Familie.

»Er ist nicht *mein* James Bolden«, korrigierte ich ihn, »und er hat aktuell mit organisatorischem Kram zu tun. Ist wahrscheinlich gar nicht am Set.«

»Zu schade. Sonst hätte ich mir das alles ja gleich mal mit …«

»Marc«, sagte ich scharf, »der Zutritt zum Gelände ist nur Mitarbeitern und dem Cast gestattet. Und hör auf, dich wegen James so zu benehmen. Bitte! Es macht mich wahnsinnig.« Das stimmte. Es machte mich krank, dass er mich immer wieder mit der Nase zuerst auf meine Fehler stieß.

»Okaaay«, erwiderte er langgezogen und hob die

Hände, als hätte ich einen Revolver auf seine Brust gerichtet.

»Verzeih, dass ich mich für deinen Arbeitsalltag interessiere. Ich lasse es in Zukunft bleiben.«

Glatte Lüge! Alles, was ihn interessierte, war James. Und ich verstand es sogar. Ich würde die Frau auch kennenlernen wollen, die ihn so über den Haufen warf, dass er sein restliches Leben hintenanstellte.

Dass jemand neben uns gehalten hatte, bemerkte ich erst, als eine dumpfe Hupe ertönte. Wir drehten beinahe gleichzeitig die Köpfe.

Rays stilvolles Oldtimer-Cabriolet wirkte neben Marcs schnittigem Rennwagen wie das gerade erstmals entdeckte Relikt aus einem historischen Tempel.

Ray selbst sah wieder einmal aus wie der perfekte Gentleman. Der rechte Arm hing locker aus dem Fenster, während er Marc interessiert begutachtete wie ein potentielles Spielzeug.

»Wer ist der Kerl?«, fragte Marc irritiert.

»Ray.« Ich betätigte den Fensterheber und das Glas öffnete sich mit einem Summen.

»Hallo, Süßer.« Rays Mundwinkel hob sich verschmitzt. »So sieht man sich wieder.«

Marc starrte nur verwirrt von mir zu ihm.

»Ging mir am Anfang auch so«, beteuerte ich nachsichtig, »manchmal ist er *der* Ray und manchmal *die* Ray.«

»Aaach.« Marc schien ein Licht aufzugehen. »Gestern im Treppenhaus.«

»Ganz genau. Freut mich, dass auch etwas hinter der schönen Fassade steckt.« Ray beäugte meinen Verlobten unbehelligt weiter. Er stellte ihn auf die Probe, versuchte, ihn in Verlegenheit zu bringen, der alte Fuchs. Und ich war mir recht sicher, dass es ihm gelang. Marc hatte so gar nichts mit Leuten am Hut, die anders waren. Homosexuelle und Travestie-Künstler brachten ihn komplett aus dem Konzept. Alles *wider die Natur,* wie er es nannte.

»Dann hast du jetzt wohl einen neuen Fahrdienst zum Set, mein Engel, was? Hab ich ausgedient?« Rays Blick fand meinen und er zog skeptisch eine Braue nach oben. Er war so viel mehr als nur mein *Fahrdienst,* das wusste er hoffentlich.

»Oh, ich bleibe lediglich ein paar Tage«, lenkte Marc ein. »Ich kann sie auch gern mal für ein paar Stunden abgeben.« Ray sah er offenbar nicht als Gefahr an.

»*Abgeben*?« Ray legte die Stirn in Falten. »Mein Hübscher, ich bin kein Bällebad.«

Ich unterdrückte ein Lachen. So typisch.

»Ich denke, du musst sie nicht *abgeben.* Sie kann schon ganz gut für sich allein entscheiden, ob sie raus spielen kommt. Oder bist du ihr strenger Daddy? Falls ja, vielleicht möchtest du mich adoptieren. Mein Daddy ist nämlich ein Stück Dreck.« O Ray, nicht jetzt bitte! Erspar uns deine abgedrehten Ansagen! Nur das eine Mal.

»Viel Spaß mit Lilith auf dem London Eye.« Ich drehte mich zu Marc und gab ihm einen kurzen Kuss auf die Lippen. Dann öffnete ich die Beifahrertür, um zu unserem Nachbarn ins Auto zu hüpfen.

Marc wirkte noch immer etwas perplex, als mein neuer Fahrer noch einmal kurz die Hupe betätigte, während er langsam an Marcs Geschoss von Leihwagen vorbeizog.

»Was ist mit deinem kleinen Sunnyboy? Hat er noch nie einen richtigen Mann gesehen?«, frotzelte Ray amüsiert.

»Er ist es nur nicht gewohnt, dass jemand so mit ihm spricht.« Ich warf ihm einen tadelnden Blick zu.

»Ach was! Und das, obwohl er sich ein freches Luder wie dich ausgesucht hat?«

Ray hatte recht. Aber bei Marc war ich anders. Er

schüchterte mich ein, genau wie sein Vater. Bei ihm nahm ich mich zurück, straffte die Schultern ein wenig mehr, weil seine Ausstrahlung mich dazu brachte. Mit seinen strengen Blicken, seinen Zurechtweisungen und dem Wissen im Hinterkopf, dass er mich zurück ins Leben geholt hatte. War das nicht ein wenig Respekt wert?

Und ich dankte es ihm, indem ich die war, die er sich wünschte, ganz einfach. Klang das bescheuert? Im Moment kamen mir meine eigenen Gedanken widersinnig und skurril vor. Dabei hatte ich all das nie zuvor infrage gestellt.

»Na ja, eigentlich fordert ihn niemand heraus, nicht einmal ich. Außer seinem Vater vielleicht. Der ist genau wie er, ich kann dir ...«

Ich verstummte, als ich Rays bitteren Zug um den Mund bemerkte. Ja, genau so war ich. Ich redete zu viel, wenn es unangebracht war, und verstummte, wo ich eigentlich reden sollte. *Abbie, du Honk!*

»Dass dein Vater so ein Arschloch ist, tut mir leid«, fügte ich eilig hinzu. Vielleicht hatten Väter in unserem Alter nicht mehr allzu viel Einfluss auf unser Leben, aber es war trotzdem beschissen, keine intakte Familie zu haben. »Willst du darüber reden?«

»Darüber reden ...« Rays Hände verkrampften sich am Steuer.

Als er den Wagen einparkte, räusperte er sich unheilvoll und wich meinem Blick aus. Sein Vater musste wirklich ein komplett verkommener Hurensohn sein, wenn Ray ständig zu Stein wurde, sobald ich ihn darauf ansprach.

»Liebes.« Er stoppte den Motor, zog den Schlüssel aus dem Zündschloss, atmete tief ein und sah mich an. »Es gibt da etwas Wichtiges, das mir schon die ganze Zeit auf der Seele brennt.«

Oha! Was würde jetzt kommen?

»James hat dich doch mit zu Riccardo genommen, richtig?«

»Zu dem Italiener? Ja, großartiger Wein«, meinte ich anerkennend.

»Der Wein ist mir egal. Du hattest etwas von einem Kommentar erwähnt, den er James zugeflüstert hat, erinnerst du dich? Du wolltest ihn mir nicht sagen, weil du kleines Biest wegen meiner Ehrlichkeit geschmollt hast. An diesem Tag war das noch okay. Aber jetzt ist es wichtig.«

»Deiner Ehrlichkeit? Da müsste ich ja jeden Tag schmollen. Und überhaupt, du hast ...«

»Erinnerst du dich an diesen Kommentar?« Ray war ernst. Viel zu ernst. So kannte ich ihn gar nicht. Deshalb verkniff ich mir auch lieber die Frage, wen James denn noch alles zu diesem Italiener schleppte. Und ob es eine Art Auszeichnung darstellen sollte, dass er es mit mir getan hatte.

»Wie kommst du jetzt bitte von den Vätern auf Riccardo?« Ich musterte ihn ratlos. Der Zusammenhang erschloss sich mir nicht. Seine wilden Gedankensprünge machten mich ganz wirr im Kopf.

Rays Kieferknochen mahlten und Sorgenfalten gruben sich in seine Stirn. »Es sind ein paar Dinge geschehen. Kein Grund zur Panik, aber Vorsicht ist die Mutter der Porzellankiste.«

»Ähm. Okay ...« Das verwirrte mich jetzt komplett.

Warum fragte er nicht einfach James? Der hätte sicher mehr darüber zu berichten als ich.

Seine haselnussfarbenen Augen ruhten geduldig auf mir, während ich nachdachte.

»Irgendetwas in der Richtung, die Jungs hätten was gehört ... Es könnte bald so weit sein und sie würden euch helfen. Keine Ahnung. Ich kam mir vor wie in *Der Pate*. Und dann auch noch bei einem Italiener. Ist es rassistisch, wenn ich so rede? Ein Klischee, dass jeder Italiener automatisch bei der Mafia sein muss?«

»Das erklärt einiges.« Rays Gesicht verlor jegliche Farbe. Sie floss einfach so aus ihm heraus und sein Blick wurde starr und kühl.

»Ray?« Kurz hatte ich Angst, ich müsste ihn auffangen, weil er gleich vom Sitz rutschte. »Du bist weiß wie eine Kalk-Wand. Wirst du jetzt etwa ohnmächtig?«

»Lass uns einfach hoffen, dass das, von dem sie da gesprochen haben, nicht eintritt, Abigail.« Sein Mund wurde ein schmaler Strich und ich konnte sehen, wie er sich fassen musste. »Falls du gläubig bist, lass uns am besten beten.« Er schloss die Augen und für eine Sekunde dachte ich tatsächlich, er wolle mit Gott sprechen, aber dann öffnete er einfach nur die Fahrertür und stieg aus.

Ich folgte ihm irritiert. »Sag jetzt nicht, dich sucht die Mafia heim!« Seine merkwürdige Reaktion stürzte mich in Ratlosigkeit.

»Schlimmer.« Seine Kiefermuskeln arbeiteten sichtbar. Ich konnte den Schauer beinahe fühlen, der ihm durch und durch ging. »Also beten, ja? Halleluja, Schwester.«

»Wenn das hilft, auf jeden Fall.«

Ray besaß wirklich ein unsagbares Talent dafür, Dinge, die er fürchtete, ins Lächerliche zu ziehen, und in mir schrillten die Alarmglocken. Was war es, das ihm solche Angst machte? Nur ein paar Worte von Riccardo, ein kurzer unbedarfter Kommentar über seinen Vater. Wie hing das zusammen? Und tat es das am Ende überhaupt oder spann ich jetzt einfach völlig?

Ray zwang sich zu einem Lächeln. »Aber jetzt scheuchen wir mal die dunklen Gedanken davon und lassen wieder Licht herein, verstanden? Noch ist nicht aller Tage Abend. Wie gesagt, kein Grund zur Panik.«

Er setzte die Maske der Unbedarftheit wieder auf, um

sich zu schützen. Eine leise Stimme in mir flüsterte, dass er das schon sehr, sehr oft in seinem Leben hatte tun müssen, um zu funktionieren. Er hatte seine Masken perfektioniert. Sie waren seine Festung.

Als wir nebeneinander die Halle betraten, war Ray wieder in seinem Element. Er wirkte vollkommen gefasst. Irgendein Forscher-Team hatte einmal herausgefunden, dass man sich im Spiegel nur lange genug selbst anlächeln musste, damit das Gehirn tatsächlich dachte, man wäre glücklich. Lustig, aber auch unheimlich.

Ray konnte das mit Bravour.

Sich selbst manipulieren.

Kurz registrierte ich den Fakt, dass irgendwoher alte Blues-Musik kam.

»Aber er ist schon wirklich eine Augenweide, dein Auserwählter«, sagte Ray plötzlich schnurrend. »Ein Gesicht wie aus einem *Kiton*-Katalog und diese Iriden ... Wie das glitzernde Meer in der Karibik.«

Ich verdrehte stöhnend die Augen.

»Was?« Er sah mich an, als hätte ich ihm ein Schimpfwort an den Kopf geworfen. »Ach, waaarte, ich verstehe schon.« Schatten legte sich in seinen Blick. »Manchmal, wenn man etwas sonderbar ist und Sonne nicht ausstehen kann, ist es eben nicht die Karibik, zu der es einen hinzieht, hab ich recht?«

»Was redest du?«

»Dann«, säuselte Ray mir verschwörerisch und nur für mich hörbar zu, »ist es eher die schweigsame Weite der kanadischen Wälder mit all ihren wilden Bestien und Gewitterstürmen, die einen reizt, hab ich nicht recht?«

»In der Karibik gibt es eine Regenzeit«, sagte ich bemüht gleichgültig, als ich mich wieder Ray zugewendet hatte, »und die ist verdammt lang.«

»Ein Jammer.« Ray musterte mich bedauernd. »Deshalb läufst du so beharrlich den Wölfen nach. Sehr unvernünftig.«

Ich schüttelte nur genervt den Kopf. Dämliche Metaphern, die zu nichts führten, und dieser bedeutungsschwere Blick dazu. Irgendwann würde ich ihm heimzahlen, dass er so nervtötend sein konnte.

In dem Moment klang ein Lied durch die Halle, das ich schon ewig nicht mehr gehört, aber immer heißblütig geliebt hatte. Eine willkommene Ablenkung von seinem provokanten Gerede.

»Oh, warte. Hör mal, Ray.« Ich klang aufgeregt wie ein kleines Kind. Es war so großartig, diesen Song zu hören. »Nina Simone. *I put a spell on you.* Wusstest du, dass das Original von Screamin Jay Hawkins ist, diesem impulsiven Verrückten?«

»Na, aber sicher, Liebes. Was alte Kamellen und Verrückte angeht, duellierst du dich eindeutig mit dem Falschen.« Ray lachte.

O wow, Nina Simone ... Diese Frau war eine Göttin. Ihre Stimme trug mich, ließ mich schweben, nahm mich mit an einen anderen Ort.

Fast wie die von Ray, wenn sie im Rampenlicht stand.

Ich legte mich in den Song, sang den Refrain mit, fühlte ihn, und als ich die Augen wieder öffnete, starrte Ray mich an wie vom Donner gerührt.

Die Fassungslosigkeit in seinem Blick erschreckte mich. »Was ist los?«

»Das fragst du noch?« Er zog die Brauen zusammen und schüttelte den Kopf. »Du singst mit einer schmutzigen Soulröhre, für die andere töten würden, und hast es mir bis heute vorenthalten? Schätzchen, du hast eine Stimme wie Annie Lennox. Du könntest direkt mit mir auf die Bühne gehen.«

»Quatsch! Jetzt hör aber auf.« Er brachte mich in Verlegenheit. »Auch nur ein alter, verstaubter Traum von mir, nichts weiter.« Bei dem Gedanken daran lächelte ich versonnen. »Sängerin in einer verrauchten Kellerbar.«

»Ach, tatsächlich?« Ray wirkte mehr als interessiert.

»Ja, tatsächlich. Bescheuert, oder?«

»Träume sind nicht bescheuert, Schätzchen. Höchstens du, wenn du dich nicht von ihnen leiten lässt«, tadelte Ray.

Was war nur los mit diesen Showbiz-Leuten?

Träume, Versprechen, Hoffnungen. All dem zu folgen bedeutete doch unvermeidlich Chaos und Enttäuschung. Und im schlimmsten Fall bekam das Herz einen Riss dabei …

»Sing weiter und ich schwöre, du kannst mit mir machen, was du willst«, raunte es plötzlich herrlich düster in mein Ohr und mein Herz galoppierte aus dem Stand los wie ein Spitzenrennpferd.

Nein!

Ray spitzte tadelnd die Lippen und schimpfte mit fester Stimme: »James, zügle deine Hormone! Da bekommt man es ja mit der Angst zu tun.«

»Du musst das öfter tun«, ignorierte James ihn, als ich mich zu ihm umdrehte.

Was hatte er hier zu suchen? Es war zu früh. Ich war nicht vorbereitet. Nein!

»Was?«, fragte ich stumpf, weil er mich komplett aus dem Konzept brachte.

Gott, er sah so verflucht gut aus. Wild und unaufgeräumt wie immer. Die schönen geschwungenen Lippen, die sich so weich anfühlten, wenn sie auf meinen lagen. Die verlockende Tiefe in den grün gesprenkelten Augen. Und seine Haut roch betörend wie ein streng verbotenes Paradies.

»Singen. Eine Stimme wie deine macht etwas mit den Menschen. Das ist eine Gabe.« Ein kleines Lächeln schwappte über sein Gesicht, während er mich fasziniert betrachtete, als wäre ich ein fremdes Wesen.

Scheiße, verdammt, am liebsten hätte ich ihn in den Arm genommen. Nur weil ich sein Herz näher bei meinem spüren wollte und seinen Atem in der Beuge meines Halses. Ich hätte es getan, wenn es nicht so wahnsinnig unangemessen gewesen wäre.

Wir wollten das nicht mehr.

Keine Nähe mehr.

»Lange nicht gesehen, Abigail Summers.« Etwas in ihm war passiert, das konnte ich deutlich sehen. Etwas Gutes. War tatsächlich ich dafür verantwortlich, dass er diesen Raum leer machte? Falls ja, konnte ich so stolz auf mich sein. Jeden Schubs in die richtige Richtung hatte dieser wundervolle Mann mehr als verdient.

»Ja, lange nicht gesehen, James Bolden.« Verflucht, ich hatte ihn so vermisst. Funktionierte das so? Merkte man diese Dinge immer erst, wenn der, den man sich mit so viel Macht auszureden versuchte, schließlich wieder vor einem stand? Er brachte mich dazu, innerlich zu sterben wie ein verkappter Teenager.

»Na ja, *so* lange war es ja nun auch wieder nicht«, grätschte Ray in unseren sonderbaren Dialog. »Hast du alles vorbereitet für das Meeting, James? Oder muss ich hier wieder nur meine Zeit verschwenden?«

»Hmmm«, knurrte James und musterte Ray in einer Mischung aus Unwillen und der Verschmitztheit eines kleinen Jungen. »Kommst du mit ins Büro?«

»Ich komme gleich nach«, erwiderte Ray streng.

Was war denn jetzt los? Und seit wann gab es hier ein Büro? Jetzt war ich seit Monaten hier und erfuhr immer noch jeden Tag etwas Neues.

»Und wir sehen uns heute Abend beim Essen?«, richtete James an mich, während er sich in Bewegung setzte.

»Du hast nicht zurückgeschrieben.« Ich hob ratlos die Schultern.

»Ich weiß.« Er zwinkerte frech. »Dein Verlobter hat mich kurz aus dem Konzept gebracht. Aber jetzt glaube ich doch, die Sache könnte spaßig werden.«

Mit zusammengepressten Lippen blickte ich ihm nach, während in mir alle Gefühle gleichzeitig einen brutalen Ringkampf absolvierten. *Dein Verlobter hat mich kurz aus dem Konzept gebracht ...*

Als er verschwunden war, zwang ich meinen Puls dazu, sich zu beruhigen.

Spaßig? War das sein Ernst?

Verflucht, worauf hatte ich mich da nur eingelassen?

»Du hast komplett den Verstand verloren, oder?« Ray starrte mich mit großen Augen an. Entsetzt, aber anders entsetzt als vorhin, nachdem ich gesungen hatte. Jetzt schien er eher in seinen Grundfesten erschüttert zu sein.

»Warum denn nun schon wieder?«

»Nicht, dass ich es nicht hätte kommen sehen, aber ...« Er schüttelte den Kopf, hörte gar nicht wieder damit auf und wischte sich über das Gesicht. Seine Stimme wurde leiser und durchdringender, als er etwas näher kam. »Du liebst ihn, Abbie. Und ich kann nur inständig hoffen, dass er dich nicht auch liebt, denn das würde die Katastrophe komplett machen.«

»Ray, nein!« Ich wurde so schlagartig wütend, dass es mich selbst erschrak, und schob ihn unsanft weg von mir. »Verstehst du das jetzt endlich mal?«

»Was soll ich bitte verstehen, hm? Ich habe Augen im Kopf, Miss Summers.« Er verschränkte divenhaft die Arme vor der Brust und wippte mit dem Kopf.

»Es ist überhaupt keine Option, ihn zu lieben, kapiert?«, zischte ich giftig. »Es ist keine Option!«

Verdammt, wir hatten eine Abmachung und die würde ich auch einhalten!

James und ich waren nicht kompatibel.

Und das würde ich meinem Herzen auch noch einprügeln.

»Wenn die Zeit reif ist, werde ich dir von ihm erzählen, Abigail. Und dann wirst du noch einmal neu entscheiden müssen, ob du ihn wirklich lieben willst.« Ray musterte mich wie ein Vater, der sein Kind beim Kiffen erwischt hatte. Tadelnd. Und auch etwas mitleidig.

Ich blitzte nur böse zurück.

Entscheiden ... Als wäre so etwas eine Entscheidung.

Für Ray vielleicht mit seiner rationalen, beherrschten Art. *Wenn die Zeit reif ist ...* Hätte er mir seinen Kram doch schon lange erzählt, aber nein, er musste ja immer so verschissen loyal sein. Im Moment war er einfach nicht hilfreich. Gott, er war so was von nicht hilfreich! Und dass er es wagte, hier etwas von Liebe zu faseln, machte mich rasend.

»Entschuldigt die Verspätung, Kinder«, hallte Zeus' gewaltige Stimme über das Set und von überallher wimmelten plötzlich Menschen, die ich vorher nicht wahrgenommen hatte. Er stürmte herein, umringt von seinen Assistenten wie Beyoncé persönlich. Ja, er war ganz offensichtlich anders als James. James beobachtete, schlich sich an wie ein Wolf und Zeus raste mit Pauken und Trompeten herein wie eine Herde Elefanten.

»Ich bleibe dabei. Pass auf dein Herz auf«, warnte Ray mich und drückte meine Hand ein wenig, bevor er in die gleiche Richtung verschwand, in die James gegangen war.

DREI

»Also, diese Lokalität, die dein ... ähm ... die Bolden da ausgesucht hat, ist nicht unbedingt ein Restaurant«, stellte Marc beim Googeln mit seinem iPhone fest, während wir uns für den Abend fertig machten.

Ja, klar. James war auch kein Typ für steife, piekfeine Restaurants. So gar nicht. Aber das konnte er nicht wissen. Direkt nach dem Dreh hatte ich eine Nachricht mit einer Reservierung für acht Uhr im *Blaze and Bones* in der City bekommen und versuchte, mir die Aufregung nicht anmerken zu lassen.

»Zeig mal her!« Lilith äugte interessiert über Marcs Schulter. Sie sah verboten gut aus mit ihrem engen burgunderroten Kleid, dem perfekten Make-up und dem strengen Zopf. Wie die männerverschlingende Raubkatze, die sie nun mal war.

»Ich verstehe nicht ganz, ob das jetzt schmuddelig oder modern sein soll.« Marc scrollte offenbar durch ein paar Bilder und rümpfte die Nase.

Auch er sah einfach perfekt aus heute Abend in seinem Anzug und mit dem akkurat gelegten Haar und dem Duft auf der Haut, von dem er wusste, dass er mein liebster war.

»Tja, Shabby Chic ist in London der neueste Schrei«, erklärte Lilith und biss sich auf die volle Unterlippe. Sie war sichtlich nervös.

Mindestens so nervös wie ich. Aber aus anderen Gründen. Sie würde gleich ihr größtes Idol treffen, natürlich machte einen das nervös. Ich hoffte einfach nur inständig, das Ganze würde glimpflich ausgehen.

»Wie war es denn auf dem Eye heute?«, fragte ich wie beiläufig und fummelte mir die silberfarbenen Hänger in die Ohren.

»O Abbie, dieser Ausblick. Ich zeige dir später die Fotos. Es war einfach herrlich!«, flötete meine wunderschöne Freundin ganz bezaubert. Schon war sie wieder bei mir und zwitscherte in mein Ohr: »Du siehst Bombe aus. Marc, sieh dir deine Frau an.«

Marc legte sein Handy weg, stellte sich so nahe hinter mich, dass ich seine Wärme spürte, und betrachtete mich lange und anzüglich in dem Spiegel, vor dem ich saß.

»O ja.« Er fuhr mit den Händen über meine nackten Arme. Mein Kleid war trägerlos und machte ein wirklich ansehnliches Dekolletee. Seine Finger spielten mit einer meiner schwarzen Haarsträhnen, die locker über meine Schultern fielen, und er sah mir mit gesenkten Lidern dabei zu, wie ich den Lippenstift auftrug. Violett und samtig, genau wie mein Kleid. »Sei froh, dass Lilith hier ist, sonst würde ich jetzt über dich herfallen.«

Ein Schauer lief mir über den Rücken, den ich nicht richtig einordnen konnte.

»Uuuh«, machte Lilith, »schon klar, Tiger.«

Mein Lächeln schmerzte im Gesicht. »Wir müssen langsam los, oder?«

Lilith sah auf die Uhr. »Gott, ja. Hoch mit euch, ihr

schönen Menschen. Es ist schon fast halb acht. Das Taxi kann auch nicht fliegen.«

Sie scheuchte uns hoch und ich spürte Marcs Blick im Rücken. »Dein Kleid ist sehr kurz, mein Schmetterling«, gab er zu bedenken und fasste mir unverhohlen an den Hintern. »Wenn ihm das auch auffällt, gibt es Ärger.«

Das *Blaze and Bones* war genau, was James liebte. Es machte den Eindruck, als wäre es einem alten Film entsprungen. Ein großer, weiter Raum, in Schummerlicht getaucht, Kerzen auf den Tischen und bloße Backsteinwände, die dem Ambiente einen urigen Touch gaben.

Links von uns zog sich eine lange Bar beinahe bis ans Ende der Räumlichkeit, wo eine kleine Bühne aufgebaut war, die von warmem Scheinwerferlicht beleuchtet wurde.

»Oh, Live-Musik«, freute sich Lilith, während ich die künstlichen Kletterpflanzen an den rohen Wänden betrachtete und die Bilder, um die sie herumzuwachsen schienen. Alte Fotografien von London in Schwarz-Weiß. Ich erkannte den Ausblick von Primrose Hill und musste schlucken.

»Na, ich weiß nicht, ob ich hier auf der Karte etwas finden werde.« Marcs Blick streifte einen Aufsteller am Eingang und er legte besitzergreifend die Hand auf meinen Rücken.

Die Lampen, die aus der Pflanzen-Deko an den Wänden lugten, waren schwarz-golden und verströmten ein gemütliches Licht.

»Ich finde es ganz wundervoll hier«, haspelte Lilith, »irgendwie verrucht. Erinnert mich an früher.«

»Geiz kann man ihm nicht nachsagen«, stellte Marc

fest, während er noch immer die Karte betrachtete. »Der Laden ist wirklich hochpreisig.«

Und sehr gut besucht. Hier versammelte sich ganz eindeutig eher die gehobenere Schicht. Auch wenn das Ambiente urgemütlich war, wirkten wir nicht overdressed. James hatte in all seinem Scharfsinn ein gutes Mittelding gefunden, über das sich am Ende niemand in der Runde beschweren könnte.

»Auf welchen Namen haben Sie reserviert?« Ein junger Typ mit einer Liste trat höflich näher.

Ach ja, London, Stadt der Listen.

Er trug ein weißes Hemd mit dem Emblem des Ladens, aber lässig aufgeknöpft und mit einem Lederband um den Hals aufgelockert.

»Bolden«, erwiderte ich und bemerkte, wie Lilith dabei leicht zusammenzuckte. Sie war so unfassbar scharf auf diesen Mann und das gefiel mir gar nicht.

Wir wurden zu einem runden Tisch weiter vorn bei der Bühne geführt. Er war edel eingedeckt und von flackerndem Kerzenlicht bedeckt. Sanfte Jazz-Klänge umwehten uns stilvoll.

Von James fehlte bisher jede Spur und ich konnte mich ein wenig entspannen. Ganz im Gegensatz zu Lilith, die ihre Nägel in meinen Arm krallte und sich langsam, aber sicher kaum noch im Griff zu haben schien. Das kannte ich überhaupt nicht von ihr. Es machte mich wütend. Keinen Schimmer, wieso.

Wir setzten uns, ich zwischen die beiden, und Marc studierte erneut in aller Seelenruhe die Karte. Diesmal die auf dem Tisch vor uns.

»Falls ich mich zum Affen mache, bitte stopp mich! Falls ich platze, bitte wisch mich auf«, wisperte Lilith in mein Ohr. Okay, die Hyperventilation war nahe.

»Beruhige dich.« Ich streichelte ihr nachsichtig über den Arm. »Er ist einfach nur James, okay? Ein Kerl wie jeder andere.« Das war gelogen. Er war nicht wie jeder andere. Überhaupt nicht.

Und Lilith sah das leider ähnlich. »Ist er nicht. Er ist so etwas wie ein Gott für mich. O Scheiße, warte. Scheiße ... Ist er das?« Das Blut wich ihr aus dem Gesicht und sie starrte in Richtung Tür, als hätte Moses gerade den Ozean geteilt.

»Ja, das ist er«, sagte ich bemüht desinteressiert und auch Marc blickte auf.

James trug ein dunkles Shirt und streifte sich die Motorrad-Handschuhe von den Fingern, während er kurz mit dem Kellner an der Tür sprach. Seine dunklen Jeans waren abgewetzt und die Lederjacke hing über seiner Schulter. Er gab einen Scheiß auf Etikette und sah trotzdem unfassbar gut aus. Oder gerade deshalb?

Als sein Blick meinen fand, zupfte ein kleines Lächeln an seinem Mundwinkel, das direkt in meinem Magen einschlug.

»O mein Gott«, seufzte Lilith wie ein hoffnungsloses Groupie. »Das ist *James Bolden*.«

»Sieht nicht unbedingt aus wie ein Geschäftsmann«, stellte Marc skeptisch fest.

James kam zu uns herüber, beugte sich zu mir herunter, berührte meine Wange flüchtig mit seiner und lächelte. »Guten Abend, Abigail.«

Ich räusperte mich und hätte am liebsten diesen betörenden Duft von mir gewedelt, den sein Körper immer verströmte.

»James«, erwiderte ich betont nüchtern.

»Freut mich. Marc Oliver Minor.« Marc richtete sich ein wenig auf und reichte James die Hand. Er legte viel Wert auf seinen Zweitnamen.

James nickte ihm zu und reichte auch Lilith die Hand. Ihre Augen leuchteten wie die Sonne und erhellten ihre perfekten Gesichtszüge. »Ich ... ich bin so überwältigt.

Ich ... bin ein riesiger Fan. Ihre Filme, Mr. Bolden, ich ...«, stammelte sie sich um Kopf und Kragen und ließ seine Finger gar nicht wieder los. Oje, sie brauchte wirklich dringend einen Drink. So nervös hatte ich sie noch nie erlebt.

»Nenn mich James, okay?« Er befreite sich höflich von ihrem Klammergriff und setzte sich mir gegenüber.

»Okay ... Dann eben *James*. Sehr gern.« Sie sprach seinen Namen aus wie ein Gebot aus der Bibel. Ehrfürchtig. Hauchend. Und ihre Wangen glühten trotz des Make-ups.

Dann stieß sie mich unter dem Tisch so heftig mit ihrem Fuß an, dass es wehtat. Was sollte der Quatsch denn?

Ich verkniff mir einen empörten Blick in ihre Richtung.

»Sie haben es nicht so mit Ausgeh-Garderobe, oder?« Marc musterte James, als wäre er nackt gekommen, und griff demonstrativ nach meiner Hand auf dem Tisch. Er fand es wahrscheinlich respektlos, dass James als Gastgeber nicht in Schlips und Kragen hier aufkreuzte.

»Hmmm.« James musterte meinen Zukünftigen lange und ausgiebig mit leicht schief gelegtem Kopf und lehnte sich dann hörbar ausatmend in seinem Stuhl zurück. »Nur Fassade für Fremde. Und ich mache mir nicht allzu viel daraus, was Fremde von mir denken.«

Marc zog die Brauen nach oben und ich konnte fühlen, wie empört er über diese freche Bemerkung war. Die Leute in seinen Kreisen – in *unseren* Kreisen – sprachen nicht einfach so ungehobelt aus, was sie dachten. Er vertiefte sich kopfschüttelnd wieder in seine Karte. »Natürlich nicht. Wirklich reizend.«

Ich blickte unauffällig vom einen zum anderen. James und er waren das komplette Gegenteil voneinander. Es war schon fast amüsant.

Mein Blick blieb an James' Händen auf dem Tisch hängen. Seine Knöchel waren fast verheilt und das entfachte ein erleichtertes, warmes Gefühl in meiner Magengegend.

Oh, James, deine Wunden werden heilen. Hab nur noch etwas Geduld. Alles wird gut. Eines Tages.

Völlig in Gedanken vertieft betrachtete ich seine tätowierten Unterarme und die schönen Oberarme unter dem dünnen Stoff des Shirts. Seine Schultern und diese perfekten Lippen. Erst als mein Blick auf seinen traf, wurde mir bewusst, dass ich ihn anstarrte, denn sein Blick fing meinen sofort. Er beobachtete mich mit Sicherheit ebenfalls schon eine ganze Weile. Ich räusperte mich erschrocken und wendete das Gesicht zu Marc, der mich anstarrte wie ein makelloser Königssohn, der seine Prinzessin beim Fremdgehen erwischt hatte. *Verdammt.*

»Na, dann erzählt doch mal, ihr beiden. Was wird das für ein Film, der dich hier zum Superstar macht, mein Schmetterling?«

Er griff unter dem Tisch fest nach meinem Schenkel und ich zuckte zusammen.

»Wenn das so wäre, müsste ich wahrscheinlich in London bleiben«, erwiderte ich herausfordernd und sah ihn aus schmalen Augen an. Er spielte schon wieder seine Spielchen und ich konnte das nicht leiden. Nicht mehr.

Seine Hand umgriff mein Bein fester und glitt weiter nach oben. »Ist das so?«, säuselte er und kam meinem Gesicht mit seinem näher.

Ich hob eine Braue und blickte ungerührt zurück.

»Ich würde sie nie wieder gehen lassen«, lenkte James ein und Marc drehte langsam den Kopf in seine Richtung, ein kleines süffisantes Lächeln auf den Lippen.

»Das könnte ich verstehen. Sie ist ja auch einfach wundervoll, hab ich nicht recht? Nur manchmal wirklich ziemlich ungehorsam.« Er schob unter dem Tisch meine Beine wieder zusammen und tätschelte sie. »Aber so sind die Frauen eben, was? Man muss sie ab und zu etwas härter anpacken und die Sache ist geklärt.«

Was redete er da nur? Benahm er sich gerade wie der letzte Widerling, weil er Konkurrenz witterte?

Männer waren doch manchmal so lächerlich.

James sah ihn schweigend an, durchbohrte ihn mit seinem Blick wie ein Schaschlik. Er konnte ihn nicht ausstehen. Und im Moment verstand ich das sogar.

Der Kellner fragte Lilith inzwischen das dritte Mal, was sie trinken wollte, aber sie war zu einer Salzsäule erstarrt.

»Bringen Sie ihr einfach einen Martini«, antwortete ich für sie. »Und mir einen Whisky und ein London Pride, okay?«

»Ein Bier?« Marc starrte mich an, als hätte ich gerade den Verstand verloren.

Schon klar, eine Lady trinkt kein Bier.

Aber vielleicht hatte ich gerade heute besonders viel Lust darauf.

James bestellte sich auch ein Bier und Marc musste natürlich mitziehen. Männer tranken Bier. Frauen nicht.

Leck mich, Marc!

»Wie lange dauert der Dreh denn noch, damit ich weiß, wann ich meine Frau endlich wiederhabe? Was würden Sie schätzen, James?«

Ich hatte gewusst, dieser Abend würde schrecklich werden.

»Wir haben noch einige Szenen zusammen, die wahrscheinlich ein wenig mehr Zeit in Anspruch nehmen. Aber im Großen und Ganzen und wenn alles nach Plan läuft, ist der Dreh in sechs Wochen beendet«, erwiderte James diplomatisch.

»Oh, ihr dreht *zusammen*?«, hatte Lilith wieder ins

Leben zurückgefunden. »Er ist auch Schauspieler? Das hast du mir gar nicht erzählt, Abbie.«

»Hättest du noch früh genug erfahren«, erwiderte ich knapp und sehnte mir meinen Whisky herbei.

»Ja, wir sind ein Team.« James' Blick suchte wieder meinen. »Und ein verdammt Gutes noch dazu.« Seine Stimme klang rau und verdorben.

»Gott, dieser britische Akzent«, gurrte Lilith und stützte ihr Kinn auf die Hand, während sie James lüstern begutachtete. Ja, das Leben hatte sie zurück. Etwas zu sehr, wenn man mich fragte.

»Wie kann ich mir diese *Szenen* denn so vorstellen?« Marcs Körper war sichtlich angespannt.

James stieß ein kleines Lachen durch die Zähne und verschränkte die Arme vor der Brust. »Sicher, dass du bereit für die Antwort bist?« Er hatte Spaß daran gefunden, ihn zu provozieren. Das war nicht gut.

»Ich denke, ich war nie bereiter für etwas, James. Legen Sie los.« Marcs Stimme war eisig.

Ich hätte ja gern einen genervten Blick mit Lilith getauscht, aber sie hing meinem Gegenüber an den Lippen, als wäre er der Dalai-Lama.

James holte aus, lächelte gedankenverloren und sah mich an. Eine ganze Weile, als würde er abwarten, ob er etwas aus meinen Augen lesen könnte. Konnte er nicht. Ich würde ihren Quatsch nicht mitmachen.

Eine zierliche blonde Frau kletterte vorn auf die Bühne, stellte das Mikrofon auf ihre Höhe ein und ließ sich auf dem Hocker nieder.

»Sagen wir es mal so«, begann James. Unsere Getränke kamen. Gott sei Dank! »Ich werde deinem *Schmetterling* nicht die Flügel brechen – es sei denn, sie will es.«

Sein Blick wanderte zu mir, während er seine Flasche hob und mir zuprostete.

»Frecher Mistkerl«, schnaubte Marc.

Ich legte meine Hand auf den Anzugstoff über seinem Arm, um ihn zu beruhigen, bevor er James noch über den Tisch hinweg ansprang wie ein Pitbull.

Keine Ahnung, wer von den beiden den Kürzeren ziehen würde. Marc war hochgewachsen, unnachgiebig und seine rasende Eifersucht konnte ihn zum Tier werden lassen. James war stark, drahtig und scharfsinnig und er trug einen wütenden, dunklen Sturm in sich. Außerdem hatte er eine verdammte Knarre in seinem Schreibtisch.

Ich wollte gar nicht wissen, wie ein Kampf zwischen ihnen ausgehen würde.

Die Musik verstummte und die schmale Frau mit der blonden Mähne stimmte *Feeling Good* von Nina Simone an. Ihre Stimme war genauso zerbrechlich wie sie. Gerade deshalb klang es wundervoll, als das Orchester aus den Boxen einsetzte. Ein interessanter Kontrast.

Und es holte Marc kurz aus seiner Wut.

»Ich bin ja auch gewissermaßen Filmemacherin.« Lilith rückte näher an James heran und nahm einen riesigen Schluck ihres Martini, um locker zu werden.

James blickte ihr interessiert entgegen.

»Darf ich?« Sie rückte ihren Stuhl näher zu ihm und er nickte.

Ich registrierte das alles. Wie sie sich so platzierte, dass er den perfekten Ausblick auf ihre Möpse hatte. Wie sie die Lippen zum Schmollmund formte und wie sie betont lässig mit ihrem Haar spielte. Sie war auf der Jagd. Der immer gleiche Ablauf, bis sie ihre Beute da hatte, wo sie sie wollte. In ihrem Bett, auf einer Motorhaube, wo auch immer es ihr gerade in den Sinn kam. Und James Bolden war wahrscheinlich die beste Beute, die sie je bekommen könnte.

Ich nahm einen großen Schluck Whisky und genoss, wie er sich durch meinen Hals in meine Eingeweide fraß.

»Seit wann trinkst du Whisky, Abigail? Und Bier? Was

macht diese schmutzige Stadt mit dir?« Marc fiel von einer Fassungslosigkeit in die Nächste, aber ich hatte jetzt keine Zeit für seine Allüren.

Lilith strich James wie beiläufig über den Arm, warf ihr Haar zurück und streifte damit sein Gesicht. Ganz zufällig. Sie lachte, beugte sich noch näher zu ihm und flüsterte etwas. Er schmunzelte und die beiden prosteten sich zu.

Verdammter Mist! Ich brodelte innerlich wie ein Vulkan.

Eigentlich liebte ich diese Frau, aber im Moment wollte ich ihr am liebsten den Hals umdrehen.

Und warum?

Warum, Abigail Summers?

Dein Verlobter sitzt direkt neben dir.

»Keinen blassen Schimmer, was sie an ihm findet.« Marc nahm einen Schluck von seinem Bier und beobachte Lilith abschätzig bei ihrer Flirt-Offensive. »Ich finde, er ist ein überheblicher Mistkerl.«

Wenn ich nicht so wütend gewesen wäre, hätte ich gelacht. Das war exakt das, was ich zu Beginn über James gedacht hatte.

Die blonde Sängerin war voll in ihrem Element. Ihre Stimme wirkte vielleicht etwas dünn, aber dafür war ihr gelocktes Haar eine beneidenswerte Mähne. Unglaublich dick. Fast so wie die Luft hier am Tisch.

James stand auf und kam um den Tisch herum. Ich sah es im Augenwinkel, während ich angesäuert an meinem Bier nuckelte.

»Ich hab dich angemeldet«, sagte seine betörend raue Stimme und sein Atem brach sich an meinem Hals.

»Was?« Ich drehte ein Stück den Kopf in seine Richtung und streifte mit meinen Lippen fast seine Wange.

Marc grummelte neben mir irgendeinen Fluch.

»Ich hab dich angemeldet«, wiederholte er, als wäre

ich debil und hätte es beim ersten Mal nicht verstanden. Etwas in seinen tiefen, grünen Augen blitzte verschmitzt und sein Blick verhakte sich vielsagend mit meinem. »Zeig es ihnen, Abbie!« Es war nicht mehr als ein Raunen und ich hatte absolut keine Ahnung, was er jetzt schon wieder ausgeheckt hatte.

»Lass alles raus und puste sie weg!«

Er griff nach meinem Whisky, trank einen Schluck und hielt mir den Rest hin.

»Hey«, stammelte ich und er zog mich hoch, wie ich ihn vor kurzem hochgezogen hatte.

»Finger weg von meiner Frau«, schimpfte Marc schneidend.

»Und zeig es vor allem *ihm*«, flüsterte James direkt in mein Ohr. »Er hat es verdient zu sehen, wie verfickt gut du bist!«

»Abigail Summers mit *I put a spell on you*«, hörte ich die Blonde noch ansagen, bevor James das Mikro von ihr entgegennahm und mir sanft zwischen die Finger schob.

Marc und Lilith machten fast gleichzeitig dieses verblüffte Geräusch und mir rutschte das Herz eine Etage tiefer.

Nein!

Das wollte ich nicht! Das konnte ich nicht!

Nein, nein, nein!

Die Leute applaudierten und ein Mann in einer karierten Jacke am Nachbartisch sah mich erwartungsvoll an.

»James, ich ...« Ich wusste nicht, wo mir der Kopf stand. Ich konnte doch nicht einfach auf diese Bühne gehen. Was für eine selten dämliche Spontanidee war das denn?

»Lass dich einfach fallen. Ich fange dich auf.« Seine Lippen berührten meinen Hals, ohne dass Marc es sehen konnte. Etwas zu lange. Etwas zu sanft. Und seine Hände schoben an mir. Etwas zu vertraut.

Adrenalin pumpte durch meine Venen, als ich beschloss, das hier tatsächlich zu tun. In einer ruckartigen Bewegung nahm ich James mein Glas ab und exte den letzten Schluck Whisky.

Ich konnte das! Das Leben war für Schubse gemacht.

Jedes Mal, wenn du diesen Rausch nicht fühlst, ist einmal zu viel!

Das Rampenlicht war im ersten Moment gar nicht so schlimm, wie ich befürchtet hatte. Ich war freiwillig hier rauf gekommen und konnte es noch immer nicht fassen. Na ja, *fast* freiwillig.

Oh James, du verrückter Freak!

Ich hasse dich!

Und ich liebe dich!

Nervös umklammerte ich das Mikro, und als die ersten lockeren Klaviertöne von *I put a spell on you* durch den Raum flatterten, jubelte mir jemand von irgendwo aus den Tiefen der Bar motivierend zu. Ich lächelte. Die warme Beleuchtung aus dem Scheinwerfer bekam einen beinahe einhüllenden Charakter. Als könnte mir hier in diesem Licht keiner etwas antun.

Und dieser Song.

Ich kannte ihn.

Ich liebte ihn.

Der schwere bluesige Bass setzte ein und ich schloss die Augen, wippte verinnerlicht ein wenig im Takt. Zur Hölle, ich erkannte mich nicht wieder. Abigail Summers auf einer Bühne und im Begriff, vor etlichen fremden Menschen zu singen. Das konnte nur ein skurriler Traum sein.

Die ersten Töne schwappten über meine Lippen und im *Blaze and Bones* wurde es so still, dass man ein Haar hätte fallen hören können. Man merkte mir die Nervosität noch etwas an, aber spätestens das anfeuernde »Der Wahnsinn, Baby« von Lilith und die bestätigenden Rufe von überallher ließen auch den letzten Muskel in mir geschmeidig wie Butter werden und meine Stimme zog rauchig und voll mit.

Es fühlte sich großartig an, wurde zu einem einzigen Rausch.

Das Mikro in meinen Händen, das Licht auf der Haut, die bewundernden Blicke der Menschen, als ich mich traute, die Augen zu öffnen. Als hätte ich nie etwas anderes getan, als auf einer Bühne zu singen.

James stand hinter unserem Tisch und sah mich so intensiv an, dass das Blut für einen Augenblick noch heftiger in meinen Kopf hinauf pumpte.

Er senkte ein wenig die Lider und wiegte kaum merklich den Körper im Takt meines Songs, ohne mich dabei aus den Augen zu lassen.

I put a spell on you.

Ich verzaubere dich.

Denn du gehörst mir.

Und dann war es mit einem Mal vorbei. Der Zauber. Der Song. Das Licht. Rasender Applaus setzte ein und ich lächelte verlegen in die Runde. Die Leute jubelten richtig. Vor allem Lilith, die komplett ausflippte, weil ich vor ihr noch nie gesungen hatte.

Marc applaudierte ebenfalls, auch wenn er etwas mürrisch dabei aussah. Aber das war er ja schon den gesamten Abend. Er beugte sich zu James hinüber und sagte irgendetwas, das dessen Gesicht sogleich zu Stein werden ließ.

Oh nein! Bitte nicht!

Dieses überhebliche Grinsen in Marcs Gesicht, der erschrockene Blick von Lilith und die Fäuste, zu denen sich James' Hände ballten.

Bitte nicht!

»Starke Leistung«, meinte ein dürrer Typ mit Nasenring, der unten an der Bühne mein Mikro entgegennahm, und fing meinen Blick. »Gegen dich kann man ja nur abstinken.«

»Ach, Blödsinn.« Ich lächelte gequält und kletterte die Stufen hinunter.

»Süße, das war der absolute Wahnsinn! Seit wann singst du wie eine griechische Göttin?« Lilith zog mich fest in ihren Arm, um an mir zu quetschen wie an einer Tube Zahnpasta. »Du könntest ein Superstar sein. *Meiner* bist du ja schon lange!«

Ich blickte suchend über ihre Schulter. James war verschwunden. Nur noch Marc stand da und nickte mir anerkennend zu. »Du warst wirklich ansehnlich da oben, Abigail. Nett.«

»Er bläst sich auf wie ein Pfau«, flüsterte Lilith mir ins Ohr. »Du kennst ihn ja. Ignorier das einfach, okay?«

Ich suchte zwischen den Menschen nach James und sah ihn vorn beim Ausgang, wie er sich die Jacke überwarf und verschwinden wollte.

Was? Nicht mit mir, Freundchen!

Ich löste mich von Lilith und schob mich durch die Menge hindurch in seine Richtung. Er war bereits durch die Tür und ich folgte ihm hinaus zwischen ein paar rauchenden Gästen entlang.

»Oh, du warst großartig, Darling«, sprach eine füllige Frau mich an und zog an ihrer Zigarettenspitze.

»Vielen Dank«, erwiderte ich und rannte eilig weiter.

»James, hey!«

Mitten auf der Straße blieb er stehen und drehte sich zu mir um.

»Wo willst du denn jetzt plötzlich hin? Spinnst du?«

Mir fröstelte und ich rieb mir die Arme. Ich würde diesen Kerl wahrscheinlich nie verstehen. Was war das jetzt schon wieder für eine Aktion? War das sein Ding? Einfach so wegzulaufen, wenn ihm danach war?

»Glaub mir, es ist besser so. Sonst vergesse ich mich«, knurrte er.

So langsam blickte ich nicht mehr durch.

Er schenkte mir diesen wundervollen Moment, um kurz darauf einfach abzuhauen, weil er Marc nicht leiden konnte? Ich hatte gerade wirklich Mühe, eins und eins zusammenzuzählen.

Ich lief um ihn herum und stellte mich zwischen ihn und sein Motorrad. Was erwartete er denn von mir? Was erwartete er von sich?

Warum war er nur immer so ruhelos?

»Was sollte das da drin denn, hm? Warum wolltest du, dass ich da oben singe?«

Aus seinem Blick schlugen die Flammen. »Es sollte dich lehren, nicht über deine Träume zu reden, als seien sie einfältig. Als seist *du* scheißeinfältig, nur weil dieser versnobte Wichser in seinem Armani-Anzug dich das glauben lässt. So wie er gerade da drin über dich gesprochen hat, ich schwöre, das nächste Mal breche ich ihm das Genick.«

»James ...« Ich legte sacht die Hände an seine Brust, denn er wollte einfach weitergehen, direkt an mir vorbei. »Du kannst mich auf hundert Bühnen stellen, mich tanzen lassen, mich zur Hexe machen, aber du kannst doch nie ändern, was ich bin. Lass es doch einfach gut sein.«

Denn das war der Deal.

Wir wollten es gut sein lassen.

»Was bist du denn? Ein Scheißschmetterling, der arglos von Blüte zu Blüte flattert? An *seiner* Seite, ernsthaft? Was bist du, Abigail Summers?« Sein Blick war wild und ich fühlte die Hitze in seiner Brust durch die Jacke hindurch.

»Ich bin das, wozu die Welt mich gemacht hat. Das sind wir alle«, erwiderte ich beschwörend.

Lass es gut sein, James!

»Bullshit«, zischte er.

»Und ich bin verwirrt.«

Weil du dich schon wieder so aufbäumst.

Wofür denn? Für mich? Warum?

»Verwirrt. Das ist gut«, grollte er aufbrausend. »Dann warte, bis es sich legt und du endlich klar sehen kannst.« Er griff nach meinen Händen, hielt mich fest, als wollte er mich jeden Moment schütteln, um mich zur Vernunft zu bringen. »Bis du endlich das sehen kannst, was ich in dir sehe. Denn das ist es so verdammt wert. Und *er* hat nichts davon verdient.«

Atemlos sah er mich an und auch ich vergaß für einen Moment, Luft zu holen. Hitze rauschte in einem Blitz durch meinen Körper, obwohl ich zitterte.

»Und jetzt geh wieder rein, bevor du dir eine Lungenentzündung holst«, brummte er kopfschüttelnd und schluckte schwer.

Dann ging er zielstrebig an mir vorbei und löste mit rabiaten Bewegungen die schwere Kette von seinem Motorrad.

Völlig perplex sah ich ihm dabei zu und versuchte, seine Worte in meinem Kopf zu ordnen und sie nicht an mein Herz zu lassen. Denn da würden sie nur Dinge anrichten, vor denen ich mich fürchtete.

Er blickte nicht zurück, als er davonfuhr, und das war gut so. Ich stand noch immer da wie zu Stein erstarrt, vollkommen unfähig, mich zu rühren.

Scheiße!

Hatte James Bolden mir da gerade so etwas wie eine Liebeserklärung gemacht?

VIER

»Na ja, ich bin mir auch nicht so sicher, was da eigentlich gerade passiert ist«, versuchte Lilith sich an einer Erklärung, als wir zusammen wieder die Bar betraten. Sie war zu mir herausgekommen, um mich aus meiner Starre zu lösen. »Marc meinte, er sei froh, dich aus diesem ganzen Sumpf herausgezogen zu haben. Du weißt schon, er macht sich ja auch ein bisschen zu Recht Sorgen. James murmelte irgendetwas von Leidenschaft und wie sinnlos alles doch ohne sie sei und dann ... Okay, das war arschig und ich werde ihm noch eine dafür verpassen ... faselte Marc in seiner Überheblichkeit, die manchmal so durchbricht, wenn sein Mund schneller ist als der Kopf, dass er dich an eine kürzere Leine legen müsste, nachdem du durch James' Hände gegangen bist.«

»Wie bitte?« Mir lief ein eisiger Schauer über den Rücken.

»Aber so sind sie.« Lilith winkte ab. »Männer. Er wollte sich beweisen. Sich auf der Brust herumtrommeln wie King Kong, weil er wahrscheinlich denkt, James könnte ihm gefährlich werden. Ist ja auch verständlich, oder?«

»Warum ist das bitte verständlich?« Ich blieb nahe bei

der Tür stehen und kämpfte mit der Übelkeit, die tief in mir aufstieg.

»Hallo? Weil James Bolden das Schärfste ist, das mir seit langem begegnet ist«, entgegnete Lilith beinahe empört, als hätte ich noch gar nicht mitbekommen, wie attraktiv James war. »Er strahlt diese unbeherrschte Männlichkeit aus. Diese rabiate Leidenschaft. Hast du seine Hände gesehen. Gott, ich will, dass sie mich überall anfassen. Von ihm genommen zu werden, muss sich anfühlen, als wäre man im Himmel mit all dieser Wildheit. Wenn er mit seinen Lippen genauso talentiert ist wie mit seinen Plots, werde ich ihn heiraten, Abigail. Ich schwöre dir, ich habe soeben den Einen gefunden.«

»Lilith!« Ich schloss die Augen, um mich zu sammeln. »Bitte lass das, okay?«

Da war so viel los in mir. Es machte mich irre. Ich würde einfach durchdrehen, wenn sie weiterredete. Einfach so überschnappen. Es war zu viel.

Alles viel zu viel.

»Was? Warum? Aaaah ... *Scheiße*«, stieß Lilith verblüfft hervor und starrte mich an wie vom Donner gerührt. »Stehst du etwa auf ihn?«

Ich stöhnte gedehnt.

Seid doch einfach alle ruhig!

»Scheiße«, wiederholte Lilith und blinzelte ungläubig. »Dein Mann sitzt da drüben.« Sie zeigte in Richtung Marc, der sich an unserem Tisch in aller Seelenruhe einen Salat genehmigte.

»Er ist nicht mein Mann«, sagte ich gepresst und irgendetwas in mir kippte in diesem Moment, ohne dass ich etwas dagegen tun konnte.

»Mein Schmetterling.« Marc entdeckte uns und kam herüber, um den Arm um mich zu legen. All meine Muskeln spannten sich auf einmal an, während Lilith mich noch immer anstarrte wie eine außerirdische Kreatur.

»Was für eine niedliche Veranstaltung«, kommentierte er meinen Auftritt. »Gut, dass wir darüber hinweg sind, nicht wahr?«

»Worüber genau?« Meine Stimme klang gefährlich kalt und genauso fühlte ich mich auch. Eiskalt, wenn er mich berührte.

Lilith versuchte, ihn mit schneidenden Blicken vom Reden abzuhalten, aber er stand ja zu seiner Meinung. Also warum sollte er sich zurückhalten?

»Na, über die traurige Illusion, man könnte mit einem kleinen *Alle meine Entchen* auf der Bühne einer traurigen Bar in einer schmutzigen Stadt sein Leben bestreiten.«

O wow, jetzt wurde er wieder zum Riesenarschloch. Das hatte ich doch schon einmal erlebt. Als er mir die Rolle hatte ausreden wollen. Wie war das gleich? *Filme, eine nutzlose Zeitverschwendung*?

»Aber süß warst du trotzdem da oben. Und dieser Bolden ... Gott, was für ein roher Idiot«, machte er unbehelligt weiter, als würde er gar nicht mitbekommen, dass ich kurz davor war, ihm eine reinzuhauen. »Zum Glück ist er jetzt weg und wir können in aller Ruhe essen. Was sagen meine beiden Lieblingsfrauen dazu?«

Er legte den freien Arm um Lilith und betrachtete uns zufrieden. Mein Blick fand den von Lilith und sie las einfach alles daraus, was ich im Moment empfand. Zumindest sagte mir das die Fassungslosigkeit, die sich in ihren großen Augen ausbreitete. Und ich konnte es spüren. Konnte spüren, wie der Sturm sich legte, und es war, als würde ich das erste Mal seit einer Ewigkeit das Richtige fühlen.

Es schlug plötzlich so heftig in mir ein, dass mich die Wucht fast von den Füßen riss. Alles, was sich schon so lange angebahnt hatte, wurde jetzt frei.

Ich konnte das nicht mehr!

Ich wollte es nicht mehr!

Wollte *ihn* nicht mehr!

In einer fließenden Bewegung wand ich mich aus Marcs Griff und rannte. Ich hörte ihn hinter mir rufen. Und ich hörte auch Lilith. Aber ich rannte einfach weiter in die Nacht hinein.

Jetzt war es zu spät zum Stehenbleiben.

Viel zu spät.

FÜNF

James öffnete die Tür seines Hauses und sah mich vollkommen verwirrt an. »Abbie, was machst du hier?«

Ich schob ihn durch den Türrahmen zurück in den Eingangsbereich. Trotz unseres kleinen Intermezzos auf seinem Rasen hatte ich nie genau gewusst, welche dieser Villen seine war, aber ich war ja zu so etwas wie einer Stalkerin geworden, seit ich ihm begegnet war. Deshalb war es nicht schwer gewesen, sein Haus in der Umgebung zu finden. Direkt am Fluss, wie ich vermutet hatte.

Ich drängte ihn mit meinem Körper rückwärts in einen großen Raum mit hohen Decken, der wohl das Wohnzimmer war.

»Ich will diesen beschissenen Abend einfach nur vergessen«, sagte ich heiser und griff nach dem Reißverschluss meines Kleides an meiner Taille, um ihn langsam zu öffnen.

James atmete schwerer, als er begriff, was ich vorhatte.

Ich ließ in einer Bewegung das Kleid fallen und stand in Unterwäsche vor ihm. »Bitte treib mir das aus, James! Diesen Abend, dieses Chaos und vor allem Marc!«

Er nahm einen tiefen, bebenden Atemzug. »Nicht, Abbie. Das wäre nicht gut.« Seine dunkle Stimme war die pure Verführung, obwohl er es nicht beabsichtigte. Er wollte sich sträuben. Aber sein Blick glitt bereits verklärt über meinen Körper, der sich ihm bereitwillig anbot. Sein Wille brach.

»Ich will keine Nähe«, flüsterte ich in sein Ohr und nahm es sanft zwischen die Zähne, »ich will, dass es wehtut.«

Gott ja, er sollte mir diesen ganzen Mist aus dem Kopf vögeln, damit es endlich ruhig wurde.

Er nahm mein Gesicht in seine Hände und sah durch meine Augen hindurch direkt in meine Seele. »Das hatten wir doch schon mal«, raunte er und seine Lippen berührten meine dabei. »Ich kann dir nicht wehtun, schon vergessen?«

»Auch nicht, wenn ich dich darum bitte?« Meine Stimme brach und ich zog ihn näher zu mir, fuhr mit der Zunge sanft über seine Unterlippe und zerging in der Nähe zu ihm.

Er seufzte tief und lustvoll in meinen Mund.

»Das wird das Chaos nicht besser machen«, brummte er, während er sich das Shirt auszog.

Ich griff nach seinem Gürtel und öffnete seine Hose, fuhr mit beiden Händen darunter und umschloss mit den Fingern seinen festen Hintern. O Gott, es war einfach zu gut, um falsch zu sein.

»Lass dich fallen. Ich fange dich auf«, flüsterte ich und er packte mich und legte mich in einer Bewegung auf den Teppich unter uns, der sich weich unter meinem Rücken anfühlte.

Ich hatte ihn vorher nicht gesehen. Ich sah gar nichts von diesem Haus, denn ich hatte nur Augen für James. Er war so unglaublich schön. In seiner ganzen Art, seinem kompletten Sein. Sanft zog er mir BH und Slip aus und beugte sich über mich, um mich zu küssen. Innig. Intensiv. So tief, dass ich mich unter ihm aufbäumte, mehr von seinem Körper wollte, mehr von ihm, von allem, was ihn ausmachte.

Er glitt mit den Fingern zwischen uns in meine Mitte und rieb mich einmal so kurz und drängend, dass ich laut aufstöhnte.

Und er keuchte, während er meine Reaktion auskostete.

Gott, schon mit den kleinsten Berührungen brachte er mich fast zur Explosion.

»Du willst wirklich, dass ich ihn dir austreibe?«, fragte er rau und griff nach meinem Hals.

»Ja«, presste ich hervor und schob meinen Schritt näher an seinen, aber er zog sich zurück, zerrte mich hoch und ließ mich so hart auf etwas fallen, dass mir kurz der Schmerz durch den Rücken schoss. Ein Tisch. Es musste irgendeine Art Tisch sein.

Er kam über mich, sein Blick floss in meinen wie Lava und sein nackter Körper glitt ein Stück an meinem hinunter. Er biss ein wenig zu fest in meine harten Nippel, umspielte sie mit seiner Zunge und brummte dabei so lusterfüllt, dass es meine Brust zum Vibrieren brachte. Er wollte mich quälen. Ich jammerte, wand mich unter ihm und beugte mich ihm entgegen. Resolut packte er meine Hüfte und tauchte mit der Zunge in mich. Er fuhr durch meine Mitte, umflatterte meine Perle so federleicht, dass ich lang gezogen wimmerte, und übte kurz darauf mit der Zungenspitze ein paarmal so perfekt Druck auf die richtige Stelle aus, dass er mich fast zum Kommen brachte.

Verflucht noch mal, er war perfekt. Wie machte er das nur? Er versetzte mich in Ekstase wie noch nie jemand zuvor.

Ich drückte den Rücken durch, stöhnte laut und er stoppte, war im nächsten Moment wieder über mir und schob sich mit seiner gesamten Länge so hart in mich, dass es wehtat. Das war gut. Es sollte wehtun! Sein rauchiges Stöhnen brachte mich fast um den Verstand.

Er stützte die Hände über meinen Schultern auf den Tisch und nahm mich so hart, dass es sich anfühlte wie Schläge.

Die Erschütterungen vereinnahmten meinen gesamten Körper und ich keuchte und hatte das Gefühl, zu explodieren.

Vollkommen außer Atem hielt er inne und blickte auf mich herunter. Mein Haar klebte an meinem verschwitzten Körper und er lächelte gierig, während er mir in die Augen sah. O Gott, ich wusste genau, was er fühlte. Ich konnte nicht aufhören, ihn zu wollen. Vielleicht würde ich nie damit aufhören können.

Er zog seinen Schwanz aus mir, packte mich wieder und schob mich hinüber zum Fenster. Ich konnte den Fluss sehen und er griff um mich herum und packte meine Brüste. Seine ungestümen Berührungen ließen heftige Blitze durch mich zucken, die mir die Knie weich werden ließ, aber er hielt mich aufrecht. Presste mich mit seinem nackten Körper unsanft gegen die Fensterscheibe. Die Kälte der Nacht kroch durch das Glas hindurch und machte meine Nippel noch härter.

»O Gott, ja«, hauchte ich.

Seine Finger fuhren ungestüm über meinen Hintern, glitten von hinten in mich und er seufzte wohlig, als er fühlte, wie nass ich war.

»Spürst du schon, wie er verschwindet?«, brummte er bebend, während er meine Brüste umfasste und meine Nippel rieb.

Ich presste wimmernd das Gesicht gegen die kalte Scheibe, brauchte ihn jetzt in mir wie ein Mensch die Luft zum Atmen brauchte. James machte mich lebendig. Und ich hatte mich so verdammt lange nicht mehr lebendig gefühlt.

Er zog meine Hüfte ein Stück zurück und schob seinen Schwanz mit einem langen Stöhnen von hinten in mich. Es war so tief und wundervoll, dass auch ich erfüllt seufzte. Mit jedem Stoß presste er mich fester gegen die Fensterscheibe, dann zog er meinen Oberkörper zurück, an sich heran und ich griff nach hinten in sein Haar. Drehte den Kopf ein Stück, um mit meinen Lippen sein Gesicht erkunden zu können.

Er hielt ganz still, bewegte sich nicht mehr in mir und wir küssten einander. Am liebsten wollte ich in diesen Kuss fließen und dort bleiben.

Scheiße, James, was machst du nur mit mir?

Seine Finger glitten über meinen Bauch und fanden meine Perle. Er rieb sie ganz sacht, danach fester und beobachtete aufmerksam jede noch so kleine Regung in meinem Gesicht dabei. Ich zitterte, stöhnte und wimmerte, so furchtbar schön war das, was er da mit mir anstellte. Und als er merkte, dass mein Inneres begann, sich zusammenzuziehen, bewegte er sich wieder, glitt langsam und gemächlich bis zum Anschlag von hinten in mich und wieder aus mir und wieder in mich, als hätten wir alle Zeit der Welt dabei. Ein tiefes, genüssliches Brummen rollte über seine Lippen. Sein nackter Körper an meinem war die pure Ekstase, und als seine Bewegungen schneller wurden und er den Finger fest auf meiner Perle liegen ließ, um ihn nur noch hart zu kreisen, wenn er in mich stieß, spürte ich, wie ich mich verlor.

Er knurrte tief und herrlich dreckig und schließlich schob er sich ein letztes Mal tief in mich. Ich spürte sein Pochen, seine festen Muskeln nahe an meinem Körper, fühlte, wie er sich komplett anspannte und der Orgasmus überrollte mich von den Haarspitzen bis in die Zehnen wie eine Sturmflut, die mich einfach mit sich riss.

Laut stöhnend griff ich nach seinem Arm. Meine Finger zitterten, fast hätten mir die Beine den Dienst versagt. Aber er hielt mich. Umschloss meinen Körper mit seinen tätowierten Armen, während wir heftig atmend gemeinsam wieder im Jetzt ankamen.

Ich war so am Ende. Mit allem. Alles an mir war müde. Mein Kopf, mein Körper, einfach alles.

Ich wollte nicht mehr denken, nicht mehr fühlen, nur noch existieren. Oder vielleicht nicht einmal das, wenn ich die Wahl gehabt hätte.

James löste sich langsam von mir, küsste mich auf die Wangen, auf die Lippen, auf die Stirn und nahm mich vorsichtig auf den Arm, um mich irgendwohin zu tragen.

Kurz darauf landete ich in einem herrlich weichen Bett, das wundervoll nach ihm roch.

»Du bleibst heute bei mir«, beschloss er und ich wollte nichts lieber, auch wenn es wahrscheinlich falsch war.

Sein Körper schmiegte sich von hinten an meinen und es war vielleicht verrückt, aber ich hatte noch nie zuvor ein Falsch erlebt, das sich so richtig anfühlte. So geborgen. Als müsste es einfach so sein.

»Was hast du vorhin gemeint?«, fragte ich, während ich den Duft seiner Haut atmete und das Leder des Armbandes mit den kleinen Ritterlilien unter meinem Gesicht. »Was ist es, das du in mir siehst?«

Er lachte sacht und strich mir eine verschwitzte Haarsträhne hinters Ohr. »Was ich in dir sehe? Willst du das wirklich wissen?«

»Ja«, erwiderte ich heiser und verflocht meine Finger mit seinen.

Er ließ es geschehen und ein Schmunzeln lag in seiner Stimme, als er weitersprach. »Eine verrückte Stalkerin, die Gespräche belauscht, keine Grenzen kennt und in Räume einbricht, auf denen groß *Zutritt verboten* steht. Jemanden, der einfach tanzt, obwohl er es gar nicht kann. Jemanden, der das Leben liebt, obwohl es nicht immer gut zu ihm war. Jemanden, der in jedes Fettnäpfchen stolpert und mit der Eleganz einer Königin wieder hinaussteigt.«

Er machte eine Pause. Ich spürte seinen Atem, seine Wärme in meinem Rücken. Und die heißen Tränen, die in meine Augen stiegen.

»Jemanden, der so voller Liebe ist, dass es mir fast körperlich wehtut«, fuhr er fort und meine Lippen bebten. »Jemanden, der andere dazu bringt, wieder zu atmen, obwohl sie vergessen haben, wie das geht ...« Er küsste mich sanft auf die Schläfe. »Du bist so viel stärker, als du denkst. Die Welt gehört dir, Abigail Summers.«

Die Tränen liefen einfach, ich konnte nichts dagegen tun. Ich drehte mich zu ihm um und schmiegte mich an seine warme Brust. Er umschloss mich fest mit den Armen und legte sein Kinn auf meinen Haaransatz.

O Gott, ich liebte das.

Ich liebte *ihn*.

Verfluchter Mist, ich liebte ihn.

»Du musst mir jetzt auch etwas versprechen, Abbie«, sagte er mit leiser Stimme und fuhr mir sacht durchs Haar.

»Alles. Jederzeit«, erwiderte ich erstickt und wischte mit dem Handrücken die Tränen davon.

Er atmete tief. Ich konnte es fühlen. »Versprich mir, dass du dir einen guten Mann suchst, wenn das hier vorbei ist. Keinen wie ihn. Oder wie mich. Einen, der dich beschützt, der die ganze verdammte Welt für dich aus den Angeln reißt, wenn es sein muss.«

Wieder musste ich Tränen wegwischen und gegen die beißenden Flammen kämpfen, die mein Inneres komplett versengen wollten. Scheiße, tat das weh! Ah, verdammt! Ich konnte mich nicht erinnern, dass irgendetwas jemals so wehgetan hatte. War es möglich, an so etwas zu sterben? Im Moment fühlte es sich genau so an. Als würde der Schmerz mich jeden Moment auffressen und nichts mehr übrig lassen.

Ich konnte nichts sagen, schmiegte mich nur enger an ihn und er hielt mich ein klein wenig fester.

Meine Welt war doch schon aus den Angeln gerissen worden.

Von ihm.

SECHS

Meine Nervosität ließ sich nicht in Worte fassen, als ich vor der Tür meines Appartements stand und mich seelisch und moralisch darauf vorbereitete, die Klingel zu drücken. Die Haustür war offen gewesen. Die Wohnung verschlossen. Klar, Marc hatte meinen Schlüssel. Wie er alles von mir hatte. Aber das würde jetzt enden.

James war nicht davon zu überzeugen gewesen, in Richmond zu bleiben. Ich hatte ihm versichert, es würde alles nur schlimmer machen, wenn Marc ihn entdeckte, aber er hatte keine Diskussion darüber zugelassen. Jetzt stand er grimmig unten am Hauseingang und rauchte seine E-Zigarette wie ein stummer Bodyguard, der alles ausknockte, das ihn auch nur schief ansah.

Gott, es war so wundervoll gewesen, heute neben ihm aufzuwachen. In seine grün gesprenkelten Moos-Augen zu blicken und mit den Fingern über seine Wange zu streichen, nur um den Beweis zu haben, dass all das wirklich echt war.

Es war echt. Verdammt echt. Und es war keine Safe Zone mehr oder etwas, was ich nach dem Dreh einfach vergessen konnte, und das machte die Sache ernst. Ernster, als ich je gewollt hatte. Und auch wenn das mit uns vielleicht zum Scheitern verurteilt war, ich hatte mich ernsthaft in James verliebt. Ab diesem Punkt konnte und durfte ich Marc nicht mehr anlügen.

Es war so schon schlimm genug.

Zitternd betätigte ich den Knopf und hörte das vertraute helle Glocken-Geräusch, das darauf folgte, im Inneren meiner Wohnung.

Dann ließ er mich warten.

Ich wusste, dass er da war, denn die Balkontür stand offen und wir hatten sie gestern geschlossen, bevor wir gestartet waren. Er ließ mich hier draußen stehen, um mich zu bestrafen, und ich konnte es ihm nicht mal verübeln.

Ich sparte mir das zweite Klingeln und nach ein paar Minuten hörte ich seine Schritte auf dem Gang.

Als er die Tür öffnete, unterdrückte ich ein Keuchen.

Tiefe Falten lagen auf seiner Stirn und seine hellblauen Augen wurden zu Gletschereis, als er mich ansah.

»Komm rein!«, sagte er mit einer Stimme wie Zement und verschränkte die Arme vor der Brust, während er die Tür mit dem Fuß ein Stück weiter aufstieß.

Ich schluckte schwer und ging mit gesenktem Kopf an ihm vorbei in die Wohnung wie ein geschlagener Hund. Meine Augen brannten und meine Lippen schmeckten nach James. Okay, das würde jetzt echt beschissen werden. Seine Koffer standen gepackt neben dem Tisch, auf dem ich noch vor einigen Monaten den Film-Vertrag unterschrieben hatte.

»Und?«, fragte er zornig und baute sich vor mir auf. »Hat er dich gefickt?« Die Härte seiner Worte traf mich direkt in die Magengrube.

Verfluchte Scheiße, Marc!

»Und hast du unter ihm geschrien, wie du es bei mir nie tust, huh? Hast du seinen Schwanz gelutscht, wie du meinen nie gelutscht hast, und es dir von ihm von hinten besorgen lassen wie eine kleine devote Schlampe?«

»*Marc!*« Mir wurde schlecht. Ich wollte am liebsten wegrennen und mich zu Tode schämen. Mein Hals war so zugeschnürt, dass ich nichts weiter erwidern konnte, und heiße Tränen sickerten in meine Augen.

»Was *Marc*?«, schrie er jetzt und Verzweiflung klang in seinen Worten mit. Er war vielleicht ein versnobter Idiot, aber das hier hatte er nicht verdient. So etwas hatte keiner verdient.

»Ich brauche das jetzt«, sagte er und atmete tief und bebend ein. »Ich brauche jedes Detail, damit ich lernen kann, dich dafür zu hassen.«

Verdammt!

Eine eiserne Faust quetschte mein Herz.

»Also noch einmal ...«, begann er wieder. Diesmal gefährlich gefasst. »Hast du dich von James Bolden ficken lassen, Abigail?«

Mein Atem zitterte, genau wie meine Hände. Mein gesamtes Inneres vibrierte und ich wischte mir grob eine Träne von der Wange, während ich zu ihm aufsah.

»Ja«, presste ich hervor und sah, wie etwas in seinem Blick zerbrach. Aber jetzt war es raus. Jetzt musste es raus. Und er sollte mich ruhig hassen. Hass war besser als Trauer.

»Ja, er hat mich gefickt. Und es war nicht das erste Mal.« Mein Herz hämmerte gegen meinen Brustkorb wie eine unbarmherzige Faust. »Als Erstes auf dem Gang einer Bar an einem Zigarettenautomaten. Dann auf dem Rasen vor seinem Haus, danach direkt in dem Bett da drüben, in dem auch wir Sex hatten, und gestern auf seinem Teppich und dem Tisch.«

O Gott, ich musste wahnsinnig geworden sein. Aber Hass war gut. Er sollte mich hassen!

Atemlos blickte ich ihm ins Gesicht und mein Inneres

stand in Flammen, als ich den Zorn sah, der sich in seinen Zügen aufbaute.

»Und noch viel schlimmer ist«, presste ich eilig hervor, bevor mich der Mut wieder verließ. »Ich glaube, ich liebe ihn, Marc.«

Marc fiel komplett in sich zusammen. Ein so hoffnungsloses Geräusch kam tief aus seiner Brust gekrochen, dass es meinen Magen zusammenknüllte. Wie ein leidendes Tier, das man irgendwo zum Verhungern eingesperrt hatte. Er lachte ungläubig, als stünde er gefährlich nahe am Rande des Wahnsinns, und vergrub kopfschüttelnd sein Gesicht in den Händen.

»Das ist ein Witz, oder?«

Seine blauen Augen flackerten, als er mich widerwillig ansah. Wie man eine schmutzige Ratte ansah, die sich durch die Toilette ihren Weg ins Badezimmer gebahnt hatte.

»Ich fasse es nicht.« Er raufte sich die Haare und lief rastlos auf und ab. »Als ich dich von der Straße aufgesammelt habe, dachte ich wirklich, das mit uns könnte funktionieren, Abigail. Ich dachte wirklich, einer wie ich könnte mit einer wie dir glücklich werden. Einer verlorenen Seele ohne jeden Anstand, ohne jegliche Etikette.«

Ja, das hatte ich verdient.

»Okay, wir hatten es manchmal nicht leicht. Aber dass du dich gleich dem Nächstbesten an den Hals wirfst wie ein schmutziges Flittchen, dir vor ihm die Klamotten vom Leib reißt und dich nach allen Regeln der Kunst durchnehmen lässt, ist nicht mehr nur naiv, Abigail, es ist billig. Und ich verachte billige Menschen.«

»Er ist nicht der Nächstbeste«, sagte ich mit fester Stimme und das machte ihn offenbar noch wütender.

Er war mit einem Schritt bei mir und griff so fest in mein Haar, dass ich aufstöhnte.

»Du liebst ihn also, hm?«

Es wurde gefährlich. Er wurde gefährlich. Der Schmerz wurde zu Zorn. Und ihm war viel zuzutrauen in solchen kopflosen Momenten. Er verlor die Kontrolle. Auch wenn er es später vielleicht bereute, vorher würde er es tun.

»Ja«, presste ich durch die Zähne und versuchte, mich aus seinem Griff zu befreien. »Und das ist nichts, was wir jetzt ändern können.«

Er riss noch fester an meinem Haar. Meine Kopfhaut brannte wie Feuer, als er mich herumzog und mit der Brust vor ihm auf den Tisch drückte. »Tja, wenn du es so sehr magst, hart gefickt zu werden, dann sollte ich es dir vielleicht auch noch mal besorgen. So zum Abschied, oder? Was meinst du?«

Sein Schritt rieb an meinem Hintern und seine Arme drückten mich von hinten ausweglos auf die Tischplatte.

»Lass mich los, du Idiot«, fauchte ich, aber er war viel größer und stärker als ich.

Ja, er hasste es, dass ich einen anderen liebte, aber es würde absolut nichts ändern, wenn er versuchte, mich zu unterwerfen. Diesmal nicht. Es war zu spät.

»Okay, das reicht jetzt.« James' Stimme war dunkler als die Nacht und ich atmete so tief auf wie vielleicht noch nie zuvor. »Lass sie jetzt besser los, du versnobtes Stück Scheiße.«

Marcs Griff lockerte sich und er stieß ein ungläubiges Lachen durch die Zähne. »Du hast ja wirklich Mumm, hier aufzukreuzen. Das ist meine Frau, ich kann mit ihr machen, was ich will. Wenn du zusehen willst, ist das auch okay, aber sei still dabei, sonst bekomme ich ganz sicher keinen ho ...«

James war mit einem Satz bei uns, der Marc komplett überrumpelte, packte ihn am Kragen und drängte ihn so fest gegen die Wand, dass Marc beim Aufprall ächzte.

»Und du Wichser wunderst dich ernsthaft, warum sie

nichts mehr von dir wissen will?«, zischte James so voller Hass direkt in Marcs Gesicht, dass mir angst und bange wurde. »Feige Schweine wie du haben Frauen wie ihr nichts zu bieten, absolut *nichts*. Du willst sie schlagen, ja? Willst sie jetzt hier vor mir vögeln? Sie unterwerfen? Versuch es doch, los!« Er lockerte seinen Griff und starrte meinem Verlobten so hart in die Augen, dass die Wut, die der ihm entgegenzusetzen hatte, nichts weiter war, als eine unsichere, bröckelnde Fassade.

Er musterte James abschätzend, denn er kannte ihn nicht. Ich inzwischen schon und deshalb hielt ich nur die Luft an und rührte mich nicht.

»Überleg jetzt besser gut, was du tust«, setzte James noch nach, als Marc sich in Bewegung setzte, »denn ich habe wahnsinnig große Lust, dir die Scheiße aus dem Leib zu prügeln, nach allem, was ich hier gerade gesehen habe.«

Marc war keiner, der sich schlug. Er warf lieber mit Drohungen um sich oder mit seinen zahlreichen ach so mächtigen Kontakten. Das war auch der Grund, aus dem sein erster Schlag danebenging.

Ich schrie erschrocken auf, als James ihm wendig auswich und seine Faust direkt auf Marcs Gesicht krachte. Dieses Geräusch. Was war das? Hatte er ihm die Nase gebrochen?

»Du verdammtes Schwein!« Marc sackte kurz zurück und versuchte sich an einem weiteren Hieb, aber gegen James hatte er keine Chance. Wieder traf ihn seine Faust. Diesmal im Magen und er ging stöhnend in die Knie.

»Hört auf«, brüllte ich entsetzt.

Marc wischte sich das Blut von der Nase. Sein Haar fiel ihm wirr ins Gesicht und er blickte hasserfüllt zu James auf. »Ich bin Anwalt, du kleiner Bastard. Ich werde dich zur Schnecke machen.«

»Dafür, dass du deine Frau vor meinen Augen missbrauchen wolltest? Verpiss dich lieber, *Marc Oliver Minor*. Das ist das Beste für uns alle.«

»*Uns alle.*« Marc wischte sich wieder mit dem Handrücken das Blut weg, das jedoch schnell nachkam. »Ihr habt einander verdient.« Er schniefte. Und ich sah Traurigkeit unter seiner Maske aus Zorn schwelen.

»Ich habe dich geliebt«, richtete er an mich, während er sich hochdrückte und geschlagen zu seinen Koffern ging. »Wirklich geliebt. Aber ab heute werde ich dich hassen.«

Er war vielleicht das Letzte.

Aber ich war auch kein Stück besser.

SIEBEN

»Du hast das Richtige getan«, sagte James tonlos, während wir gemeinsam von Primrose Hill auf die glänzende Stadt hinunterblickten. Der beste Kaffee Londons schmeckte im Moment nur halb so gut und die Wiese unter meinem Hintern fühlte sich kühl und abweisend an.

»Er wollte dich einfach nur besitzen, nichts weiter.« James' Stimme wurde schneidend. »Sich daran aufgeilen, dich zu unterdrücken. Dich immer schön klein halten, damit du nach seiner Pfeife tanzt und er dich herumzeigen kann wie eine Scheißrolex. Das hat rein gar nichts mit Zuneigung zu tun.«

Mein Blick tastete sich müde zu seinem Gesicht und ich schluckte schwer. Es war lieb, dass er versuchte, mir gut zuzureden, aber am Ende war und blieb das hier mein Krieg. Und die Schlacht in mir wütete gerade so heftig, dass ich Mühe hatte, ihn über den Lärm hinweg zu verstehen.

»Er war nicht immer so.« Ich klang müde und geschlagen, aber tief drinnen war ich mir absolut sicher, das Richtige getan zu haben, und dieses Gefühl würde überwiegen, wenn ich den Schmerz überwunden hatte, der vorhin kurz in Marcs Augen aufgeflackert war. Er hatte viel für mich getan und es war absolut unverzeihlich gewesen, ihn so zu verletzen.

Aber wenn dieser Schmerz und die Wut auf mich selbst vergangen waren, würde ich frei sein. *Frei.* Und der Gedanke daran fühlte sich beängstigend und großartig zugleich an.

»Er war schon immer so.« James drehte den Kopf und sah mich an. »Du hast es nur erst jetzt gesehen.«

»Möglich.« Ich betrachtete die kleinen Sprenkel in seinen grünen Augen. »Das ändert nur nichts daran, dass ich ein Arschloch bin.«

»Du bist kein Arschloch.« Er lachte sacht und nahm einen Schluck seines Kaffees. »Und das weißt du. Sonst hätte Ray dich niemals ausgesucht. Oder ich.«

Sein Blick tastete sich wieder zu meinem und ich betrachtete ihn eine ganze Weile schweigend. James war das Beste und das Schlimmste, was mir je hatte passieren können.

Mein Leben lag in Schutt und Asche. Und trotzdem fühlte ich mich ganz tief drinnen unter all dem Dreck so stark. Wie konnte das sein? Wie konnte einem jemand alles nehmen und gleichzeitig so viel geben?

»Du wirst dich wieder aufrappeln«, sagte er mild, »ich spreche aus Erfahrung. Irgendwann wird es leichter. Davon hat mich jemand überzeugt, der sich lustigerweise für ein Arschloch hält. Wir haben getanzt, weißt du? Und das war wirklich ziemlich heilsam. Vollkommen verrückt.« Er schüttelte ungläubig lächelnd den Kopf.

»Tja.« Ich lachte bitter, während mir die Tränen in die Augen stiegen. »Manchmal ist es eben genau dieser Tanz, den man braucht.«

Ein Funkeln zuckte durch James' Augen und er stellte seinen Kaffee auf der Wiese ab und drückte sich hoch. »Komm her!«

»Was?« Verdutzt blickte ich die Hand an, die er mir hinhielt.

»Komm her«, wiederholte er nur. »Oder muss ich dich erst wieder zwingen?«

»Was soll das? Versuchst du jetzt, romantisch zu sein? Das macht mir Angst.« Lachend wollte ich mir die Träne wegwischen, die über meine Wange lief, aber er packte einfach meinen Arm und zog mich hoch.

»Komm her, du verbiestertes Yuppie-Mädchen!« Er zog mich so fest an sich, dass ich kurz vergaß, zu atmen. Wundervoll! Sein Körper. Sein Geruch. Seine Hände an meiner Taille. Sein Gesicht an meinem Hals. Ich schlang die Arme um ihn und wir bewegten uns sacht zu einer nicht hörbaren Musik.

»Kein Yuppie-Mädchen mehr«, sagte ich leise, während ich auf die Skyline von London hinabblickte und dem Wind in den Baumkronen über uns lauschte.

»Hmmm«, brummte er und legte sein Kinn auf meinen Scheitel, während ich mich an seine Brust schmiegte.

Eine Weile sagte keiner von uns etwas. Ich atmete seine Nähe, so tief es mir möglich war, und ließ mich von ihm festhalten.

Pass auf dein Herz auf, hörte ich Ray noch einmal sagen und musste fast lachen.

Verflucht!

»Ab hier wird alles ziemlich beschissen, Abigail«, murmelte James sacht und legte seine Hand an meinen Hinterkopf, als könnte er mich so noch tröstlicher in sich einhüllen.

»Dachte ich mir schon«, erwiderte ich erstickt.

Ja, ich hatte es befürchtet. Spätestens nach dem Kommentar von Ray am Set. Er wollte mir etwas über James erzählen, das mich dazu bringen würde, mich zu entlieben.

Aber war es dafür nicht schon lange zu spät?

Für alles viel zu spät?

Etwas schmerzte hinter meiner Brust. Eigentlich wollte ich gar nicht, dass er weitersprach, aber wahrscheinlich würde er es trotzdem tun.

Er brummte wieder, als würde er nach den richtigen Worten suchen, und zog mich noch etwas enger an sich. »Es gibt da etwas, von dem ich dich fernhalten muss. Und das funktioniert nur, wenn du dich von mir fernhältst.«

»Keine Option. Wir haben einen Vertrag«, versuchte ich mich an einem bitteren Witz.

»Abbie«, erwiderte er warnend. »Ich habe es mir wirklich übel mit jemandem verscherzt, okay? Er kommt wahrscheinlich wieder in die Stadt, die Hinweise darauf verdichten sich jeden Tag mehr. Und wenn das passiert, kann es sein, dass er mich ins Visier nimmt. Deshalb solltest du nicht in meiner Nähe sein, wenn es so weit ist. Ich würde dich am liebsten auf direktem Weg zurück nach Hause nach New York schicken. Ich ...«

»James!« Ich löste mich ein wenig von ihm und sah ihm fest in die Augen. »Ich habe kein Zuhause mehr in New York, okay? Und ich werde erst gehen, wenn der Film abgedreht ist. Komme, wer auch immer wolle, verstanden?«

James erwiderte meinen Blick bedauernd. »Du hast überhaupt keine Vorstellung, wie abgebrüht und mächtig dieser verfluchte Bastard ist.«

»Wie lange ist es her?«, fragte ich. »Dass du ihm geschadet hast.«

»Ich war Anfang zwanzig.« Er verengte die Augen und sein Blick wurde dunkel.

»Und du stehst immer noch hier vor mir, James. Dann ist es längst vorbei.«

»Es geht ihm nicht ums Töten«, raunte James so kalt,

dass es mir eisig den Rücken hinunterlief. »Er will Leid. Er will, dass ich blute. So lange es ihm Spaß macht.«

Wow, das klang wirklich nach einem üblen Bastard.

»Wer ist es? Erzähl mir von ihm!«

»Nein. Je weniger du darüber weißt, desto besser.«

»Gut.« Ich nahm einen tiefen Atemzug, um das flaue Gefühl im Bauch loszuwerden. »Er ist nicht hier, zumindest sehe ich niemanden. Also drehen wir diesen Film zu Ende! Ich habe mehr dafür aufgegeben, als irgendein dahergelaufener Mistsack mir je nehmen könnte. Und ich kann die Verantwortung für mich sehr gut selbst übernehmen.«

»Wir könnten den Dreh pausieren«, warf James ein, als hätte er mir überhaupt nicht zugehört.

»Du wirst London Devil zu Ende drehen, James Bolden! Das bist du mir schuldig.«

»Was?« Er zog die Brauen nach oben und ein überraschtes Blitzen ging durch seine Augen. » Ich fasse es ja nicht. Du stures kleines Biest.«

»Ich kenne James Bolden nicht als jemanden, der sich von einem anderen klein machen lässt«, begann ich im Brustton der Überzeugung. »Gib ihm diese Macht über dich nicht! Ich würde jederzeit für dich durchs Feuer gehen und er kann mich nicht davon abhalten, hinter dir zu stehen. Keiner kann das. Nicht einmal du selbst!«

Etwas brannte in James' Augen und es fraß sich bis in mein tiefstes Inneres, um dort in einer Explosion aus Glut einzuschlagen. Ich meinte jedes verfluchte Wort genau so. Ich würde diesen Film zu Ende drehen!

Und ich würde bei ihm bleiben!

Daran könnte nicht einmal ein wild gewordener *Terminator* etwas ändern.

James senkte die Lider und neigte den Kopf, sein Blick kletterte von meinen Augen zu meinen Lippen und wieder zurück. »Du hast überhaupt keine Vorstellung, worauf du dich da einlässt, Abigail Summers«, grollte er dunkel. »Nicht einmal ansatzweise.«

»Wirklich dumm gelaufen. Denn ich bin schon mittendrin«, sagte ich gegen seine Lippen, die sich meinen genähert hatten. »Meinst du, er kann uns hier oben sehen, hm?«

»Scheiße.« Er schmunzelte und schüttelte ungläubig den Kopf. »Du bist unfassbar.« Mit einem Ruck zog er mich wieder an sich und küsste mich so innig, dass die Welt um uns herum verblasste.

Er würde seine Meinung nicht ändern. Ich kannte ihn inzwischen gut genug. Er würde tun, was auch immer nötig war, um mich aus der Schusslinie zu bekommen. Aber wegschicken lassen würde ich mich nicht. Nie und nimmer! Ich würde bleiben und auch ein James Bolden konnte absolut nichts dagegen ausrichten.

Ob man eine gute Entscheidung traf oder direkt ins eigene Verderben lief, wusste man bekanntlich immer erst, wenn es bereits zu spät war.

ACHT

»Scheiße, Abbie, ich weiß gar nicht, was ich sagen soll.« Lilith saß mir gegenüber quasi auf ihren Koffern.

Kurz vor ihrem Flug hatten wir uns noch einmal auf einen Kaffee in der Nähe der Tate Gallery verabredet, um über Dinge zu sprechen, die keine von uns rückgängig machen konnte.

»Ich könnte immer noch heulen.« Sie wischte mit dem Finger unter ihren Kajal-Augen entlang und schniefte. »Und ich bin auch noch schuld an alledem, weil du den Trip meinetwegen überhaupt erst gemacht hast.« Sie tippte mit den Fingernägeln an ihre Tasse und biss sich gequält auf die Unterlippe.

»Du bist an gar nichts schuld«, beteuerte ich. »James ist in mich eingeschlagen wie ein Blitz. Ich hatte überhaupt keine Chance, mich dagegen zu wehren.«

»Aber du hast mir nie etwas gesagt. Du hättest mir doch etwas sagen können. Bin ich nicht deine Freundin?« Mit großen, glänzenden Augen sah sie mich an, als wäre jemand gestorben. Und vielleicht war das auch tatsächlich so. Ich für sie zum Beispiel.

»Und was hättest du daran ändern sollen, hm? Du bist

meine Freundin und ich liebe dich.« Ich legte meine Hand auf ihren Unterarm. »Aber was dieser Mann mit mir anstellt, musste ich erst einmal selbst verstehen. Er bringt mich zum Tanzen, Lilith. Er sieht mich wie keiner sonst und er lässt mich Dinge fühlen, die ich noch nie zuvor gefühlt habe.«

Zuneigung trat in ihren gehetzten Blick und sie nahm die Serviette, um sich eine Träne aus dem Augenwinkel zu tupfen. »Du hättest seinen Blick sehen sollen, als du auf dieser Bühne warst. Mich hat noch nie in meinem ganzen Leben jemand so angesehen. Da war mir klar, dass er einen Narren an dir gefressen haben muss, aber ich ging davon aus, du würdest es nicht erwidern.«

»Hm.« Ich trank einen Schluck meines Kakaos. »Das würde vieles einfacher machen.«

»O Gott.« Sie schloss die Augen und schüttelte den Kopf. »Wird er denn wenigstens gut auf dich aufpassen?«

Ich hob hilflos die Schultern. »Er ist nicht wie Marc. Seine Welt ist voller Feuer und Dunkelheit und ich kann nur mein Möglichstes tun, um ihn da rauszuholen. Mehr geht nicht. Aber eine Wahl hab ich auch nicht mehr.«

»Shit«, stieß sie hervor und starrte mich mit riesigen Augen an. Sie fluchte wirklich viel in letzter Zeit. Was war aus ihren guten Vorsätzen geworden? »Du liebst ihn tatsächlich.«

Ich antwortete nicht. Versteckte mich lieber hinter meiner Tasse Kakao.

»Dieser Film wird wahrscheinlich der Beste werden, der je auf dem Markt erschienen ist«, stellte sie fest und musterte mich fast ein wenig beeindruckt.

»Na, na, du darfst so nicht über einen Bolden sprechen, schon vergessen?«, tadelte ich und zwang mich zu einem Lächeln.

»Oh, Fräulein, ich werde diesen Film zelebrieren! Das wird *mein* verdammter Bolden! Mit *meiner* Abbie!«

»Tja, lange dauert der Dreh nicht mehr.« Diese Tatsache versetzte mir einen Stich.

»Und dann?«, stellte Lilith die Frage, die ich nicht beantworten konnte. »Was dann? Bleibst du hier? Bei ihm?«

»Wohl eher nicht«, sprach ich aus, was mein Bauch mir schon die ganze Zeit sagte. »Ich glaube, das mit uns ist das Dümmste, was mir je passieren konnte.«

»O nein, Liebes!« Sie griff nach meinen Händen und sah mir in die Augen. Besorgt, aber trotzdem entschlossen. »Bitte pass auf dich auf! Aber genieß es! Genieß *ihn*! Er ist großartig. Einfach alles an ihm ist absolut betörend und intensiv. Ich wette, er ist eine Urgewalt im Be- …«

»Lilith«, zischte ich warnend und sie verstummte.

»Entschuldige!« Eine ganze Weile sah sie mich nur an wie eine schöne Erinnerung, die sie nun hinter sich lassen musste. »Sollte das Ende kommen, bin ich für dich da. Und sollte es so unschön werden, wie du befürchtest, steht meine Tür dir immer offen. Egal, für wie lange, verstanden?«

Ihre Worte rührten mich so sehr, dass mein Bauch sich ganz warm anfühlte. »Du bist ein Schatz, wirklich«, ließ ich sie wissen. »Wirst du ein bisschen für Marc da sein? Er war wirklich aufgebracht.« Und das war noch maßlos untertrieben.

»Natürlich werde ich für Marc da sein. Er wird das schon verkraften, glaub mir. Ich kenne ihn lange genug.« Da hatte sie wohl recht. Marc war schon immer sich selbst der Nächste gewesen. Und das würde die Trennung von mir nicht ändern.

Vielleicht lag James am Ende sogar richtig und Marc war nur so zornig gewesen, weil es an seiner makellosen Fassade kratzte, verlassen zu werden.

»Und wenn alles so läuft, wie *ich* vermute«, fügte Lilith frech zwinkernd hinzu, »bist du in Kürze Abigail Bolden und ihr bekommt einen ganzen Haufen kleine, leidenschaftliche und verdammt schöne Filmbusiness-Kinder.«

O Mann, Lilith und ihre ewige zuckrige Gutgläubigkeit. Sie hatte ja keine Ahnung, wie böse James' Vergangenheit auf ihm lastete. Wie kaputt und verloren er eigentlich war. Aber davon musste sie auch nichts erfahren. Sie würde sich nur um mich sorgen. Und am allerwenigsten musste sie wissen, dass ich wirklich dämlich genug war, zu denken, ich könnte irgendetwas gegen seine Dämonen ausrichten.

NEUN

Als ich an diesem Abend auf meinem Balkon saß, war die Stadt merkwürdig leise, als hätte jemand die Welt auf *Pause* gestellt und das konnte ich so verflucht gut gebrauchen.

Mein Inneres befand sich in einem ganz merkwürdigen Schwebezustand. Ich dachte an Marcs unmögliches Verhalten. Hätte er mich tatsächlich einfach so benutzt, ernsthaft? Mich missbraucht? Lag James richtig und er hatte mich die ganze Zeit nur *besessen*? War ich wirklich jahrelang so blind gewesen? Fast hätte ich jemanden geheiratet, der mich vergewaltigte, sobald ich daran dachte, mich von ihm zu trennen.

Mir wurde übel und ich nahm schnell noch einen Schluck aus dem bauchigen Weinglas, das ich in den Händen schwenkte. Rot und trocken wie Staub.

So und nicht anders.

Und wie Marc sich im *Blaze and Bones* benommen hatte. *Verdammt!* Ich rieb mir unbehaglich die Schläfen.

Arrogant und respektlos.

Wahrscheinlich hatte er jeden Schlag von James verdient.

Und es hätten ruhig noch ein paar mehr sein können.

Ich spürte, wie etwas Dunkles in mir aufstieg, sich in mir aufbäumte und mich langsam erkalten ließ. Wie Schatten vor einem entsteht, sobald eine Wolke die Sonne freigibt. Ja, ich bereute noch immer, was ich getan hatte. Mein Blick tastete sich zu dem dunkelroten Wein in meinem Glas. Aber der Anblick seiner gebrochenen Nase hatte mir gefallen …

Und dieser Kerl … Dieser gruselige Bastard, der auf der Jagd nach James war. Man musste kein Genie sein, um eins und eins zusammenzählen zu können.

Wie war Ray von den Vätern plötzlich auf das Gespräch bei Riccardo gekommen? Er war nicht verwirrt gewesen, sondern klarer als je zuvor. Ich hatte noch gedacht, ich sei verrückt, einen Zusammenhang in all dem zu vermuten. Jetzt ergab es Sinn. Ganz plötzlich ergab es Sinn.

Riccardos Aussage, Rays Gesicht, als ich ihm im Auto davon erzählt hatte, und dann James' Befürchtungen … Es gab einen Punkt, an dem alle Fäden zusammenliefen:

Rays Vater.

Wieder nahm ich einen Schluck Wein. Ließ ihn im Mund, bis der herbe, säuerliche Geschmack sich auf meiner ganzen Zunge ausgebreitet hatte.

Terrence Senior …

Aber was wollte er von James? Warum James? Was hatte er angestellt, dass er sich nach so vielen Jahren noch in Gefahr befinden sollte?

Mir war bewusst, dass dieser Mann die Schuld an der Zerbrechlichkeit unseres *Wir* trug, und das machte mich echt sauer. Er war der Grund, aus dem James Abstand wollte, damit ich nicht in die Gefahrenzone geriet, und ich konnte nichts anderes tun, als das zu akzeptieren.

Er hatte sich nicht überzeugen lassen. Keines meiner Argumente war am Ende stark genug gewesen. Ja, ich stand hinter James, aber er wollte nicht verantworten, dass ich zwischen diesen Kerl und ihn geriet. Und deshalb würden wir einander nur noch am Set sehen, wo die Wahrscheinlichkeit geringer war, dass er uns beobachten ließ, weil das Gelände überwacht war.

Nach außen war das *Wir* tabu, also war es quasi nicht existent, solange die Gefahr näher kam und noch nicht gebannt war.

Aber ich würde mit Ray über seinen Vater sprechen müssen. Ich wollte wissen, mit wem wir es hier zu tun bekamen und ob man gegen ihn ankommen konnte. Die Ausführungen von James ließen absolut nichts Gutes hoffen, aber vielleicht übersah er etwas.

Und vielleicht hatte Ray einen Plan.

Ray hatte doch immer einen Plan.

Oder nicht?

ZEHN

Zeus war in einer ekelhaft guten Stimmung am nächsten Tag und betonte immer wieder und wieder, wie gut wir im Zeitplan lagen. Unser Team lief in seiner Gegenwart etwas weniger gebeugt und er machte sich sogar seinen Kaffee selbst.

»Summers, Traum meiner schlaflosen Nächte«, brüllte er zu mir herüber, als ich gerade zu Liza in die Maske verschwinden wollte. »Los, ins Büro mit dir. James hat den neuen und fast finalen Breakdown fertig.«

Final ... Ich mochte dieses Wort nicht. Und schon gar nicht in dem Zusammenhang.

»Ja, ich weiß.« Er stemmte die Arme in die Hüften. »Du wirst mir auch fehlen, aber noch dürfen wir ein paar Wochen zusammenbleiben, mein talentiertes Täubchen.« Er warf mir eine Kusshand zu.

Ekelhaft gut gelaunt. Freak!

Einer der Licht-Praktikanten sah erschrocken zu mir herüber, als könnte man auf Kusshände von Zeus aus Prinzip nur falsch reagieren, aber ich gab ihm die Genugtuung nicht. Stattdessen ging ich am aktuellen Bühnenbild vorbei nach hinten in die dunklen Tiefen der Halle, in denen sich das Büro der Regisseure befand.

Ein paar Requisiten standen auf dem Gang, den ich durchquerte, und es roch nach Staub und Holz. Nach hier hinten verirrte sich keine Menschenseele, wenn sie nicht gerade zu James wollte oder zu dem Regisseur, der hier eben gerade mit seinem Team drehte.

Regie stand groß an der Tür des Büros und machte mir wieder bewusst, wie talentiert James eigentlich war. Lilith hatte recht. Dieser Mann war ein Genie.

In so vielerlei Hinsicht.

Ich klopfte zweimal und öffnete die Tür, ohne auf eine Reaktion zu warten.

Der Raum roch nach vergilbten Büchern und Druckerschwärze. Ein wirklich guter Geruch. An der rechten Wand stand ein Regal voller Drehbücher und die Wände zierten Filmplakate der ganz Großen.

James saß an einem Schreibtisch und betrachtete konzentriert das obere Blatt auf dem Papierstapel vor sich. Zwischen seinen Fingern drehte er bedächtig einen Stift hin und her. Ganz offensichtlich brütete er über einer Szene, die im Begriff war, ihm den letzten Nerv zu rauben.

»Na, Boss, schön hast du es hier. Kann ich helfen?« Ich lehnte mich mit dem Rücken gegen die Tür, sodass sie ins Schloss fiel, und griff hinter mich, um unauffällig zu verriegeln.

James' Blick wanderte langsam zu mir, ohne dass er den Kopf bewegte. Abschätzend. Lauernd. Es machte mich wahnsinnig, wenn er mich so ansah.

Er trug ein olivgrünes Shirt mit dem Kopf eines Tigers darauf. Genauso grün wie seine Augen. Tief durchatmend legte er den Stift ab und faltete die tätowierten Arme.

Tja, *Hunter,* wer jagt hier am Ende wen, hm?

»Ich hänge«, sagte seine rauchige Stimme und sein Blick folgte mir aufmerksam, als ich auf seinen Schreibtisch zuging und mich direkt vor ihm abstützte, um die Seite zu lesen, auf die er so verzweifelt gestarrt hatte.

»Hm«, machte ich und die Wärme seiner Nähe machte, dass ich einfach nur Worte anstarrte, ohne sie lesen zu können.

Als ich den Blick hob, sah er mich an wie ein Raubtier, das überlegte, ob es angreifen oder sich zurückziehen sollte.

Dieser Mann war so verflucht sexy. Seine Aura hatte mich schon beim Hereinkommen getroffen wie ein Rammbock.

»Ich glaube ...« Ich ging um ihn herum und stellte mich direkt hinter ihn, als könnte ich so besser lesen, was er vor sich hatte.

Er rückte mit dem Stuhl ein Stück zur Seite.

»Sereina ist faszinierter von Oswin, als sie sich eingestehen will.«

Ich fuhr mit den Fingern über seine Schultern und spürte, wie er dabei erschauerte. Seine Haut war so herrlich warm und es gefiel mir unsagbar gut, wie seine Muskeln sich unter meiner Berührung anspannten.

»Meinst du?«, raunte er und griff nach meinem Arm, ohne sich umzudrehen.

Wollte er, dass ich aufhörte? Hm, aber ich hatte doch gerade erst angefangen.

»Ja, meine ich.« Ich beugte mich zu ihm hinunter und berührte sein Ohr mit meinen Lippen, was ihm ein tiefes, genüssliches Brummen entlockte. »Er meuchelt für sie seine halbe Truppe, lässt sich bereitwillig von ihr manipulieren und behandelt sie wie eine Königin.«

Ich löste meinen Arm aus seinem Griff und fuhr ihm durchs Haar. Er schloss die Augen, während ich weitersprach: »Es wird nichts daran ändern, dass sie am Ende sein Untergang ist, aber ich denke, sie könnte ihn etwas sachter in den Abgrund ziehen.«

In einer fließenden Bewegung setzte ich mich, das Gesicht ihm zugewandt, auf seinen Schoß und er sah mich fest an, während ich meinen Schritt sacht an seinem bewegte.

»Er hat ihre ganze Familie getötet«, hauchte er erstickt und zuckte seufzend zusammen, als ich mich noch fester an ihm rieb. Da freute sich offenbar jemand noch mehr, mich zu sehen, als er.

Er presste beherrscht die Zähne aufeinander, während ich meine Bluse aufknöpfte, verführerisch über die Schultern gleiten ließ und mich näher zu seinem Gesicht beugte. »Hass und Liebe liegen manchmal sehr nahe beieinander.«

Er starrte mich an. Atemlos. Sein Körper bebte. Und als ich wieder begann, die Hüften zu kreisen, und ihm dazu lang gezogen ins Ohr seufzte, spürte ich, wie sich auf einen Schlag alle Muskeln in seinem Körper auf einmal anspannten. Er packte mich und legte mich vor sich auf den Schreibtisch. Mein BH flog gegen das Bücherregal und er schob meinen kurzen Rock hoch und riss mir den knappen Spitzenslip von den Beinen. Dann öffnete er knurrend seine Hose und drängte sich im nächsten Moment so tief und dominant in mich, dass ich hell aufstöhnte.

»Schsch! Entspann dich«, keuchte er, während sein Körper sich über mich beugte. »Die Wände sind dünn.« Wie um mich zu provozieren, entzog er sich mir ein Stück, um sich kurz darauf wieder bis zum Anschlag in mich zu schieben.

»Gott«, jammerte ich und er hielt inne, griff nach meinen Brüsten und rieb meine Nippel sacht mit seinen Fingern. Es kostete mich unheimlich viel Beherrschung, nicht zu schreien.

Wie er mich ansah. So diebisch, gierig und so herrlich schmutzig, am liebsten hätte ich ihn in einem Stück verschlungen.

Er küsste mich tief und fordernd, während er mich in

kurzen, harten Stößen nahm und ich meine Beine fest um ihn schlang. Ich wollte mehr von ihm! Mehr, mehr, mehr!

Als er seine Lippen von meinen trennte, stöhnte er knapp im Takt seiner Bewegungen und zog meinen Oberkörper näher zu seinem in eine feste Umarmung. »Du fühlst dich so verflucht gut an.«

Für ein paar Sekunden keuchten wir atemlos, hörten auf, uns zu bewegen, und sahen einander tief in die Augen. Ich fühlte, wie er in mir pulsierte.

Ganz sacht legte er mich wieder auf dem Tisch ab, ohne sich mir zu entziehen. Er griff behutsam zwischen uns und glitt mit einem Finger zwischen meine Schamlippen. Ich seufzte tief, während er mich ruhig stimulierte und langsam, ganz langsam dazu das Becken kreiste.

Oh, wie ich mich unter ihm wand. Ich wollte es schneller, wollte, dass er mich erlöste von dieser bittersüßen Qual und mehr Druck ausübte, dass er mich kommen ließ und mich dann in festen Stößen nahm, bis er kam. Aber diese Genugtuung gab er mir nicht. Er wollte es auskosten und er wusste sehr genau, was er tat. Ein lang gezogenes Stöhnen entfuhr ihm, als er mich dabei beobachtete, wie ich unter seinen Händen mehr und mehr die Beherrschung verlor. Heiße Wellen rollten in mir heran. Er bewegte sich so geschmeidig in mir und erreichte dabei mit seinem Schwanz auf köstliche Art Punkte, von denen ich gar nicht gewusst hatte, dass sie überhaupt existierten.

Seine Finger waren unnachgiebig, ich bäumte mich ihm jammernd entgegen, mein Herzschlag wurde heftiger, das Blut kochte heiß in meinen Ohren.

Und er sah mir mit verklärtem Blick in die Augen, während er sich tiefer in mich schob, sich mir wieder entzog und erneut in mich glitt.

Verdammt, das war so gut, dass es nicht mehr lange dauern würde, bis ich komplett außer Kontrolle geriet.

Sein Finger umkreiste meine Perle unglaublich gekonnt und mit jedem Stoß wurde seine Hand fester an meine Mitte gepresst. *Oh, verdammt! Verdammt!*

»Scheiße, James, warte ...« Er stoppte und eine solche Flutwelle aus Lava überrollte mich auf einen Schlag, dass es mir tanzende Sterne vor die Augen trieb. Ich stöhnte heiser gegen seine Schulter und sank heftig atmend zurück auf die Tischplatte.

Er beobachtete mich, kostete die zügellose Lust in meinem Gesicht aus. Sein Blick war dabei die pure Faszination und er schob sich noch einmal bis zum Anschlag in mich und noch einmal, dann verspannte sich sein gesamter Körper und er kam warm in mich hinein, während ich mich wieder an ihm nach oben zog und seine Lippen mit meinen bedeckte, um sein raues Stöhnen zu dämpfen. Ich schlang die Arme um ihn und er küsste atemlos meine Stirn. Wie ich es liebte, wenn er das tat. Es schenkte mir die bescheuerte Illusion, alles sei in Ordnung.

Eine unsinnige Idee davon, wie es sein könnte. Wie er und ich sein könnten, wenn alles einfach wäre und nicht so beschissen verkorkst, wie es eigentlich war.

In dem Moment klopfte es an die Bürotür und wir hielten gleichzeitig die Luft an.

»James? Bist du da drin? Ist Abbie bei dir?« Das war Rays Stimme. *Mist!* Mein Blick tastete sich entsetzt zu dem von James und der besaß doch tatsächlich die Abgebrühtheit, mich noch dreckig anzugrinsen.

»Ich komme, Ray.« Seine Stimme klang heiser und zerstört.

»Ja, das bezweifle ich nicht«, motzte Ray tadelnd.

James verkniff sich ein Lachen und auch ich musste mich beherrschen.

»Schert euch jetzt sofort da raus, ihr sittenlosen Tiere, damit ich euch beiden die Ohrfeige eures Lebens verpassen kann«, wisperte er durch die Tür hindurch.

Oh, er war wütend. Wirklich wütend. Ich war mehr als froh, dass sich in diesem Moment dickes Holz zwischen uns befand.

»Los jetzt! Die anderen vermissen euch schon. Wollt ihr, dass irgendjemand *davon* Wind bekommt?«

Davon ... Er sprach es aus, als hätte ihn gerade ein extrem lästiges Insekt angeflogen.

James umarmte mich noch einmal tief durchatmend, küsste meine Stirn, meine Nase und meinen Mund. Bei den Lippen verharrte er etwas länger und ich schloss die Augen, um seinen Kuss sanft zu erwidern.

Du bist der Teufel, James Bolden!

Die Hölle und der Himmel zugleich.

»Geschäftsbesprechung«, murmelte James kleinlaut, als wir uns wieder angezogen und Ray die Tür aufgeschlossen hatten.

»*Geschäftsbesprechung*?« Rays Brauen wanderten bis an seinen Haaransatz. Ooooh, er war so wütend.

Ich sagte lieber gar nichts und drückte mich einfach weiter beschämt schweigend in meiner Ecke herum.

Seine Hand griff so blitzschnell nach einem der Bücher im Regal, um es nach James zu werfen, dass der keine Chance hatte, auszuweichen, und es traf laut krachend direkt auf seine Brust. Er keuchte dumpf auf, verkniff sich aber den Fluch, der als Reaktion über seine Lippen wollte.

»Du verkaufst mich nicht für blöd, James Bolden!« Ray blickte fassungslos von ihm zu mir und wieder zurück wie eine enttäuschte Mutter, die am liebsten sofort die Prügelstrafe wieder eingeführt hätte.

»Seid ihr wahnsinnig? Was ist das hier? Was ihr da tut, ist falsch und wird euch beide schrecklich verletzen. Und *ich* bin hier der Leidtragende, weil ich euch beide liebe. Verflucht! Ich kann euch unmöglich beide wieder zusammensetzen.«

»Es ist nur Sex, Ray«, rechtfertigte James, was hier passiert war, und kassierte dafür einen Blick wie von einer wahnsinnig gewordenen Kobra im Angriffsmodus. »Zwing mich nicht, das nächste Buch zu greifen, Freundchen!«

»Wir haben das im Griff«, fügte ich stammelnd hinzu und zuckte zusammen, als Ray mich anvisierte.

»Ihr habt überhaupt nichts im Griff. Hier hat keiner mehr irgendetwas im Griff! Verfluchtes Irrenhaus!« Er drehte sich um und rauschte fluchend davon.

Okay, vielleicht hatte er recht ... Mir war die Kontrolle über die Situation längst entglitten und ich konnte nur schwer hoffen, dass James es für uns beide im Griff hatte.

»Kommt ihr dann jetzt?«, schimpfte Ray noch einmal über seine Schulter. Offensichtlich hielt er sich für den einzigen Menschen im Umfeld, der noch bei klarem Verstand war.

Und wahrscheinlich stimmte das sogar.

ELF

Die nächsten Tage waren wie ein Traum. Vergänglich und unwirklich. James bezog mich massiv in die restliche Planung des Filmes ein. Wir spazierten stundenlang am Set umher und diskutierten über Sereina und Oswin. Ab und zu berührten wir uns flüchtig, sobald keiner hinsah, und immer, wenn ich mit wild übersprudelnden Ideen von Sereina erzählte, sah er mich auf diese Art an, die meine Brust zum Glühen brachte. Er erledigte alles, was er auch hätte zu Hause tun können, aktuell am Set und es gab wirklich viele sehr wichtige *Besprechungen* in seinem Büro mit mir unter vier Augen. Verdammt, ich liebte jede einzelne davon. James Bolden kam wie ein Sturm über mich. Ich genoss den Regen auf der Haut und den Wind, der an meinen Haaren zerrte und mein Herz so wild und stark schlagen ließ wie noch nie zuvor. James sah mich an wie nie jemand zuvor, er inspirierte mich wie nie jemand zuvor und er nahm mich wie nie jemand zuvor. Heftig und heißblütig. Und manchmal auch ganz sanft und innig. Ich liebte alles an ihm. Sein Lachen, seine Aura, seine Dunkelheit und auch seine Traurigkeit.

Das Team beäugte uns misstrauisch, wenn wir zusammen drehten, aber niemand wusste von unserem Techtelmechtel, außer Ray.

Das hoffte ich zumindest ganz stark.

Draußen sahen wir uns nie. Wir schrieben uns nicht und gingen auch nicht tanzen oder Kaffeetrinken auf Primrose Hill. Nach außen hin gab es schlicht und einfach kein *Wir,* daran hielten wir uns strikt, um jedes Risiko zu minimieren. James wollte mich so weit wie möglich aus der Schusslinie haben, und auch wenn ich ihn am liebsten jede Nacht in mein Bett gezerrt hätte, war unsere kleine Existenz so heil, wie sie eben sein konnte, und die Dunkelheit noch weit entfernt.

Solange er ein Teil davon war, durfte meine Welt ruhig klein sein. James machte jedes Dasein zu einem Abenteuer.

Ich war täglich die Erste am Set und die Letzte, die ging. Ray beobachtete all das mit wachsender Sorge.

Nicht einmal Thomas, der devot seine Arbeit wieder aufnahm, konnte James aus der Ruhe bringen, und ich war so stolz auf ihn. Auf seine Ideen, sein Feuer im Herzen, seine Sicht auf die Dinge, auf einfach alles.

London Devil würde ohne Frage großartig werden. Wir hatten alles im Kopf und auf dem Papier, entwickelten uns gemeinsam zu einem Feuersturm aus Kreativität, der alles mit sich riss und keinen Wert auf Grenzen oder Regeln legte.

Mit ihm war ich stark, mit ihm war ich lebendig und ich würde niemals zulassen, dass ihm etwas zustieß.

Fast konnte man vergessen, dass irgendwo noch ein paar Schatten auf unser Licht lauerten. Und sie wuchsen, kamen näher, wurden mit jedem Tag hungriger.

An diesem Abend waren James und ich die Letzten in der Halle. Während er die hinteren Räume abschloss und ich am Haupttor auf ihn wartete, prasselte heftiger Regen auf das Blechdach über uns. Die Räumlichkeit wirkte mit all ihren stillen Kulissen und ohne das Gebrüll von Zeus wie ein unheimlicher *Lost Place.* Draußen auf dem Gelände in der Schwärze der Nacht erkannte ich die Lichtkegel von den Taschenlampen der ersten Wachmänner.

»Es gießt wie aus Kannen«, sagte ich matt, als ich das Klacken des letzten Schalters hinter mir hörte und die Finsternis in der Halle sich mit der draußen im Regen verband.

»Ich hab Ray gebeten, dich nach Hause zu fahren«, sagte James' melodische Stimme so nahe bei mir, dass ich wohlig erschauerte. »Er wartet gleich um die Ecke.«

»Okay.« Ich schluckte und griff sacht hinter mich nach seiner Jacke. Das Leder fühlte sich kühl und glatt unter meinen Fingern an und ich hielt es einfach fest, als könnte ich ihn so am Weggehen hindern.

»Und du auf der Maschine bei dem Wetter?«, fragte ich ein bisschen überbesorgt. Er mochte das nicht. Und die Frage war auch komplett überflüssig, denn er war immer mit dem Motorrad unterwegs.

Ich wusste ja inzwischen, warum.

»Hmmm«, brummte er nur, als wäre ihm bereits klar, dass ich mir die Frage längst selbst beantwortet hatte.

Ich drehte mich zu ihm, erkannte nur seine Umrisse, nahm seine Wärme aber sehr deutlich wahr. Er roch so einmalig nach Geborgenheit, ich konnte einfach nicht anders, als mit den Händen unter seine Jacke zu fahren und mich an ihn zu schmiegen.

»Abbie«, raunte er ein bisschen tadelnd und ein bisschen erschrocken, ließ meine Annäherung aber trotzdem zu.

»Nur ganz kurz«, flüsterte ich.

Nicht solche Gesten außerhalb der Halle, ich wusste schon. Nur schien er letztendlich genau wie ich zu beschließen, dass es dunkel genug war und wir uns ja auch noch gar nicht wirklich draußen befanden, denn er zog mich tief seufzend enger an sich.

Mein Herz brannte. »Was passiert, wenn es vorbei ist?«, fragte ich erstickt, ohne die Antwort wirklich hören zu wollen.

»Dann ist es vorbei«, flüsterte er, »und du bist außer Gefahr. Deshalb wird es ein gutes *Vorbei,* Abbie.«

Der Riss in meinem Herzen wurde größer und gemeiner.

Wie konnte er es wagen, so ehrlich zu sein? Wie ein verdammter Rammbock aus Stahl direkt in die Magengrube.

»Scheiße! Ich hasse dich so sehr, James Bolden.« Ich schmiegte mein Gesicht an seines und spürte seine Finger in meinem Haar.

»Das ist ein guter Anfang, Abigail Summers.« Seine Lippen fanden meine in der Dunkelheit und streiften sie so schmerzlich sacht, dass ich die Augen schloss und einfach nur in dieser Berührung badete.

»Es beruhigt mich«, sagte er rau direkt an meinem Mund, »denn ich hatte schon Angst, du hättest dich ein bisschen in mich verknallt.«

Mein freudloses Lachen prallte auf seine Lippen.

»Da wäre ich ja schön blöd. Wo sollte das denn hinführen?«

Er atmete tief und suchte meinen Blick in den dunklen Schatten der Nacht. »Ins Nichts, fürchte ich.«

Eine gefühlte Ewigkeit betrachtete ich die Umrisse seines Gesichtes, bildete mir ein, die Düsternis in seinen Augen bezwingen zu können, während mein Hals sich mehr und mehr zuschnürte. »Ins Nichts, ganz genau.« Abrupt zog ich ihn näher, küsste ihn so innig und tief, dass ein wohliges, langes Geräusch hinter seiner Brust entstand und direkt in meiner einschlug.

Der Regen rauschte, während wir einander verschlangen, und er rauschte noch immer, als ich mir die Kapuze über den Kopf zog und um die Ecke zu Rays Oldtimer rannte. Er schaltete die Scheinwerfer ein, sobald er meine Silhouette durch die Finsternis auf ihn zu rennen sah. Hinter mir ertönte das dumpfe Aufheulen von James' Motorrad.

»Komm rein, mein Engel.« Ray öffnete mir die Tür und betrachtete mich voller Mitgefühl. »Wir gehen jetzt etwas trinken. Nur du und ich, in Ordnung?«

»In Ordnung.« Ich zwang mich zu einem Lächeln.

Ich fühlte mich wie ein führerloser Achterbahn-Waggon. An einem Tag schossen die Endorphine nur so durch mich hindurch und ich dachte, ich könnte fliegen, und schon am nächsten wollte ich am liebsten sterben. Ray wusste das, weil er alles wusste. Und es würde so guttun, den Regen und den Sturm mal für einige Stunden draußen zu lassen und einfach ungezwungen ein paar Cocktails mit ihm zu trinken.

ZWÖLF

»Sieh dir nur dieses kleine Schnittchen an«, säuselte Ray und spitzte lasziv die Lippen, während er den Barkeeper im *Yackideejack* ohne jede Hemmung anschmachtete. »Er kann mir nicht widerstehen, ich schwöre es dir. Eines Tages ist es so weit. Der zauberhaften Ray widersteht man nicht.«

Der Angebetete merkte natürlich, dass er angestarrt wurde, und zwinkerte Ray keck hinter den Lianen über der Bar zu. Seine spitzen Züge wurden von dem indirekten Licht hinter dem Tresen betont, als er sich hinunterbeugte, um Limetten zu schneiden. Fast schon feminin wirkte er in seinem engen violetten Hemd, wie ein zerbrechliches Mädchen mit dem Gesicht einer Spitzmaus.

Ray griff nach der Zitrone neben dem Tequila, den uns die Kellnerin mit den riesigen Blumen-Ohrringen gerade gebracht hatte, streute sich Salz auf die Hand und hielt Blickkontakt zur Bar, während er es in einer Bewegung herunterleckte, den Kurzen kippte und zähneblecked in das zugehörige saure Obst biss.

Der Barkeeper hielt sich grinsend die Brust, als hätte ihn soeben Armors Pfeil getroffen.

Ich verdrehte theatralisch stöhnend die Augen. »Hallo? Anstoßen ist wohl auch nicht mehr, was?«

»Entschuldige. Ich flirte gerade«, erwiderte Ray bedeutungsschwer, als hätte ich das noch nicht mitbekommen, und musterte mich aus seinen schmalen, haselnussbraunen Augen.

»Und dafür riskierst du sieben Jahre schlechten Sex? Das würde Charly bestimmt nicht gefallen.«

Ich griff nach dem Salz, um mir ebenfalls ein paar Körnchen auf den Handrücken zu streuen. Genau so stand es geschrieben. Stieß man vor dem Trinken ohne Blickkontakt an oder besaß man gar die Frechheit, es überhaupt nicht zu tun, bescherte einem das sieben Jahre schlechten Sex, und wer bitte konnte sich so etwas schon leisten?

»Tja.« Ray zog provokant einen Mundwinkel nach oben. »Bei dir besteht da ja aktuell kaum Gefahr, was?«

Ein tiefes, widerwilliges Knurren bildete sich hinter meiner Brust, wie ich es eigentlich nur von James kannte, und ich leckte rabiat das Salz von meiner Hand, stürzte den Tequila hinterher und biss in die Zitrone. Das Gefühl, wie meine Mundhöhle sich unter der heftigen Säure zusammenkräuselte, war herrlich.

Und noch dazu der wunderbar heiße Feuersturm des Alkohols, der sich von meinem Hals bis in den Bauch ausbreitete.

Mürrisch ließ ich den Blick durch die Bar schweifen. Im Moment lief *Loyal* von *Odesza* und immer, wenn der Bass einsetzte, wippte der Barkeeper vertieft mit.

Hier hatte alles begonnen. Hier hatte ich den verrückten Irren neben mir kennengelernt. Hier hatte er mich gewarnt, ich solle mich von Leuten wie ihm fernhalten, und mich wahrscheinlich zeitgleich dazu bereits ausgesucht. Ich war ihm in die Falle gegangen wie ein hoffnungsloser Amateur.

Und jetzt … Wo war ich jetzt gelandet?

Keine Hochzeit, kein Job, kein Marc und kein Zuhause.

So viele verdammte Tequila, um sich das aus den Synapsen zu brennen, gab es auf der ganzen Welt nicht.

Wir saßen unweit der Bar an einem kleinen Tisch inmitten einer grünen Dschungel-Landschaft, die sich über die Wände bis hin zu unseren Stühlen zog.

Der Song wechselte zu irgendetwas Atmosphärischem, das ich nicht kannte, und eine extrem geschminkte Frau in einem bauchfreien Jeans-Oberteil schob sich hinter Rays Stuhl vorbei. Wir sahen ihr eine Weile dabei zu, wie sie zu einer Gruppe Männer am Tresen stieß und jeden von ihnen so innig umarmte, als hätten sie sich hundert Jahre nicht gesehen.

»Ihr werdet nie eine Beziehung führen, wie der Katalog-Schnuckel und du sie hattet«, begann Ray, während er in seinem bunten Cocktail rührte, der zu dem Tequila dazugekommen war. »Keine Treueschwüre, Austern oder ein gemeinsames Penthouse.«

Ich lachte freudlos. Er wollte mir also wirklich wieder damit auf die Nerven gehen und das, obwohl ich gehofft hatte, wir könnten einfach nur gemeinsam etwas trinken, den ganzen Scheiß vergessen und ausgehen wie zwei Freunde, die so taten, als hätten sie keine Sorgen. Aber gut. Von mir aus. *Bitteschön!* »Siehst ja, was aus den Treueschwüren geworden ist. Und ich hasse Austern! Hab ich dir schon mal gesagt.«

»Schätzchen …«

»Und es gibt auch kein *Ihr,* verstanden? Kein *Wir,* kein *Uns,* keine Treueschwüre. Wir *vögeln* einfach nur miteinander, Ray, okay?« Ich spürte die Bitterkeit in meinem Blick, als ich ihn damit durchbohrte.

Ein piekfeiner Typ mit einer Frisur wie Elvis Presley,

der an uns vorbei in Richtung Toilette ging, warf mir einen erschrockenen Blick zu.

Tja, das ist wohl diese Gossensprache, die Marc so an mir geschätzt hat, also glotz lieber nicht, wenn du keine verpasst haben willst!

»Liebes …«, begann Ray wieder tadelnd wie ein besorgter Bruder. Ich mochte diesen Ton nicht. Er sollte einfach nur damit aufhören.

»*Was*?« Ich wusste doch selbst, dass es idiotisch war, was ich tat. Was *wir* taten.

Mein Blick fesselte seinen und ich konnte ein Flackern in seinen Augen erkennen. Tief durchatmend griff ich nach seinem Cocktail, nahm einen Schluck und stellte ihn wieder vor ihm ab.

»Okay. Was willst du jetzt von mir hören? Dass ich ihn liebe?« Ein schweres Schlucken schmerzte mir im Hals. »Gut, ich liebe ihn. Bist du jetzt zufrieden? Ich liebe ihn, ja. Dumm gelaufen, oder?«

Es tat so gut, es vor ihm auszusprechen, und trotzdem fühlte es sich reichlich dämlich an. Und Ray hatte es mit Sicherheit eher gewusst als ich. Er beobachtete die Menschen. Vor allem die, die ihm etwas bedeuteten.

Langsam schob er mir seinen Cocktail zu und ich wischte mir unwirsch übers Gesicht. »Scheiße!« Schnell nahm ich noch einen tiefen Schluck und Ray bestellte sich einen Neuen und gleich zwei weitere Tequila bei der vorbeieilenden Kellnerin. Viel los hier. Wirklich viel los.

Er wendete sich wieder mir zu und griff mit seinen warmen Händen sacht nach meinen Handgelenken. Ich zuckte unter seiner Berührung zusammen, als hätte ich ihm gerade offenbart, dass ich sein Auto angesteckt hatte.

»Schlechtes Timing, mein Augenstern.«

»Tja.« Traurig blickte ich zu ihm auf und fand nichts als Zuneigung in seinen warmen Augen. »Mein beschissenes Herz hat nicht danach gefragt.«

»Das tun beschissene Herzen nie.« Er lächelte mild. »Wenn du ihm einen Gefallen tun willst, sag es ihm nicht. Denn wenn du es ihm sagst, wird er nicht mehr stark genug sein, sich weiter einzureden, er würde dich nicht lieben.«

»O Scheiße, Ray.«

Ich zog meine Hände aus seinen und vergrub mein Gesicht darin. Es tat wieder weh in meiner Brust. Ich hasste es so sehr, wenn es wehtat.

»Okay.« Ich würgte den Schmerz nieder und die Tränen und alles, was in diesem Moment noch so aus mir ausbrechen wollte. »Okay.« Ein tiefer Atemzug half.

Dann kamen auch schon unsere Getränke.

»Zwei Shots für das hübsche Pärchen«, sagte die Kellnerin und ich starrte sie entgeistert an. Sie trug pinkfarbenen Lidschatten, roch nach Erdbeere. Als sie meinen Blick bemerkte, zwinkerte sie mir frech zu und verschwand wieder.

»Wir sind ein Pärchen, mein Schatz«, ging Ray natürlich sofort auf die Bemerkung ein, »und ein hübsches noch dazu.«

Ich prostete ihm mit seinem Ex-Cocktail zu. »Ja, wir sind tatsächlich ein selten hübsches Pärchen.« O Gott, das waren wir. Wie Bonnie und Clyde. Wie Siegfried und Roy. Wie Gretchen und Faust.

Und im Moment fühlte es sich an wie Frodo und Sam auf dem Weg zum Schicksalsberg.

Nur fraglich, ob wir den je erreichen würden.

»Erzähl mir von deinem Vater, Ray«, sagte ich völlig unvermittelt und sah, wie er zusammenzuckte.

»Von meinem Vater? Warum das denn?«

»Weil er James schaden will und ich herausfinden muss, weswegen.«

»Was?« Ihm wich sämtliches Blut aus dem Gesicht und der kleine Spaß mit dem Pärchen war sofort vergessen.

»Woher ... Hat James dir das gesagt?« Seine Stimme wurde leiser und er sah sich paranoid in der Bar um.

»Nein«, erwiderte ich nur und nahm noch einen Schluck von meinem Getränk. Es schmeckte nach Ananas und ein wenig sauer.

Ray starrte mich eine ganze Weile nur an, als wartete er darauf, dass ich ihm laut lachend *April April* ins Gesicht schrie. Aber warum sollte ich das tun? Wir hatten nicht einmal April. Und das hier war weit entfernt von einem Scherz.

»Abigail Summers ...« Er musterte mich kopfschüttelnd und ein wenig beeindruckt. »Ich habe dich vom ersten Tag an für diese Klugheit geliebt.« Er atmete so tief ein, dass ich glaubte, seine Brust würde jeden Moment nachgeben. »Dann ist die ganze Geschichte jetzt wohl bereit, von dir gehört zu werden, was?«

»Die ganze Geschichte?« Ich kaute interessiert auf meinem Strohhalm.

»Ja, die Geschichte von James und mir. Willst du sie hören?«

»Du, nein, ich muss eigentlich los. Zu Hause wartet Besuch auf mich und das hier wird ja bestimmt länger dauern, also ...« Ich erwiderte seinen skeptischen Blick und warf schnaubend die Hände in die Luft. »*Natürlich* will ich sie hören, Mann. Deine rhetorischen Fragen kannst du dir bei mir von vornherein schenken, das weißt du doch.«

»Du freches Luder. Gut. Also dann ...« Ray präparierte seine große Hand für den Tequila und ich tat es ihm nach.

»Salud!«

»Salud!«

Wir kippten das Gebräu, schüttelten uns kurz, Ray knackte mit den Fingern und lehnte sich zurück. »Gutes Zeug.«

»Hmh, gutes Zeug«, bestätigte ich, während sich Angst

gemeinsam mit der Hitze des Alkohols durch meine Venen fraß.

Wollte ich hören, was jetzt kam? Hatte Ray nicht gemeint, es würde mich dazu bringen, James weniger zu schätzen, oder etwas in der Art?

Du musst da jetzt durch, Abigail Summers! Also kneif die Backen zusammen und leide still, wenn du es tust!

»Zuerst einmal: James ist der wichtigste Mensch für mich auf der Welt, und wenn alles anders wäre, würde ich eure Trauzeugin spielen, obwohl ich so etwas hasse, und mit Charly gemeinsam für euch singen, obwohl wir das nie auf Hochzeiten tun. Es würde mich zum glücklichsten Mann auf Erden machen, dass ihr beide einander gefunden habt, denn ihr gehört zueinander. Ihr passt ineinander wie zwei Zahnräder und ich meine damit nicht das, was ihr die gesamten letzten Tage nur im Kopf habt, du kleiner Schmutzfink.« Tadelnd hielt er einen Finger vor meine Nase, obwohl ich gar nichts gesagt hatte. »Ich meine damit, dass du ihn aus seiner Dunkelheit holst, und das hat bisher keine geschafft, nicht einmal Sara. Und er macht dein Licht heller, er spornt dich an, das Feuer in deinen Adern zuzulassen. Du weißt, ich sehe diese Dinge, Abigail.«

Ja, das wusste ich. Und die Scheißtränen, die mir schon wieder die Kehle zuschnürten, wussten es auch. »Aber es ist eben nicht alles anders, was?«, sagte ich erstickt.

»Nein«, erwiderte Ray liebevoll, »leider nicht, Liebes. Und ich hoffe, du kannst verstehen, warum, wenn dieser Abend vorbei ist.«

»Na, dann gib's mir!« Noch ein Tequila wäre gut. Auch wenn ich bereits begann, seine beiden Vorgänger zu spüren.

Ray lehnte sich auf seinem Stuhl zurück, faltete die Hände und lächelte gedankenverloren. »James und ich waren auf der gleichen Schule. Ich war einen Jahrgang über ihm und ich sage dir, er hatte den Kopf voller Bockmist. Mir war schon immer klar, aus ihm könnte nur ein Verbrecher oder ein Genie werden. Gott sei Dank ist es am Ende doch noch das Genie geworden, was?« Er lachte müde und ließ den Blick gemächlich durch den Raum schweifen, als wäre er auf der Suche nach der Vergangenheit, von der er mir erzählte. »Wir waren Freunde von der ersten Sekunde an und ich weiß überhaupt nicht, wieso. Ich meine, sieh uns an.« Er zeigte an sich hinunter, als wollte er mir demonstrieren, wie anders als James er mit seinem trendy bunten Flickenpullover und der schmal geschnittenen schwarzen Stoffhose war.

»Mein Vater«, sein Gesicht und seine Stimme erkalteten merklich, »war anfangs nur ein saufender Bastard, der Waffen liebte. Er prügelte meine Mutter regelmäßig krankenhausreif und eines Tages erwischte er mich dabei, wie ich ihren Lippenstift trug. Ich war zehn und er schlug mich dafür fast tot.«

Ein bitterböses Lächeln machte seine Lippen schmal. »*Was soll das hier sein? Ist mein Sohn eine dreckige Schwuchtel*? Tja, das ist er wohl, oder, Abbie?«

Ich wusste gar nicht, was ich dazu sagen sollte. Mein Magen fühlte sich an, als würde er auf die Größe einer Rosine zusammenschrumpfen.

»Meine Mutter verließ uns ein paar Jahre später. Wer konnte es ihr verdenken?« Ray hob freudlos die Schultern. »Und ich zog die Kleider an, die sie im Schrank gelassen hatte. Sie fehlte mir. Ich lebte in einer Traumwelt, in der sie noch bei mir war. Und kassierte dafür noch mehr Prügel.«

»Verdammter Bastard!« Der Schluck meines Cocktails war so tief, dass ich husten musste.

»Ich hatte versucht, es vor James zu verheimlichen. Es war mir peinlich. Aber wie sollte ich die blauen Flecken auf Dauer verstecken? Eines Tages hatte ich ein solches Veilchen, dass James beschloss, mit meinem Vater zu reden. Er war fünfzehn, ich sechzehn und mein Vater hatte sich inzwischen einen Namen in der Londoner Drogenszene gemacht. Es war doch tatsächlich mehr aus ihm geworden. Ich wünschte, er hätte sich einfach nur totgesoffen. Ich verstand damals nicht viel davon. Nahm nur mehr und mehr dubiose Gestalten auf unserer Terrasse wahr, das war's.« Er stieß ein abschätziges Lachen durch die Zähne. »Louis Terrence, der große Drogenbaron, ein weltbekannter Drogenboss, ja, das wäre er gern, jaja. Dabei ist er nichts weiter als ein schmutziger Kleinkrimineller mit einem verlumpten Hofstaat, der sich für Al Capone hält. Trotzdem macht ihn das nicht ungefährlich, denn er ist verschlagen.«

Louis Terrence ... Da war der Name des Mannes, der ganz offensichtlich unser Feind war. Der Feind von Ray, der Feind von James und damit auch von mir. Eine kochende Welle der Wut durchbrodelte meinen Körper.

Bastard!

»Auf jeden Fall wusste ich zumindest eines, auch wenn ich sonst vielleicht kein besonders kluger Junge war: Mit jemandem wie meinem Vater reden zu wollen, ist eine ganz, ganz dumme Idee. Aber du kennst James und er war schon immer, wie er eben ist. Ich war vielleicht zierlich und mein alter Herr in der Lage, mir sämtliche Knochen zu brechen, aber James hatte ein dickes Fell, eine drahtige Statur und ließ sich nichts sagen. Nicht einmal von ihm. Es war, als fürchtete er nie Konsequenzen.« Ray lächelte wieder. Ganz bezaubert und verinnerlicht.

»Du warst in ihn verliebt«, stellte ich interessiert fest.

Das wurde ja immer besser.

Seine Augen verklärten sich, sein Blick glitt in weite Ferne. »Zuerst dachte ich das. Himmel, ja. Aber dann wurde mir klar, dass er einfach nur dieses gewisse Etwas hatte. Diese Stärke. Diese Ausstrahlung, die Welt könne ihm gar nichts. Weder mein Vater noch die gruseligen Leute mit den zerschlagenen Gesichtern auf unserer Terrasse. Einfach *niemand* konnte James Bolden etwas. Und das wollte ich auch haben. Ich wollte etwas von dieser Kraft, mit der er meinem Vater die Stirn bot. Wieder und wieder, egal, wie teuer er bezahlte. Es war ihm einfach egal.«

»Louis ist nicht sein Vater, Ray, sondern deiner. James hatte viel mehr Distanz als du.«

»Tja, möglich.« Ray sah mich direkt an und tippte sich an die Stirn. »Die Narbe, die James dort hat.«

»Ist von ihm«, schlussfolgerte ich mit kalter Stimme.

»Ganz genau. Seit er an diesem Tag auf unserer Terrasse aufgekreuzt war, um mit meinem Vater zu reden, war nichts mehr wie vorher. Mein Vater sah ihn auf eine Art an, die ich hasste, weil ich wusste, dass er ihm schaden würde. Nicht körperlich, nein! Mein Vater war inzwischen zu weit mehr imstande als nur zu Schlägen.

Und er war ganz versessen auf James, weil auch er in ihm sah, was ich sehen konnte. Er erkannte seine Stärke und seine Unnachgiebigkeit. Er sah *Potenzial* und James ließ sich auf all das ein, weil mein Vater mich dafür in Ruhe ließ. Er prügelte mich nicht mehr, wenn James kleine Kurierdienste für ihn übernahm, und sperrte mich nicht mehr in den Keller, wenn James dafür Whisky mit ihm trank.«

Ray sog an seinem Strohhalm und starrte leer auf die Tischplatte. Er verabscheute sich dafür, das konnte ich in aller Deutlichkeit in seinem Gesicht sehen. »James hasste meinen Vater, aber er tat es für mich. Versank immer tiefer in diesem schmutzigen Sumpf, ließ sich unter Drogen setzen, schlug Leute für ihn zusammen und tat wer weiß was noch, von dem ich wahrscheinlich nie etwas erfahren will. Und ich hab nur zugesehen, Abbie. Nur zugesehen. Eines Tages, als James sich weigern wollte, weiterzumachen, schlug er ihn mit dem Kopf gegen die Wand in unserem Wohnzimmer, einfach so aus dem Nichts. Daher kommt seine Narbe. Und das war auch der Tag, an dem ich London verließ, um ihm das Druckmittel zu entziehen, das er gegen James verwenden konnte. Ich hatte viel zu lange damit gewartet, Herr im Himmel.«

Ray wagte nicht, mich anzusehen. Dachte er, ich würde ihm all das übelnehmen? Wie könnte ich? Solch eine Anmaßung stand mir überhaupt nicht zu. Das hier war eine Sache zwischen James und ihm, nicht meine.

»James steckte schon zu tief drin, das war mir damals nicht bewusst, aber heute weiß ich es«, fuhr Ray matt fort. »Mein Vater hätte ihn umgebracht, wenn er einfach aufgehört hätte, also begann James, seinen Hass an sich selbst auszulassen. Er schmiss alles ein, was man einschmeißen konnte, wurde zu einer gewissenlosen Maschine und beschloss, meinem Vater zu schaden, wo er nur konnte. Oh, und er schadete ihm.«

»O nein, James …« Ich vergrub mein Gesicht in den Händen und hörte dem Blut dabei zu, wie es in meinen Ohren rauschte. Für ein paar Atemzüge musste ich mich sammeln. Er hatte sich also mit einem stadtbekannten, skrupellosen Drogen-Schwein angelegt, das zufällig auch noch Rays Vater war. Es konnte nicht besser laufen. Wirklich nicht besser laufen.

»Ray.« Ich spähte schmerzerfüllt durch meine Finger. »Wie schlimm ist es, wenn der Typ wieder hier aufkreuzt? Was hat James mit ihm gemacht?«

Ray zog die Brauen zusammen. »Also zuerst einmal hat er mir zur Flucht nach Paris verholfen, als mein Vater sich in den Kopf gesetzt hatte, mich in seinem Keller zu einem ordentlichen Mann erziehen zu müssen. Dann hat er seine neue Frau flachgelegt. Mehrmals. Außerdem hat er im Zuge seiner Kurierdienste Riccardo und seine Jungs kennengelernt und ihnen Informationen zugespielt. Banden wie die von Riccardo duldeten damals keine Fremdgeschäfte irgendwelcher halbgewalkter Krimineller in ihrem Revier, falls du verstehst, was ich meine. Dank James wurde die beste Truppe meines Vaters zerschlagen und seine rechte Hand kam dabei um.«

»Das kann nicht dein Ernst sein.« Fassungslos starrte ich ihn an, während seine Worte wie ein Kanonenfeuer auf mich einprasselten. Wir waren am Arsch, ganz einfach.

»Oh, und dann war noch irgendetwas mit einer Drogenlieferung, die er hat verschwinden lassen, aber darüber hat er mir nie Details erzählt.«

»Wie kann er denn jetzt noch lebendig vor uns stehen?« Ich war so schockiert, dass meine Hände sich ganz feucht anfühlten. Wir waren so am Arsch.

»Mein Vater tötet nicht, er zerstört«, sagte Ray so eisig, dass ich am liebsten sofort aufgesprungen und davongerannt wäre.

»Wo war er denn in den letzten Jahren?«, wagte ich zu fragen und meine Stimme klang belegt dabei.

»Untergetaucht, weil er Angst vor Riccardo hatte, aber der ist inzwischen zu alt und zu müde, um Krieg zu führen. Und es gibt einen Pakt, von dem er bestimmt weiß, sonst würde er sich nicht wieder nach London wagen. Feige Ratten wie mein alter Herr finden immer irgendein Loch, in das sie kriechen können, um den Geiern zu entgehen, die über ihnen kreisen.«

»Dann liefern wir ihn eben jetzt der Polizei aus«, kam mir die beste Idee des Abends.

Ray lachte nachsichtig. »Kindchen! Kerle wie ihn steckt man nicht in den Knast. Er ist leider nicht dumm, hat Geld und Beziehungen, die ihn unsichtbar werden lassen können, und all den Kram, aber das weißt du sicher besser aus deiner Anwaltska- ... Oh, entschuldige bitte!«

»Schon okay.« Marc interessierte mich im Moment einen feuchten Kehricht.

»Wie dem auch sei, Kindchen.« Ray umklammerte sein Cocktailglas und stierte leer auf seine Hände. »Jetzt verstehst du vielleicht, warum es uns doch etwas unruhig macht, dass er wahrscheinlich zurück ist.«

In meinem Kopf spielten die Gedanken wieder einmal Pingpong. Ja, ich verstand seine Angst, aber wenn er James und ihm damals nicht schon geschadet hatte, warum sollte er es jetzt noch tun?

»Und du hast die Wahl. Wirst du gehen oder bleiben?« Er blickte zu mir auf. Warm, liebevoll. *Ach, Ray ...*

»Er hat also die Frau deines Bastard-Vaters flachgelegt, ja?« Meine Stimme klang verbissen und Überraschung trat in Rays Augen. Er sah mich an, als hätte ich jetzt auch noch das letzte Fünkchen Verstand verloren, das mir bis hierhin geblieben war.

»Ja, seine neue Lieblingsfrau nach meiner Mutter, Hope. Und James war nie ein Kind von Traurigkeit, Liebes. Auch wenn das vielleicht nicht das ist, was du hören willst.«

Das hatte er mich bereits spüren lassen. Ebenfalls mehrmals. Nur Erfahrung machte einen zu einem solchen Sex-Gott, wie er es war.

»Und es sollte im Moment auch nicht deine größte Sorge sein«, setzte Ray noch nach, als hätte er es mit einer komplett Degenerierten zu tun.

»Hope? Ist das ihr Name? Ernsthaft? Heißen so nicht nur Stripperinnen in Tabledance-Schuppen?«

»Du bist jetzt nicht wirklich eifersüchtig, oder?« Ray stieß ein Lachen durch die Zähne, das nach einer Mischung aus amüsiert und vollkommen fassungslos klang.

»Eifersüchtig? Auf eine *Hope*? Nie im Leben!«

Ich winkte schnaubend ab. Hope ... Lächerlich! Dann räusperte ich mich und versuchte, mich wieder aufs Wesentliche zu konzentrieren, während Ray unaufhörlich den Kopf schüttelte.

»Und außerdem«, ich zog die Brauen nach oben und schürzte die Lippen, »ist dein Vater nicht hier. Oder siehst du ihn irgendwo? Also werde ich nicht gehen.«

Mir ging der Arsch für die beiden auf Grundeis und ich hatte die Tragweite von Rays Worten noch nicht einmal ansatzweise verdaut, aber trotzdem wusste ich eine Sache sehr genau: Louis Terrence würde einen Scheiß auf mich geben. Warum auch?

Ich bumste James, na und? Er hatte ganz offensichtlich ja schon so einige Frauen gebumst und die waren ganz sicher alle noch am Leben, also *leck mich, Möchtegern-El Grande!*

»Und wenn er dann hier ist?«

»Werde ich auch nicht gehen!« Ich klang wie ein schmollendes Schulmädchen. »Es ist zu spät, um zu gehen, Ray. Dein Bastard-Vater wird nichts in mir sehen, absolut gar nichts, mit dem er spielen kann. Ich habe Sex mit meinem Boss, ja, wow! Haben Menschen das nicht ständig? Als Schauspielerin den Regisseur zu vögeln, gehört doch fast schon zum guten Ton.«

Ja, verflucht! Zur Bestätigung meiner Worte hob ich die Arme und sah mich großmütig um, als wäre der Pub hier voll von Menschen, die nach dem Bier direkt zu ihrem Boss ins Bett sprangen.

»Kann ich dir den Quatsch irgendwie ausreden?« Ray musterte mich noch immer mit diesem *Du bist gaga*-Blick, aber er wurde schon etwas milder, weil er ganz bestimmt überlegte, ob ich nicht vielleicht sogar recht haben könnte. »Na, ich sehe schon«, seufzte er geschlagen, als ich ihm kein Stück entgegenkam. »Wie du meinst. Hoffen wir einfach, dass du recht hast, Abigail.«

»Ich werde *London Devil* genauso sehr zu Ende drehen, wie wir jetzt noch einen Tequila trinken, Raymond. So viel schwere Kost will ordnungsgemäß heruntergespült werden.« Schon winkte ich nach der Kellnerin und streifte dabei seinen besorgten Blick und die angespannte Ader an seiner Schläfe.

Dieser verfluchte Drecksack von Louis Terrence hatte ihn verprügelt, im Keller eingesperrt, um wer weiß was mit ihm zu tun, und ihm die lebenslange Schuld aufgelastet, James gebrochen zu haben.

Und James ... Er hatte all das für Ray getan. War für ihn durch den Dreck gewatet und hatte sein Leben riskiert.

Verdammt, ich hatte gehofft, Rays Erzählung könnte mich dazu bringen, mich ein wenig von James zu entlieben, stattdessen liebte ich ihn jetzt so sehr, dass ich mindestens zehn Tequila brauchen würde, um das zu verdauen.

DREIZEHN

Als ich reichlich erheitert von unserer Alkohol-Orgie die Haustür der Hyde Park-Appartements ansteuerte, machten meine Gedanken sich endgültig selbstständig.

Wie konnte jemand nur so sein wie James? *Wie?*

»Unglaublich«, murmelte ich und startete den dritten Versuch, mit dem Schlüssel das Schloss zu treffen. »Unglaub-lich!«

Hinter mir fuhr das *Uber* ab, das Ray und ich uns geteilt hatten, und er johlte irgendetwas aus dem Fenster, das ich nicht verstand. Jawohl, er war echt betrunken. Die kleine Schnapsdrossel. Aber manchmal, und der Gedanke mochte verwerflich sein, half nur noch das. All die Sorgen einfach davonspülen, die den Kopf so schwer und düster machten, und Tadaaaa, dann war man eins-fix-drei so unbedarft unterwegs wie ich.

Ich überlegte ernsthaft, ob ich James eine Nachricht schreiben sollte, wie unglaublich er war. Aber dann fiel mir wieder ein, dass wir ja gesagt hatten, wir würden einander nicht schreiben, bis die Gefahr gebannt war. Außerdem war ich mir nicht sicher, ob meine Finger die Tasten treffen würden, die ich treffen wollte.

»Na gut.«

Der Flur bewegte sich in der Dunkelheit vor mir wie eine Schlange und ich musste kurz das Gleichgewicht halten.

»Sag ich's dir eben morgen, du ... *wundervolles Geschöpf.*«

Die Treppen hinaufzutaumeln funktionierte besser als gedacht, und als ich oben angekommen war, überlegte ich, warum James und ich eigentlich vereinbart hatten, dass wir einander nicht schrieben.

Ah ja ... Louis Terrence ... Mann, der Alkohol machte die Aktivität in meinen Synapsen ziellos wie sich ringelnde Würmer. James hatte Angst um mich, wenn Terrence Wind davon bekam, dass wir ... Ja, was eigentlich?

Und wann hatte James angefangen, sich plötzlich darum zu scheren, was der Feind mit mir anstellte, wenn er mich in die Finger bekam?

Vorher war es ihm doch auch egal gewesen, wo man uns wobei miteinander sah.

Etwa zu dem Zeitpunkt, an dem er Gefühle für mich zu entwickeln begann? *Gefühle* ... Oder sorgte er sich nur um seine nächste Hauptrolle? Immerhin hatte er schon einmal eine Schauspielerin verloren. Nein, das konnte nicht sein. Es fühlte sich einfach zu anders an.

Selig grinsend öffnete ich meine Wohnungstür und machte einen Ausfallschritt hinein.

Na, James Bolden, wer ist hier verknallt in wen, hm?

O Scheiße, ich wollte ihn in den Arm nehmen. Und ich hasste es, dass er nicht hier war. Ob ich ihn anrufen sollte? Hatten wir uns das auch untersagt? Nein, von anrufen war nie die Rede gewesen ...

Umständlich hangelte ich mich an der Wand entlang. Okay, vielleicht sollte ich vorher duschen, dann hätte ich dieses abenteuerliche Unterfangen schon mal hinter mir.

Also duschte ich und brauchte gefühlt Stunden dafür,

aber es war heilsam und machte mich tatsächlich ein kleines Stück nüchterner.

Zumindest wankte die Welt nicht mehr ganz so bizarr um mich herum, als ich ins Bett gekrochen war und mein Telefon aus der Tasche angelte, um James anzurufen. Ich würde ihn anflehen, herzukommen, und es kam mir in diesem Moment auch kein bisschen dämlich vor. Und das, obwohl ich nicht einmal eine Ahnung hatte, wie spät es war, denn die Uhrzeit auf meinem Display war merkwürdig verschwommen.

Oh, eine Nachricht von Ray.

Konzentriert starrte ich die Buchstaben an.

Nm n Kfschmrztabö --# morgkn
Kusss

Oje! Ich lachte hell auf. Er war ja wirklich zerstört. Aber wie durch Zauberhand verstand ich ihn. Betrunkene verstanden einander immer, hieß es. Ich sollte eine Kopfschmerztablette nehmen, ganz klar. Das Ding aus der Verpackung zu bekommen, glich einem Schachspiel. Aber ich schaffte es wie jedes eigentlich unüberwindbare Hindernis heute Nacht und überhaupt. Nicht nur heute Nacht. Jawohl!

Ray hatte recht. Wenn ich jetzt schon eine Tablette nahm, würde es das Elend morgen am Set erheblich dämpfen.

Als ich auf dem Display herumwischte, um die Uhrzeit erkennen zu können, stellte ich fest, dass da noch eine Nachricht war.

Och nö!

Es war so anstrengend, das immer alles zu lesen.

Ich seufzte tief und hielt mir das Smartphone vor die Augen.

Halt dich von ihm fern!

Was? Was sollte das denn bitte? Kein Absender, keine Begrüßung. Und die Nummer hatte ich auch nicht gespeichert. Ein spöttisches Prusten entfuhr mir. »Dämliche Kuh.«

War ja wohl ganz klar, wer hier gemeint war …

Verpiss dich, Miley!!

Als ich ihr zurückgeschrieben hatte, war ich ein bisschen stolz, dass ich es so gut hinbekam. Hatte sie nicht langsam genug? Was wollte sie noch? Dass ich vor ihren Augen mit ihm schlief?

O Gott, ich hatte so Lust darauf. So Lust auf *ihn!*

Ob mit oder ohne Miley, völlig egal!

Ah! In diesem Moment hatte ich die beste Idee seit langem für unseren *London Devil.* Was Miley konnte, konnte ich schon lange. Nur eben in Perfektion.

Danke für die Inspiration, du eifersüchtiges Biest! Hoffentlich würde ich diesen Geistesblitz bis morgen nicht wieder vergessen. So gut! *Zu gut! Hmmm.*

Das *musste* ich ihm erzählen! Er würde es lieben!

James liebte das Echte. Das Unzensierte. Die Leidenschaft.

Stöhnend ließ ich mich rücklings in die Kissen fallen und Rays Worte drangen wieder in meinen Kopf.

Was hatte James alles für ihn getan? Was hatte er

durchmachen müssen? Warum war ein so wundervolles Wesen wie er so vom Bösen verfolgt?

Mann, wenn ich nur könnte ... Ich würde ihn festhalten und vor all dem beschützen.

Vor einfach allem.

Für immer!

Ach, James ... Für dich würde ich es mit jedem hässlichen Drogen-Bastard der Welt aufnehmen.

Klappe, Abigail! Du bist betrunken!

Ich vergaß, dass ich mich eigentlich noch telefonisch vor James zum Affen machen wollte, und schlummerte einfach so weg wie ein Stein.

Keine Ahnung, warum es gerade heute geschah, aber die Rosen bevölkerten wieder meine Träume. Ihre dornenübersäten Ranken hielten James umschlungen und ich schaffte es nicht, ihn zu befreien. Die glühenden Blütenblätter schmerzten auf meiner nackten Haut und die Stränge zogen sich enger und enger um ihn zusammen, zerschnitten ihm das Fleisch und ich bekam mehr und mehr Angst, sie könnten ihn umbringen.

»James«, rief ich wieder und wieder, aber seine Augen sahen mich nur so endgültig und leer an, dass ich begann, mich zu fragen, ob er vielleicht schon tot war.

Ich versuchte, zu ihm unter die Dornen zu kriechen, zerriss mir dabei die Haut und schaffte es nicht, ich schaffte es einfach nicht. Und diese verdammten Rosenblätter, die vom Himmel kamen, wurden dichter und dichter, bis ich ihn durch all den schwarzen Regen nicht mehr erkennen konnte. War er verschwunden? Wo war er hin? O Gott, James! Mein Herz flatterte, ich hörte das rasende Blut in meinen Ohren und dann schreckte ich hoch, nicht sicher, ob ich dabei geschrien hatte oder nicht.

Es war urplötzlich hell draußen. Viel zu hell!

Mit zusammengekniffenen Augen versuchte ich, mich zu orientieren. Ach ja, der Tequila-Abend mit Ray. Zu viel Tequila. Aber Moment mal ... Ich drehte den Kopf zu beiden Seiten und wartete einen Moment.

Kaum Kopfweh! Konnte das wirklich möglich sein?

Ein Wunder!

Rays Nachricht, natürlich! Die prophylaktische Schmerztablette nach der Schnaps-Orgie vermied in den allermeisten Fällen das Schlimmste am Folgetag.

Er war ein solcher Engel!

Apropos Ray ...

Kurz wallte Panik in mir auf, ich könnte verschlafen haben. Einen Wecker zu stellen, wäre in meinem gestrigen Zustand dann doch zu viel verlangt gewesen. Umständlich angelte ich mein Telefon vom Boden neben dem Bett und spähte darauf.

08:40 am

Okay. Noch zwanzig Minuten.

Na dann, Abigail! Auf geht's!

Die Sonne strahlte, der Morgen fühlte sich nach einem guten Tag an und dieser Gedanke erschreckte mich, so positiv, wie er nach der durchzechten Nacht daherkam. Tatsächlich war ich so ziemlich das Gegenteil von einem verkaterten Wrack. Ich fühlte mich, als wäre ich eine blutjunge extrem trinkfeste Elfe, die sich auf ihren Spazierflug durch den Zauberwald freute.

Ich konnte es kaum erwarten, ans Set zu kommen.

Als ich auf den Balkon hinausging, um einen tiefen Atemzug frische Hyde Park-Luft zu nehmen, stand Rays Auto bereits unten. Das Verdeck war geöffnet, das Wetter einfach traumhaft.

»Hey, na, schöner Mann«, rief ich gut gelaunt und er

hob den Kopf, um mit seiner übermäßig großen Sonnenbrille zu mir heraufzublicken.

Sein Gesicht war schmerzverzerrt. »Schrei gefälligst nicht so, Schätzchen. Und zieh dir was an. Wir müssen los.«

Oje, da hatte wohl einer meinen Hangover mit abgegriffen.

»Ich bin in einen Jungbrunnen gefallen, Ray«, brüllte ich, »wie zwanzig. Als hätte mein Körper nie gelernt, was ein Kater ist. Und das nur dank deiner Nachricht, du Engel in der Gestalt eines zauberhaften Kerls.«

»Jajaja.« Mürrisch bedachte er mich mit einer wegwerfenden Geste.

Ich eilte hinein, putzte Zähne, machte mich frisch, zog mir ein luftiges Kleidchen über, ließ mein Haar wild, wie es war, und rannte nach unten.

Ray bekam einen dicken Kuss, den er mit einem widerwilligen Grummeln quittierte, und bemühte sich um ein matschiges Grinsen, weil ich ihm Tabletten und seine Lieblings-Coke aus meinem Kühlschrank mitgebracht hatte.

»Fast hätte ich gestern James angerufen«, sagte ich mit spöttisch verzogenem Mund, als Ray den Motor startete.

»Wolltet ihr das mit dem Kontakt nicht vorsichtiger angehen?«, war seine Bemerkung dazu.

»Jaaa«, erwiderte ich, »aber ich war betrunken. Und was machen betrunkene Menschen?«

»Dummheiten?« Er zog eine Braue nach oben und musterte mich. »Gut, dass du es von allein eingesehen hast. Und offenbar warst du ja nicht halb so betrunken wie ich. Bitte pack deiner Tante Ray eine Tablette aus, Liebes, ja?«

»Hast du gestern keine genommen?«

»Ich habe dir geschrieben, während ich mir auf dem Flur die Schuhe ausziehen wollte. Dann bin ich irgendwie umgefallen, keinen Schimmer. Ich erinnere mich kaum. Und da saß ich dann. Und bin eingeschlafen.«

»*Nein*!«

»Doch! Wie das kleine Mädchen mit den Schwefelhölzern ohne Bett und Heimat. Dann bin ich vorhin aufgewacht wie der Steinkerl aus *Die unendliche Geschichte*, konnte mich kaum rühren, habe geduscht wie ein Hundertjähriger und nun bin ich hier.«

»Ich hätte auch allein fahren können, Ray!« Unfassbar, dieser Kerl!

»Kommt nicht in die Tüte. James will, dass ich ein Auge auf dich habe, und das habe ich. Es wäre nur nett, wenn du mich nicht jedes Mal so dabei abfüllst, dass ich mich am nächsten Tag fühle wie Kane Tanaka.«

»Wie *was*?« Ich zog die Brauen zusammen und blinzelte in die Sonne.

»*Wer*, Schätzchen. Wer. Kane Tanaka. Die älteste Frau der Welt.«

Pffff, Angeber! *Tut mir ja leid, dass ich nicht alle Guinness-Bücher dieser Erde auswendig kann!*

»James also, hm?«, stichelte ich verschmitzt und piekte ihm in die Seite. »Hat dich immer noch im Griff, was?«

»Wer sagt das?«, rief er empört und tat, als würde er sich im Auto umhören. »Ach, es war das kleine, hoffnungslos verliebte Täubchen auf dem Beifahrersitz.«

»Touché«, erwiderte ich lachend.

Er lachte ebenfalls. Dann drehte er den Kopf, um mir über seine getönten Gläser einen liebevollen Blick zuzuwerfen. »Es war schön gestern. Auch wenn ich dich ewig für das hier hassen werde.« Er tippte sich gegen die Stirn und ich ging mal davon aus, dass er seine bösartigen Kopfschmerzen meinte.

»Du bist ein verdammt wundervoller Mensch, Raymond Terrence«, sagte ich gedämpft aus tiefstem Herzen und griff nach seinen Fingern, die zwischen uns am

Schalthebel lagen. Er war ein Geschenk und er verstand einfach nicht, was er anderen gab. Dafür hatte sein Vater zu viel Selbsthass in ihn gepflanzt. Wie hatte er sich gestern genannt?

Einen *dummen Jungen*?

Er schluckte. »Danke, Süße, das bedeutet mir viel.«

Ich zog seine Hand an mein Gesicht und drückte ihr einen Kuss auf. »Und mir würde es viel bedeuten, wenn du es mir glauben könntest.«

VIERZEHN

Als wir die Studios erreichten und Ray den Wagen in seine angestammte Parklücke zurücksetzte, schlenderte James bereits auf uns zu, als sei er absolut zufällig hier unterwegs, den frechen Blick eines Jungen im Gesicht. Gott, er war so verdammt schön! Seine verschmitzten moosgrünen Augen, die perfekten Lippen, die sich besser anfühlten, als jedes Paradies es je könnte, und sein Herz. Vor allem sein Herz war so verflucht schön, dass es meines ganz schwach machte.

Er lächelte. Auch sein Lächeln war übrigens absolut wundervoll. Zu schade, dass er es gerade nicht selbst sehen konnte.

Ich musste ihn anhimmeln wie das letzte Groupie, denn Ray verdrehte stöhnend die Augen hinter seiner Sonnenbrille und knallte übertrieben laut die Fahrertür zu. »Wir steigen jetzt aus dem Auto aus, Abigail«, sagte er etwas zu resolut und ich zuckte erschrocken zusammen.

»Hey! Willst du mich umbringen?«

»Das schaffst du schon ganz gut allein. Guten Morgen, James.«

»Guten Morgen.« James musterte mich unverhohlen,

als ich in meinem knappen Flatterkleidchen aus dem Auto stieg.

Ich zwinkerte ihm grinsend zu und fuhr mir durchs Haar. »Na, bereit für die Besprechung?«

»Diese kleine Lady hier ist eine wirklich gute Partie, James. Aber nicht *deine* gute Partie. Ich will es nur gesagt haben.« Ray spähte streng über seine Brille. »Sie mag stur sein wie ein Esel und trinkfest wie ein Seeräuber, aber sie ist dabei auch loyal bis aufs Blut. Ich sehe zu viele Parallelen zwischen euch beiden süßen Täubchen.« Er wedelte fahrig von James zu mir und legte die Stirn in Falten.

»Stur, hm? Was du nicht sagst ...« James legte amüsiert den Kopf schief.

»Na ja, jedenfalls ertrage ich die helle Sonne heute nicht. Ich bin schon mal im Büro und suche nach den Personalakten, die wir brauchen. Gott, ich hoffe inständig, ihr habt da drin nicht alles besudelt. Mir ist so schon zum Brechen zumute.« Mit diesen Worten war Ray verschwunden. Mit wiegenden Schritten wie die Diva des Tages. Manchmal schien er glatt zu vergessen, in welcher Kleidung er gerade steckte. Vor allem, wenn er zickig war. Oder verkatert.

»Du hast ihn also abgefüllt«, stellte James beeindruckt fest. »Das lässt er normalerweise nicht mit sich machen.«

»Hat er ganz gut allein geschafft.« Ich lachte und ein Windhauch wehte mir durchs Haar und zupfte am Saum meines Kleides.

James' Augen tasteten sich andächtig hinunter zu meinen nackten Beinen und wieder hinauf zu meinen Augen.

»Irgendwann werde ich dich abfüllen, James Bolden«, hauchte ich lasziv. »Keine Ahnung, ob ich dich dann je wieder gehen lasse, wenn du so hilflos vor mir liegst.«

Er betrachtete mich angetan. Intensiv wie ein Greifvogel, der in der nächsten Sekunde zupackt.

Na, komm doch! Los!

Ich wusste, dass er es nicht tun würde. Das Wetter war zu schön. Um uns herum wimmelte das halbe Set und probte in der Sonne zwischen den Bäumen.

Nicht hier draußen. Und vor allem nicht vor den anderen.

»Also dann.« Ich klatschte fröhlich in die Hände, um die Funken zwischen uns zu verjagen. »Drehbesprechung?«

Er schüttelte nur den Kopf und ein ungläubiges Grinsen zupfte an seinem Mundwinkel. »Du bist unfassbar. Was soll ich nur mir dir machen?«

Oh, da würden mir auf Anhieb ein paar Dinge einfallen. Ein paar absolut großartige Dinge! Schon der Gedanke daran bereitete mir weiche Knie.

Ich folgte seinem Duft in Richtung der Bäume und grüßte unterwegs Liza, die vor dem Eingang der Halle stand und telefonierte. Sie kaute lautstark auf ihrem Kaugummi und verdrehte vielsagend die Augen. Okay, kein gutes Telefonat, ich hatte verstanden.

Sam wuselte ebenfalls am Eingang herum und diskutierte mit Zeus. Diesmal hielt er in jeder Hand einen Coffee to go-Becher. Ob der Kerl einfach nur aus Kaffee bestand?

»Summers, du Luder, es gibt wieder eine tolle Szene für euch«, brüllte Zeus unflätig zu uns herüber und wackelte mit den Augenbrauen. Dieser emotionale Klotz.

»Schrei das doch nicht so ungehobelt hier herum«, maßregelte Sam ihn. »Also nicht, dass du nicht schreien dürftest, aber nicht solche Dinge.«

Ein paar Komparsen drehten sich mit großen Augen zu uns um und ich seufzte nur laut.

»Schönes Kleid übrigens«, rief der Boss direkt hinterher und zeigte einen nach oben gereckten Daumen in meine Richtung.

»Da hat er recht«, murmelte James und ich warf ihm einen Blick aus schmalen Augen zu, der ihn sofort kleinlaut zu Boden blicken ließ.

O Mann, ich wollte ihn verschlingen. Mit Haut und Haar. Gleich hier und jetzt.

In dem Moment eilte Tony an uns vorbei. Er hatte ein paar Stangen unter dem Arm und sah mich auf eine Art an, die mich sofort merklich abkühlen ließ. Hektisch. Als wollte er mir irgendetwas sagen, dürfte aber nicht.

Halt dich von ihm fern!

Konnte es vielleicht möglich sein, dass …

»Abbie, kommst du?« James hatte sich zu mir umgedreht und hielt ein paar gefaltete bedruckte Seiten hoch, die in der Gesäßtasche seiner Jeans gesteckt hatten.

»Ja, ich …« Benommen wischte ich mir übers Gesicht und schüttelte den Kopf. *Quatsch! Die Nachricht war von Miley und Basta!*

»Alles okay?«

»Ja, ich wollte dir sowieso noch etwas zeigen.«

Weg mit den miesen Gedanken! Tony war einfach merkwürdig. Das hatte sich jetzt ja nun wirklich oft genug herausgestellt. Sicher vermisste er seine Freunde. Ich sollte einfach ein bisschen Mitgefühl haben mit dem Kleinen. Vielleicht würde ich ihm morgen zur Aufmunterung meine Lieblings-Marshmallows aus dem kleinen Laden am Park mitbringen. Ja, das war ein guter Plan.

»Was möchtest du mir denn zeigen?« James hatte seine Business-Stimme wieder aufgelegt, weil es einfach überall um uns herum von Leuten des Teams wimmelte. Als hätte die Sonne einen Stamm Bienen aus ihrem Stock gelockt.

Wir waren jetzt ziemlich nahe an den Bäumen, bei denen er immer so fleißig mit Miley geprobt hatte. Zwischen ein paar hohen Büschen im Schatten war eine Art winzige Lichtung.

»Gleich hier, komm«, meinte ich wichtig.

»Abbie, was wird das?« Er war skeptisch, folgte mir aber trotzdem.

Hier zwischen den Blättern waren wir geschützt vor den Blicken der anderen und ich war mit einem Satz bei ihm, nahm sein Gesicht in meine Hände und meine Lippen trafen auf seine. Er erstarrte, machte sich für einen Moment ganz steif, als überlege er, mich von sich zu schieben, aber als ich mich sacht mit der Zungenspitze über seine Lippen tastete, um kurz darauf vorsichtig zwischen sie zu tauchen, zog er mich wohlig seufzend an sich und wir küssten uns so tief und schmerzlich, dass meine Brust zu glühen begann. So innig, dass alles um uns herum verwischte wie eine bedeutungslose Bleistiftzeichnung.

Seine Hände an meinen Hüften fühlten sich durch den dünnen Stoff meines Kleides so wundervoll intensiv an, als wäre ich splitternackt.

Ich öffnete die Augen unter schweren Lidern und sah ihn an. Er erwiderte den Blick so köstlich betört. »Wofür …«

»Weil du großartig bist, James Bolden«, flüsterte ich und streichelte ihm mit den Fingerspitzen durch das kurze Haar. »Einfach nur großartig.«

»Was hat Ray dir erzählt, hm? Hör nicht auf ihn. Er redet zu viel.« Ein kleines, trauriges Lächeln wehte über sein Gesicht und er küsste meine Stirn.

»Man kann nicht zu viel über dich reden, James. Wohl eher nie genug.«

Ich liebte es, wenn er meine Stirn küsste, als würden wir zusammengehören.

Wenn er mir hierher gefolgt war, vielleicht könnte ich ihn ja auch woandershin locken. Weit weg von hier und Louis Terrence und …

»James …« Das war die Stimme von Zeus in unserer unmittelbaren Nähe und wir zuckten auseinander.

»Ach, guck!« Er äugte schmutzig grinsend um das

Geäst herum. »Ihr wollt wohl eure Ruhe haben für die Szenen-Besprechung? Schon mal proben, was?«

»Was gibt es denn?«, fragte James mürrisch.

»Oh, Verzeihung, ich wollte den großen Meister nicht stören. Können wir immer noch nachher besprechen.« Er hob die Hände, als hätte James urplötzlich ein Gewehr gezogen, und machte sich kleinlaut davon.

»Wo hast du den Verrückten eigentlich her?« Ich zog die Brauen zusammen, während ich dabei zusah, wie Zeus sich rückwärts wie ein Krebs aus dem Staub machte.

»Die Verrückten sind die Besten im Leben, glaub mir!«

Er lächelte mich an, dann räusperte er sich und strich sein Shirt glatt, als würde er aufwachen und als sei das, was wir gerade getan hatten, reichlich dämlich. »Also, die Drehbesprechung ... Ich hoffe, die Szene wird okay für dich sein. Komm, wir gehen ein Stück.«

»Okay.« Meine Stimme klang heiser und der Kuss kribbelte mir noch immer auf den Lippen und im Bauch.

Ich sehnte mich nach ihm. Nicht nur körperlich, nein. Ich wollte ihm alles von mir geben, alles mit ihm erleben. Alles teilen. Schmerz und Glück. Gefahr und Geborgenheit. Alles!

Wir sprachen über das Ende unseres Films und das war näher, als ich mir eingestehen wollte.

Sereina würde es schaffen, Oswin zu zerstören. Ihr Plan war aufgegangen, auch wenn sie dabei sich selbst verlor. Aber so richtig greifbar war das Ende noch nicht für uns. Und die grobe Idee auch noch nicht perfektioniert. James war unzufrieden und wir würden noch einmal darüber reden müssen. Aber wir hatten Zeit. Das redete ich mir in Dauerschleife ein. Wir hatten Zeit.

Und dann gab es da noch diese eine Szene, bevor alles auseinanderfiel. Sie war heiß, stellte einen absoluten Bruch im Film dar und war der perfekte Abschied für James und mich von seiner Geschichte.

Wir spazierten durch die wuselnden Leute vor der Halle, ein Lichttechniker bot uns Kaffee an, aber wir waren mitten im Gespräch, redeten uns in Rage, wie immer, wenn wir ineinandergriffen wie Zahnräder. Wir waren eine Einheit. Ein Orkan der Inspiration.

»Das gab es schon so ... Es wäre nicht das erste Mal. Ich«, murmelte ich vor mich hin und suchte konzentriert nach einem Gedankenfetzen, an dem ich das Geflecht greifen konnte, um ihm davon zu erzählen.

»Was ist es? Was hast du da?« Er tauchte mit seinem Blick in mich, suchte mit mir gemeinsam und oft fand er den roten Faden, über den ich nachdachte, noch eher als ich. So auch diesmal. Seine Augen wurden groß.

»Abigail!« Das war eine Warnung.

Ging ich zu weit? Nein, zu weit gab es für ihn nicht. *Kein Freund von Grenzen, hm, James Bolden?*

»Vergiss deine Intimitäts-Leute und das ganze Chichi. Mach das Team so klein wie möglich und dann will ich dich ganz«, sagte ich voller Überzeugung und meine Adern schlugen Flammen, als mein Blick auf seinen traf.

»Hmmm«, brummte er lang gezogen und sah mich eine gefühlte Ewigkeit nur forschend an. »Ist das dein Ernst?«

»Mein voller Ernst. Du liebst das Echte und ich ebenso. Ich will es so, James. Es kann nur echt sein, was auch echt ist.«

»Ich denke nicht, dass wir das tun sollten. Es ist ein Außendreh. Es ist grandios, aber ...«

Er wollte mich vor sich schützen. Vor sich und all seinen Dämonen. Dachte er tatsächlich, er könnte das mit uns für immer verstecken? Oder zumindest für die letzten vier Wochen? Und was kam danach? Das Ende? War es das überhaupt wert? Ich sah das nicht so. War es denn völlig egal, was ich zu all dem sagte?

Ja, er wollte mich schützen, aber das Beben in seiner

Stimme zeigte mir, wie gut er die Idee in Wirklichkeit fand. Er war besessen von Authentizität, dem Angebot, dass ich mich ihm vor der Kamera komplett hingab, konnte er nicht widerstehen. Das würde den Film perfekt machen, einfach perfekt!

Er war in der Nähe des Parkplatzes stehen geblieben und seine Kieferknochen mahlten, während er überlegte.

Ich näherte meine Lippen seinem Ohr, stoppte gerade weit genug entfernt, um sie nicht zu berühren, und nahe genug, damit ich ganz leise sprechen konnte. Verschwörerisch und rau. Für das Team um uns herum sah es einfach aus, als würde ich James ein Geheimnis erzählen, das in der Szenen-Entstehung noch niemand anderen anging als uns, und genau das tat ich ja in gewisser Weise auch.

Sein Duft machte mich ganz benommen, genau wie die Vorstellung von dem, was ich ihm gleich sagen würde.

»Ich will, dass du mich packst«, begann ich in einem leisen, rauen Singsang und konnte sehen, wie er die Luft anhielt. »Und dich in mir versenkst, als gäbe es keinen nächsten Tag. Ohne Rücksicht auf mich oder Louis oder sonst wen. Ich gehöre dir allein für diese Szene. Und ich will dich so tief in mir, dass wir beide vergessen, wo der eine anfängt und der andere aufhört.«

Ich konnte sein Erschauern fühlen, und das dunkle Knurren, das aus den Tiefen seiner Brust kam, sagte mir sehr eindeutig, wie gern er meine Idee am liebsten gleich hier und jetzt in die Tat umgesetzt hätte. Er bewegte sich nicht und ich tat es auch nicht. Atmete genüsslich gegen die warme Haut seines Halses.

»Am liebsten würde ich dir jetzt das knappe Kleid vom Leib reißen und dir zeigen, was ich von deinen verrückten Ideen halte, Abigail Summers«, knurrte James gepresst. So beherrscht. Ich war fast stolz auf ihn.

»Ach ja? Ich weiß nicht, ob ich dir das erlauben könnte.«

Ich winkte wie beiläufig einem Kamera-Assistenten, der gerade aus seinem Auto stieg. Er grüßte freundlich zurück.

»Vielleicht würde ich auf deine Erlaubnis scheißen.« James glitt mit den Fingerspitzen ein Stück meinen Oberschenkel hinauf unter das luftige Kleid bis zur Spitze meines Slips, so subtil, dass keiner es sehen konnte. Eine glühende Gänsehaut folgte seiner sanften Berührung und schoss mir direkt in die Lenden.

»Und vielleicht würde mir das sogar gefallen«, schnurrte ich lasziv, griff nach seinen Fingern und führte seine Hand noch ein Stück höher.

Er presste die Lippen aufeinander und nahm einen tiefen, bebenden Atemzug.

»James«, brüllte es wieder von der Halle herüber und er zuckte erschrocken zurück. »Seid ihr vielleicht bald fertig? Es ist wichtig ...«

»Ich hasse diesen Mann«, presste ich eisig hervor.

»Ich auch«, pflichtete James mir bei, »aber bedauerlicherweise ist er gut. Fast so gut wie du.«

O wow, das ging runter wie Öl.

»Wenn du es wirklich willst, machen wir es so, Abbie. Aber nach deinen Regeln.«

»Ich dachte, du führst, James Bolden? War das nicht Teil unserer Abmachung?«

»Ich bin mir nicht sicher, ob die Regeln sich nicht inzwischen geändert haben.«

FÜNFZEHN

»Dein Kleid ist schön«, sagte Thomas zurückhaltend, während er seine Kameras ausrichtete, und ich war froh, dass James einige Meter entfernt mit Zeus ins Gespräch vertieft war.

»Danke«, erwiderte ich und brachte sogar ein kleines Lächeln zustande. Seine Nähe war mir immer noch unangenehm, aber James' Blick ruhte wachsam auf mir, während Zeus einen Monolog sondergleichen vom Stapel ließ. Und ich wusste, dass mir nichts passieren konnte, solange James in der Nähe war.

»Kannst du nicht woanders tun, was auch immer du da vorgibst zu tun?« Ray hatte sich uns von hinten genähert und wedelte genervt in Thomas' Richtung.

»Bin gleich fertig«, murmelte der kleinlaut und drehte sich mit seinem Kabel von uns weg.

»Schätzchen, mein Kopfweh macht sich gut«, ließ Ray mich optimistisch wissen. Und es stimmte. Seine braunen Augen wirkten nicht mehr ganz so glasig wie noch vor ein paar Stunden. »Wie war eure Besprechung? Wart ihr draußen? Das Wetter ist so zauberhaft, nicht wahr?«

Tatsächlich befand sich außer uns niemand mehr in

der riesigen, weitläufigen Örtlichkeit. Na ja, das würde sich gleich wieder ändern, wenn die Proben und Meetings vorbei waren und der Dreh startete.

»Gut, gut.« Ich sah Liza draußen in der Sonne auf der Wiese liegen und zur Musik aus ihren Kopfhörern mit dem Fuß wippen. »Du, Ray, ich muss dir noch etwas erzählen.«

»Oh, klingt das gut oder nicht so gut?« Ray biss in einen Keks. Wo auch immer er den wieder her hatte.

»Eher neutral. Ich habe letzte Nacht eine Nachricht …«

»Gott, Liebes, gleich kannst du weiterreden, aber sieh dir das kurz an.« Er deutete auf eine Ecke bei Zeus und James, in der Tony herumwerkelte. »Sieht er nicht wieder mal aus wie aus dem *Dorf der Verdammten*? Heilige Maria, was ist nur los mit dem Kind?«

Er hatte recht. Tony sah irgendwie krank aus und war blass wie eine Kalk-Wand. Was hatte er nur?

Eine Praktikantin ging an ihm vorbei und grüßte freundlich, aber er reagierte nicht.

»Ich sage dir, die Jugend von heute.« Ray winkte ab und erzählte etwas von fehlender Disziplin und Ausdauer.

Ich beobachtete weiter Tony. Was trieb er da denn nur?

Er drehte sich ein Stück um und sagte etwas zu James, das ich von hier drüben nicht verstand. James nickte und ging ein Stück auf ihn zu und dann passierte etwas wirklich Merkwürdiges.

Tony machte einen Satz in seine Richtung und ich begriff überhaupt nicht, was da eigentlich geschah. Meine Synapsen verknüpften das Geschehen nicht, es ging alles viel zu schnell.

Tony boxte James in den Bauch. Dreimal schnell hintereinander und relativ sacht. Ich hatte mitgezählt, aber ich verstand es nicht. Warum schlug er ihn? Warum war sein Gesicht so hassverzerrt? Warum sah Zeus so entsetzt aus? Und James so vollkommen verblüfft?

Erst der markerschütternde Schrei der Praktikantin, die nahe bei ihnen stand, riss mich aus meiner Trance.

»Scheiße«, hörte ich Ray ächzen. Entgeistert und kopflos.

Die Praktikantin hörte nicht auf zu schreien und eisige Angst fraß sich mit einem Schlag durch meine Venen, als ich das Messer aus Tonys Hand zu Boden fallen sah.

Für einen Moment schien die Zeit verlangsamt. Einen Moment, in dem Zeus Tony packte und ihm die Arme auf dem Rücken verdrehte. Einen Moment, in dem James sich ungläubig die Hände auf den Bauch presste und zurücktaumelte.

»Nein!« Meine Stimme brach, aber meine Beine trugen mich. Ich rannte zu ihm, fing ihn auf, bevor er auf dem Boden aufschlug, kauerte mich zu ihm hinunter und stützte seinen Kopf. »Nein. Nein. Nein.«

O Gott, so viel Blut. James wich erschreckend schnell die Farbe aus dem Gesicht. Die Welt hatte ihre Ordnung verloren, alles passierte nur noch in wirren Fetzen. Ray telefonierte neben mir. Keine Ahnung, mit wem. Und Tony brüllte irgendetwas. Keine Ahnung, was.

Alles, was ich wahrnahm, war dieses Flackern in James' Augen und es machte mir Angst. Es machte mir eine Scheißangst!

»Du bleibst jetzt bei mir, verstanden?«, zischte ich und mein Körper zitterte wie verrückt. Ich sah mehr und mehr Blut aus den Wunden in seinem Bauch sickern, versuchte, sie mit der Hand zu verschließen, aber presste ich die Finger auf eine, strömte es aus den anderen umso mehr.

»James! Sieh mich an, verdammt noch mal!« Es war ein Befehl, nichts anderes. Er würde mir jetzt hier nicht unter den Händen wegsterben, Scheiße noch mal!

Er keuchte und sein Blick suchte mühsam meinen.

»So ist es gut. Wehe, du schläfst ein«, presste ich zwischen den Zähnen hervor und Ray reichte mir eilig irgendeinen Stofffetzen. »Fest draufdrücken! Nicht loslassen.«

Also drückte ich diesen Fetzen auf seine Wunden, als hinge die Welt davon ab. Sein Blick wurde müde, so müde, dass es mein komplettes Inneres zerriss.

Seine blutige Hand griff nach meiner. »Scheiße. Ich pack das nicht, Abbie.«

Seine Stimme war so schwach, dass mir schlecht wurde. Irgendetwas in mir stürzte in die Tiefe und ich hatte keine Ahnung, ob man es noch auffangen konnte.

»Doch! Du packst das! Das hatten wir schon mal, erinnerst du dich? Einfach atmen. Mach es mir nach. Atme!« Meine Stimme wankte, ich konnte die Tränen nicht mehr zurückdrängen.

Scheiße, er konnte jetzt nicht hier sterben! An einem so sonnigen Tag! Gerade war doch noch alles gut gewesen. Er konnte jetzt nicht einfach so sterben!

»James«, flüsterte ich zitternd, als sein Blick meinen verlor. »James! Hey, James, nicht! Nein, nicht!«

Er entglitt meinen Fingern, ich konnte es fühlen. Die Hand, die meine umschloss, verlor den Griff, sein Kopf sank zur Seite gegen meine Brust.

»Nein!« Es war ein herzzerreißendes Heulen, das da aus den Tiefen meiner Brust kam, und es riss all meine Gefühle mit sich wie eine rasende Flutwelle.

Irgendwo ertönten Sirenen. Ich nahm es wahr wie in einem Traum. Das alles war ein böser Traum. Ja, vielleicht war es nur ein Traum und gleich vorbei. *Wach auf, wach auf, wach auf!*

»Komm hoch, Schätzchen.« Die Stimme kannte ich. War das Ray? Ich umklammerte James und presste weiter dieses Ding auf seinen Bauch. Es war schon komplett durchtränkt. Aber sein Blut war warm an meinen Händen. Das war doch gut, oder? Das Blut war warm. Das war doch gut ...

»Lassen Sie uns helfen.« Die Stimme kannte ich nicht.

Verwirrt blickte ich auf, erkannte aber durch meinen Tränenschleier auch kaum etwas. Ich wurde weggezogen, direkt in Rays Arme. Sanitäter umringten James, packten ihn auf eine Trage und schlossen ihn an eine Blutkonserve an. Er war komplett leblos und ich innerlich ganz kalt. Aber sie beeilten sich. Das war gut. Das war doch gut? Ich wollte ihnen nachlaufen, als sie mit ihm davonrannten, aber ich konnte überhaupt nichts tun oder sagen.

Ray hielt mich einfach nur fest und erstickte mein Zittern mit seinem Körper. »Wir fahren ihnen sofort nach, Liebes. Lass sie machen. Sie können ihm am besten helfen. Komm.« Er brachte mich hinüber zu einem der Regisseur-Klappstühle und ich fiel hinein wie ein leerer Sack.

»Er hat es verdient«, brüllte Tony in Zeus' Griff wie ein vollkommen irrer Psychopath.

Am liebsten hätte ich das verdammte Messer genommen und es ihm wieder und wieder in die Brust gerammt, damit er wusste, wie sich das anfühlte, aber sämtliche Kraft war aus meinem Körper gewichen. Wann kam endlich die Polizei, um ihn uns aus den Augen zu schaffen?

»Sein Scheißfilm hat meine Mom umgebracht, Sein Scheißfilm!!!«

»Was sagst du da?« Ray machte ein paar Schritte in seine Richtung, und als ich ihm nachblickte, stellte ich fest, dass inzwischen alle von draußen hereingekommen waren. Standen überall herum wie die Ölgötzen mit betretenen und entsetzten Gesichtern. Klar, man bekam auch nicht jeden Tag zu sehen, wie jemand abgestochen wurde.

Ich sah nur noch zu.

Alles in mir verging in Kälte.

»*Du* bist der Sohn von Mary-Lou?« Ray sah aus, als würde ihm ein Licht aufgehen. »Heilige Mutter Gottes!«

»Hier für dich.« Thomas wollte mir ein Glas Wasser reichen.

Aber Ray brüllte hasserfüllt zu ihm hinüber: »Fass sie nicht an!«

»Was?« Thomas klang fast ängstlich.

»Du fasst hier niemanden mehr an! Nie wieder!«

»Ray, ich weiß ja, dass die Situation ...«

»Pack deinen Kram und verschwinde, Thomas!«

»WAS?!«

»Du weißt genau, warum! Eigentlich solltest DU jetzt in diesem Krankenwagen liegen und nicht James!« Rays Blick war der einer wilden Bestie.

Etwas in Thomas' Augen verriet eine Erleuchtung, gepaart mit Fassungslosigkeit. »Ray, ich habe einigen hier Drogen gegeben, das stimmt, aber nicht ihr, okay? Ich wusste, dass Mary-Lou gerade erst von dem Zeug weg war, ich bin doch kein Trottel!«

»Thomas, verschwinde, bevor ich mich vergesse!« Ray wirkte kalt wie Eis.

So kalt wie sich mein Inneres anfühlte.

»Ich werde gehen, aber das kannst du mir nicht anhängen, Raymond Terrence. Daran bin ich nicht schuld!«

Ray wartete geduldig, bis der zeternde Thomas seine Tasche gegriffen und abgezogen war, dann ging er mit zielstrebigen Schritten auf Zeus zu. »Gib mir den kleinen Bastard, bevor die Polizei hier ist!«

Tony starrte ihm mit nackter Angst entgegen.

»Ray, ich weiß nicht, ob das eine so gute Idee ist«, gab Zeus zu bedenken, aber Ray hatte ihn sich schon gegriffen und verdrehte ihm die Arme bis zum Anschlag.

Tony heulte auf.

»Das wird dir nicht helfen«, dröhnte Ray, »also lass es

lieber gleich. Ich will nur reden, du miese Drecks-Göre, auch wenn ich dich viel lieber umbringen würde!«

Er schleppte ihn um die Ecke aus der Halle und mein Blick tastete sich leer zu all dem Blut, das den Boden benetzte. Es war so viel. Scheiße, es war so verdammt viel ...

Ich pack das nicht, Abbie ...

SECHZEHN

Ray und ich saßen nebeneinander auf dem kühlen Flur des Krankenhauses und ich verstand noch immer nicht. Ich verstand einfach nicht. War das wirklich gerade passiert? Nein, das konnte nicht sein. Die Welt konnte nicht komplett aus dem Takt geraten innerhalb von ein paar Sekunden. So etwas war gar nicht möglich. Es war ein Traum, nur ein böser Traum.

Aber warum war ich nicht längst aufgewacht?

Wie paralysiert starrte ich auf meine blutverschmierten Finger und auch sie waren so weit weg, obwohl sie doch an meinem Körper hingen. Es konnte nur ein Traum sein. So unwirklich fühlten sich nur Träume an.

»Liebes, möchtest du dich nicht ein wenig waschen?« Auch Rays Stimme klang unwirklich und er sah überhaupt nicht aus wie der Ray, den ich kannte, als ich den Kopf drehte, um ihn zu mustern. Er war fast unmenschlich blass und seine feingeschnittenen Züge ganz eingefallen.

»Ich hab jetzt genug«, wisperte ich und fühlte mich unglaublich müde dabei.

»Wie bitte?« Rays traurige Augen sahen mich an. Die Ringe unter ihnen waren so dunkel, dass es wirkte, als wäre sein Gesicht nur noch ein blanker Schädel.

»Der Traum ist echt beschissen«, murmelte ich träge. »Bitte kneif mich, ich will nicht mehr.«

»Liebes.« Ray rückte näher, nahm meine Hände in seine und das fühlte sich jetzt echt an. Viel zu echt für einen Traum ...

Mein Herzschlag beschleunigte sich und ich fühlte plötzlich Panik in mir aufwallen. »Das ist doch ein Traum, Ray?« Es war keine Frage. Ich wusste selbst nicht, was es war.

»Komm her, komm!« Sein Körper schmiegte sich an meinen und er küsste mich auf den Haaransatz. Die Berührung war real. Auf einmal war alles so real, als würde ich aufwachen und immer noch in derselben grausamen Schleife feststecken.

Ich fing an zu beben bis in die Fingerspitzen und Ray hielt mich fest.

»Das ist doch ein Traum«, wiederholte ich ängstlich und hatte plötzlich das Gefühl, nicht mehr atmen zu können. »Ray, ich will jetzt aufwachen, okay?«

»Ganz ruhig, Schätzchen, Schsch!«

Er legte den Arm um mich, hielt mich etwas fester. Ich roch sein vertrautes Parfum, fühlte seine Wärme an meiner Kälte.

»Ich kriege keine Luft mehr.« Mein Herz raste, mir wurde schwindelig und die Brust schnürte sich mir zu.

»Ganz langsam atmen, du hast eine Panikattacke. Ganz ruhig.«

Er ließ mich nicht los und es sperrte mich ein und fing mich gleichzeitig auf. Das war tatsächlich passiert? Hatte Tony wirklich gerade James abgestochen? Meinen James? Und was jetzt? Was war jetzt? War er tot?

Mir wurde unglaublich übel und der sterile Flur verschwamm vor meinen Augen. »Ray, ich kann nicht, ich muss … Ich …«

»Ich bin bei dir. Versuch, ruhig zu atmen, Abbie.«

»Ich kann nicht atmen, ich kann nicht.« Meine Stimme brach und Tränen sickerten mir so heiß in die Augen, dass es brannte.

»Doch, du kannst. Du musst gar nichts tun. Dein Körper macht das von allein.«

Er hielt mich und nur der gleichmäßige Singsang seiner Stimme verhinderte, dass ich komplett den Verstand verlor. Tränen strömten über mein Gesicht und ich schluchzte und bebte in seinem Arm.

»So ist es gut«, sagte er leise. »Du bist wieder da. Das ist gut.«

Nein, nichts war gut. Überhaupt nichts war gut! Ich wollte hier nicht sein und das ertragen müssen. Alles kam plötzlich wieder. Ich hatte noch gedacht, Tony hätte ihn nur geboxt. Ich Idiotin! Vielleicht hätte ich das verhindern können. Ich war doch nur ein paar Meter weg gewesen. Nur ein paar Meter.

Ich heulte so heftig, dass ich kaum noch Luft bekam, und Ray wiegte mich sacht hin und her, wie er es schon einmal getan hatte.

Er war da, bis mein Beben weniger wurde und die Schluchzer mich nicht mehr im Sekundentakt schüttelten, weil mein Körper einfach zu schwach dafür wurde. Ich war wieder da, die Schutzmauer gefallen und es war einfach furchtbar.

»Was sagen die Ärzte?«, fragte ich erstickt und presste die Augen zusammen, weil ich dachte, das könnte die Antwort weniger schlimm machen.

»Es sieht nicht gut aus«, erwiderte Ray ohne Umschweife und strich mir beruhigend über das Haar.

Trotzdem schlugen seine Worte wie eine Abrissbirne

in meine Eingeweide ein und kurz war ich mir sicher, dass ich mich gleich übergeben müsste.

»Nein«, hauchte ich und klammerte mich mit zitternden Fingern an seine Arme.

»Hab immer Hoffnung«, sagte Ray liebevoll und strich mir eine Haarsträhne hinters Ohr. »Hoffnung ist Energie. Und Energie landet immer genau da, wo sie hingehört, verstanden?«

»Aber da war so viel Blut«, wimmerte ich und wischte mir mit dem Ärmel übers Gesicht. »Zu viel.«

»Schätzchen.« Ray zog mich hoch, damit ich aufrecht saß, und kniete sich vor mich, um mir direkt in die Augen sehen zu können. Sein Blick war schneidend. »Was Ärzte sagen, interessiert uns nicht, okay?« Auch in seinen Augen standen Tränen. »Ich liebe diesen Mann und du liebst diesen Mann. Alles, was ihm jetzt etwas nützt, ist unsere Kraft. Also sei stark!«

Ich starrte hilflos zurück, konnte ihn durch all die Tränen kaum erkennen. »Er darf nicht sterben, Ray.«

»Er wird nicht sterben! Wir sind jetzt stark, okay? Für ihn.« Wie machte er das nur? Woher nahm er das? Diese Kraft.

»Okay«, flüsterte ich und ballte die Hände zu Fäusten. »Okay. Wir sind stark. Für ihn.«

»Gut.« Ray zwang sich zu einem Lächeln und nahm mich fest in den Arm. Er hatte recht. Es half James nicht, hier zusammenzubrechen. Aber der Gedanke, er könnte sterben, riss mich in zwei Teile. Und wie konnte ich stark sein, wenn ich in zwei Teile gerissen war?

»Ich habe eine Nachricht bekommen, Ray. Das war es, was ich dir sagen wollte. *Halt dich fern von ihm.* Ich dachte, es wäre Miley, aber inzwischen glaube ich, es war gar nicht Miley«, stammelte ich schuldbewusst in den Kragen seines Pullovers.

Ray ließ sich seufzend wieder neben mich fallen. »Höchstwahrscheinlich nicht.«

»Meinst du, es war Tony?«

»Schon möglich.«

»Warum tut man so etwas?« Meine Stimme zitterte. »Jemanden umbringen, weil die eigene Mutter zu schwach war, den Drogen zu entsagen? Jemanden *umbringen,* Ray?«

Es war mir noch immer absolut unbegreiflich, wie jemand so denken konnte. Warum machte Tony James zum Sündenbock für die Schwäche seiner Mutter? Ja, es war tragisch und es tat mir leid, dass er seine Mutter verloren hatte. Aber wo war es bitte fair, dass er uns im Gegenzug unseren James nahm?

»Er hat das nicht ganz aus freien Stücken getan«, sagte Ray tonlos und ich starrte ihn erschrocken an.

»Was?«

»Ich hatte ihn doch vorhin noch einmal in der Zange, bevor die Polizei ihn mitgenommen hat. Und was er mir da gesagt hat, war alles andere als beruhigend.« Rays Kieferknochen mahlten. Seine Brust hob sich unter einem tiefen Atemzug. »Er sagte immer wieder, wie sehr er James hasste, vollkommener Blödsinn. Ab dem Punkt, an dem er diesen Kerl erwähnte, der ihm versprach, es würde keine Konsequenzen haben, wenn er sich an James rächte, war mir klar, woher der Wind eigentlich wehte. Der ihm das Messer gab und wochenlang den Hass in ihm schürte.«

»Von welchem Kerl redest du da, Ray?« Wieder stieg diese beißende Übelkeit in mir auf.

»Oh, Tony hat mir seinen Namen genannt.« Ray starrte leer an die Decke des Krankenhauses. »Louis Terrence.« Er lachte freudlos und legte den Kopf in den Nacken. »Er sollte James eigentlich Grüße ausrichten, während er auf ihn einsticht. Ich hab das Messer gesehen, bevor die Polizei es konfisziert hat. Ein Faustmesser. Diese Dinger reißen fiese Wunden.«

»Was?« Die Welt um mich begann, sich zu drehen, und ich musste mich an der Wand abstützen, obwohl ich saß.

Was für ein dreckiges, mieses Schwein!

»Ich hätte es wissen müssen.« Ray wischte sich mit beiden Händen über das Gesicht. »Das trägt die Handschrift meines Vaters. Er ist ein manipulativer Drecksack und beweist sich und mir damit nur, wie verdammt tief er in unseren Dunstkreis eindringen kann, wenn er es will. Er denkt, er ist zu allem fähig.«

»Das ist ...« Ich starrte ihn an wie vom Donner gerührt, konnte nicht fassen, was ich da hören musste. »Ekelhaft.«

»Ja. So ist er. Und damit hat es wohl begonnen. Offensichtlich schon vor einer ganzen Weile.«

»Meine süßen Schätze!« Charlotte kam auf hohen Hacken über den Gang auf uns zugeeilt. Sie trug ein enges rotes Cocktailkleid und das passende Make-up dazu. Als sie mich in den Arm nahm, roch ich ihr blumiges Parfum. »Herr im Himmel.« Sie betrachtete mich von oben bis unten und ihr Blick blieb an meinen blutigen Händen hängen. »Bist du okay?«

»Nein«, erwiderte ich ehrlich. »Es ist gar nichts mehr okay.«

»Ach Gottchen, Süße, nicht doch.« Sie streichelte mir mitleidig über die Arme und dann richtete Ray sich auf, um sie in den Arm zu nehmen. Sie hielten einander eine halbe Ewigkeit und Ray konnte in ihrer Gegenwart das erste Mal ein wenig loslassen.

»Dieser Bastard«, presste Ray hervor und seine Stimme brach dabei ein wenig. »Dieser Bastard!«

»Ich weiß, mein Baby. Ganz ruhig«, summte Charlotte und schlang die Arme noch etwas fester um ihn.

»Ich werde ihn umbringen, Charly.«

»Ja, das wirst du.« Charlotte wollte Ray beruhigen, aber uns allen war in diesem Moment klar, dass es keine Option war, Louis einfach so über den Haufen zu schießen.

»Ganz ruhig, Baby.« Sie streichelte Ray übers Haar und er schmiegte sich in ihre Berührungen.

Das war Liebe. Ray liebte Charly genauso sehr, wie es umgekehrt der Fall war. Warum konnte er das nicht einfach zulassen?

»Kinder.« Noch jemand kam über den Gang auf uns zu. Untersetzte Statur, polierte, schwarze Schuhe und ich erkannte ihn auf den ersten Blick gar nicht, weil er in einem blauen Anzug steckte und eine schmale, stilvolle Sonnenbrille trug. »Was ist los mit unserem Jungen?« Eine Wolke herben Aftershaves begleitete ihn und sein Haar war adrett nach hinten gegelt.

Er riss sich die Brille von der Nase und ich erkannte die feurigen, dunklen Augen, auch wenn sie im Moment ganz schwer vor Sorge waren.

»Was sagen die Ärzte?« Riccardo küsste mich rechts und links, als sei es ganz selbstverständlich, dass ich hier war, und auch Charly und Ray wurden reichlich mit Küssen bedacht, als sie sich voneinander gelöst hatten.

»Nicht viel. Sie sind sehr vorsichtig, weil es sich um ein Gewaltverbrechen handelt«, sagte Ray.

Ich schluckte schwer. Das war doch gut, oder? Es hieß, er kämpfte. Also mussten wir das auch tun. Mit ihm.

»Keine Nachrichten sind auch keine schlechten Nachrichten«, stellte Riccardo diplomatisch fest. »Und du, Mädchen.« Er meinte mich. »Komm mit mir.«

Er streckte den Arm nach mir aus und ich konnte nicht anders, als ihm zu folgen. Er lotste mich in das WC ein paar Meter entfernt auf dem Gang, hielt meine Hände unter den Wasserhahn und rieb sie akribisch mit Seife ein.

»Das gehört da nicht hin«, sagte er behutsam. »Wir machen das sauber.«

Ich betrachtete ihn im Spiegel, während er mir die Arme wusch wie ein fürsorglicher Vater. Das war schräg, aber es heilte irgendetwas in mir, zu sehen, wie James' Blut von meinen Fingern verschwand. Als wäre nie etwas so Grausames passiert und all das doch nur ein böser Traum gewesen.

»Schön, dass du hier bist, Abigail«, sagte er mild, während er das Wasser etwas wärmer stellte. »Ich wusste, dass es ihm mit dir ernst ist. Er bringt nur Menschen mit zu mir, denen er traut. Und er hat niemandem mehr wirklich getraut nach Sara. Ich habe Vergangenheit mit ihm, musst du wissen. Er ist ein Sohn für mich, genau wie Raymond. Sie sind meine Kinder.«

Sein Spiegelbild verschwamm vor meinen Augen und ich versuchte mit Macht, die heiße Traurigkeit zurückzukämpfen, die mich übermannte.

»Na, na, na. Nicht weinen. James ist ein zäher Bursche. Er wird das schaffen.«

»Die Ärzte sagen, es sieht nicht gut aus«, würgte ich unter Tränen hervor.

»Dann haben die Ärzte eben unrecht.« Er tätschelte mir den Rücken und sein Schnurrbart zuckte unter einem kleinen aufmunternden Lächeln.

»Gehören Sie zu James Bolden?« Die Chirurgin sah streng aus mit ihrem straff gezogenen, blonden Pferdeschwanz und der großen Brille. Sie musterte uns ausdruckslos, einen nach dem anderen.

»Wir sind seine Familie«, sagte Riccardo mit fester Stimme, als wäre jeder ein Trottel, der das nicht sofort erkannte.

»Lassen Sie mich nachsehen, Raymond Terrence?« Die Ärztin las etwas auf ihrem Klemmbrett und blickte ernst in unsere Runde.

»Das bin ich«, erwiderte Ray mit dünner Stimme.

»Gut, Sara Bolden hat für Sie gebürgt. Sie meinte, sie und er seien nicht mehr liiert. Wer sind die anderen hier?«

»Sie gehören zu mir und auch zu ihm. Jetzt sagen Sie es schon endlich.« Die Angst in Rays Stimme war nicht zu überhören.

»Ja, bitte! Wie geht es ihm?«

Mein Puls vibrierte und ich musste mich an Ray und Charly festhalten, während ich versuchte, irgendetwas aus ihrem festen Blick zu lesen.

»Nun ja.« Die Ärztin musterte wieder ihr Klemmbrett mit Sorgenfalten auf der Stirn. »Ich kann Ihnen noch keine endgültige Entwarnung geben, er hat viel Blut verloren. Aber die Stiche haben alle lebenswichtigen Organe verfehlt und der Puls ist inzwischen wieder stabil. Also wage ich vorsichtig anzunehmen ...«

»Dass er es schafft«, beendete Ray ihren Satz eilig, als gäbe es gar keine andere Option, wenn er es nur schnell genug aussprach.

»Davon gehe ich vorerst aus.« Ein kleines Lächeln legte sich auf das unterkühlte Gesicht der Ärztin.

Die zerbrochenen Stücke in meinem Inneren fügten sich nach und nach zusammen, als ich verstand, was sie da gesagt hatte. Er wurde gesund! James wurde gesund! Er musste nicht sterben! Endorphine schossen mir bis in den Kopf hinauf und im nächsten Moment lag ich gleichzeitig in Rays und Charlys Armen. Ich wusste nicht, ob sich je ein Mensch auf Erden so erleichtert gefühlt hatte, wie ich es gerade tat.

»Da Sie seine Freunde sind, dürfen Sie auch kurz zu ihm, aber gehen Sie es bitte langsam an«, erklärte die Ärztin, als würde sie den Beipackzettel eines Antibiotikums vorlesen. »Am besten zuerst seine neue Partnerin.«

Sie deutete mit dem Kinn auf mich.

»Oh, ich …«, stammelte ich aus Rays Arm.

Aber Riccardo unterbrach mich sofort. »Geht in Ordnung, Doktor. Danke für Ihre Mühen.«

»Ist mein Job. Mr. Bolden liegt jetzt unter Beobachtung auf Station 2 gleich um die Ecke, wenn Sie so weit sind. Ich bringe Sie hin.«

Ich sah mich mit pochendem Herzen in unserer Runde um.

Charlotte heulte sich ihr Make-up vom Gesicht vor Erleichterung und Ray strahlte über beide Ohren. Riccardo war einfach nur standhaft optimistisch wie auch schon vor der großartigen Nachricht.

Da waren wir nun.

Zwei Travestie-Künstler, einer davon in einem zerknitterten Kleid und mit komplett verschmierter Wimperntusche, eine Heimatlose, die alles verloren hatte, und ein Kerl, der aussah wie ein Mafioso, der in seiner Freizeit ein italienisches Restaurant leitete, und vielleicht sogar genau das war.

Dieser verrückte Haufen war also James' Familie.

SIEBZEHN

Die Chirurgin lief vor uns her den Gang entlang und mein Herz schlug so heftig, dass mein ganzes Inneres vibrierte.

Ich konnte nicht mehr warten. Ich musste ihn einfach in den Arm nehmen. So vorsichtig wie möglich natürlich, aber ich musste. Als wir um die Ecke bogen, fielen mir sofort die Polizisten bei den Wartebänken auf. Sicher waren sie hier, um James zu befragen. Sie blickten uns wachsam entgegen, aber als die Ärztin ihnen kurz zunickte, entspannten sich die festen Gesichtszüge der beiden Männer.

Nachdem die hochgewachsene Frau im weißen Kittel sich höflich verabschiedet hatte, verdrückten die Uniformierten sich um die Ecke, sicher zu dem Kaffeeautomaten, an dem wir gerade vorbeigekommen waren.

»Na los, Schätzchen. Zeig ihm, dass du da bist«, sagte Ray mild und schob mich sanft auf die Tür zu.

Ich atmete einmal tief durch und griff nach der Klinke.

James sah furchtbar blass und schwach aus, aber er war wach und lächelte sogar ein klein wenig, als er mich sah.

Ich presste die Lippen aufeinander und wischte mir eine Träne von der Wange, während ich mich neben sein Bett hockte. Es war das größte Geschenk, ihn hier lebendig vor mir liegen zu sehen. Das allergrößte.

»Du siehst beschissen aus«, sagte er rau und ich lachte und griff nach seiner Hand, in der diverse Schläuche steckten.

»Tja, es war auch ganz schön beschissen, James. Ich hab gedacht, du machst dich einfach aus dem Staub.« Ich schniefte und unterdrückte ein Schluchzen.

Seine Finger streichelten über meinen Handrücken und die Berührung krabbelte mir als wundervolle Gänsehaut direkt bis hinauf in den Nacken.

»Doch nicht wegen der paar Kratzer.« Er grinste und wollte sich ein Stück aufrichten, verharrte aber in der Bewegung und verzog kurz schmerzerfüllt das Gesicht.

»Hey, ganz langsam. Bleib liegen. Sie haben dich gerade erst wieder zusammengeflickt.« Besorgt betrachtete ich sein blutleeres Gesicht, die blassen Lippen und die müden matt-grünen Augen. Aber er atmete. Ich konnte sehen, wie seine Brust sich hob und senkte. Gott sei Dank atmete er.

»Wird ganz schön übel aussehen in unserem Film, hm?« James zog die Brauen nach oben und musterte mich bedauernd.

»Nein, perfekt.« Ich lächelte und wischte schnell noch eine Träne weg, die nachgekommen war. »Oswin ist ein Kämpfer. Warum soll er sich für Sereina nicht ein wenig zu weit aus dem Fenster gelehnt und ein paar Stiche kassiert haben?«

»Abigail Summers.« Er betrachtete mich beeindruckt. »Wie hätte ich einfach so abhauen können? Wir haben einen Vertrag. Du hättest mir wahrscheinlich weitaus schlimmere Dinge angetan als das hier.«

»Darauf kannst du Gift nehmen, James Bolden.« Sacht

lehnte ich meine Stirn gegen seine und er seufzte behaglich. Für einen Moment atmeten wir die gleiche Luft und ich genoss, wie sanft er meine Hand streichelte, dann öffnete sich hinter uns die Tür.

»Wir wollen nicht stören, ihr Süßen«, sagte Charlotte zurückhaltend, aber da war Riccardo schon bei uns am Bett. Neben ihm stand ein großgewachsener Kerl mit den kalten Augen einer Kobra, der vorhin noch nicht da gewesen war.

»Mein Junge, ich wusste, dass du dich da durchbeißt. Grazie Dio.« Riccardo küsste James dankbar die Wangen.

»Ich lasse dir Benito hier vor der Tür, James. Für den Fall, dass *er* dich besuchen möchte.« Er verschränkte die Arme vor der Brust.

»Benito? Was ist er? Eine Art Bodyguard?« Skeptisch musterte ich das Tier von einem Kerl. Der Typ wirkte neben Riccardo wie ein Riese. Und wenn ich mir vorstellte, er würde sich wortlos draußen neben die Polizisten stellen wie ein ruhiggestellter Grizzly, jeden Moment bereit, zu explodieren, fand ich das Bild, das dabei in meinem Kopf entstand, doch reichlich skurril.

»Zerbrich dir darüber mal nicht den hübschen Kopf.« Riccardo zwinkerte mir unterkühlt zu. Steckte in dem kleinen, fülligen Italiener wirklich mehr als die liebevolle Vaterfigur, als die ich ihn kennengelernt hatte?

James zog die Brauen zusammen, aber er wirkte nicht sonderlich überrascht. Eher beunruhigt. »Louis«, sagte er dunkel.

»Ja, er hatte den Kleinen wohl gut im Griff«, fügte Ray hinzu, der ihn dankbar musterte wie einen von den Toten Auferstandenen.

»Hmmm«, knurrte James und starrte mit verengten Augen an die Wand. »Dann wollte er mich offenbar nur begrüßen. Wenn er mich wirklich hätte killen wollen, hätte er es einen seiner Männer erledigen lassen. Sauber und ohne viel Drama.«

Begrüßen … Was für ein netter Typ dieser Louis doch sein musste.

James' Blick traf vielsagend auf meinen und mir rieselte eine Gänsehaut über den Rücken. »Er hat uns also schon länger im Visier.« Er sah von mir zu Ray und die beiden kommunizierten nonverbal so intensiv miteinander, dass es fast unheimlich war. »Bitte pass gut auf Abbie auf, Ray«, sagte James schließlich, »und auf dich. Du weißt, wozu er imstande ist. Und ich komme hier so schnell wie möglich raus, damit ich ihn bei seinem nächsten Willkommensgruß gebührend empfangen kann.«

»Wir sind bereit«, erwiderte Riccardo und drehte die Spitze seines Schnurrbartes zwischen Daumen und Zeigefinger. »Etwas eingerostet zwar. Quasi in Rente. Aber du weißt, wie gern ich Ratten jage, die aus der Kanalisation gekrochen kommen, um meinen Jungs nachzustellen. Questo sarà divertente.«

Der fremde Hüne neben ihm lachte grollend und sagte etwas auf Italienisch.

Oh Mann, zu was entwickelte sich das hier gerade?

Stand ich wirklich zwei mordbereiten Verbrechern gegenüber? Oder gar zwei Mafiosi? Ich hatte doch keine Ahnung von der Mafia. Müssten sie nicht eigentlich Goldketten und Tattoos tragen?

»Ich hab auch ein Problem mit Ratten«, sagte James und seine Worte waren die pure Dunkelheit. »Vor allem, wenn sie wie feiger Abschaum andere die Drecksarbeit für sich erledigen lassen. Soll er nur kommen! Ich werde ihn erwarten.«

ACHTZEHN

Zwei Tage später im *Don't you dare* war die Stimmung immer noch gedrückt. Natürlich war die Nachricht von dem Anschlag auf James inzwischen herumgegangen wie ein Lauffeuer. Bobby hatte sich jeden Spruch gespart, als ich den Club betrat, und das sagte eigentlich alles. Nur ein bedauerndes Nicken hatte er mir geschenkt. Kein dreistes Grinsen und keinen Knuff in die Seite, nichts.

Die Gäste bekamen von all dem glücklicherweise nichts mit und tanzten unbedarft zu der Musik von 8 Graves, als Ray und ich an der Bar Platz nahmen.

Bestimmt wäre es eine Option gewesen, uns in Rays Wohnung zu verbarrikadieren oder uns bei mir einzuschließen, aber am Ende war es wahrscheinlich ohnehin am sichersten für uns in der Öffentlichkeit. Außerdem waren wir beide viel zu stolz, um Louis das zu geben, was er wollte. Unsere Angst.

Ich lehnte mich ein Stück in Rays Richtung. »Was wird er tun, wenn er dir begegnet?«

»Ach, Liebes.« Ray lachte freudlos. »Er hasst mich. Es ist eine Schande für ihn, einen Sohn zu haben, der weder Fisch noch Fleisch ist. Ich bin Abschaum für ihn, nichts weiter. Also, keine Ahnung. Was macht man mit Abschaum?« Er zuckte gleichgültig die Schultern. »Aber ich bin mein Leben lang vor ihm davongelaufen. Und jetzt bin ich erwachsen und stehe zu dem, was ich bin.«

»Das ist perfekt.« Ich betrachtete sein hübsches Gesicht und lächelte. »*Du* bist perfekt! Er kann uns nichts, Raymond Terrence. Weder dir noch James und mir schon gleich gar nicht. Denn wir haben einander. Wir sind eine Familie.«

Eine ganze Weile sahen wir uns nur an und Tränen bildeten sich in Rays Augen. Ich hatte so viel Respekt und Liebe für diesen Mann. Ich würde alles plattmachen, was auch nur in seine Nähe kam. Wahrscheinlich würde ich dabei draufgehen, aber dann war es eben so. Familie war füreinander da.

»O Schätzchen.« Rays Lippen zitterten und eine Träne rollte über seine Wange. »Du bringst mich zum Weinen. Das schafft sonst fast niemand.«

Mein Herz wurde ganz warm und ich legte meine Arme um ihn und drückte ihm einen Kuss auf die Wange.

»Kann ich euch etwas bringen?«, fragte der schöne Barmann vorsichtig, und als wir uns zu ihm drehten, wirkte er fast erschrocken. Klar, wir sahen bestimmt grässlich aus.

»Ich frage mich, warum hier nicht schon lange die Flasche Whisky auf dem Tresen steht«, sagte Ray gespielt tadelnd und wischte sich die Träne von der Wange.

»Eine Flasche Whisky, kommt sofort.« Der Hübsche wollte sich zum Regal drehen, da sagte Ray noch: »Nein, Süßer, schon gut. Mach uns einfach zwei Gläser *Dalmore* fertig. Für mich auf Eis, für die harte Lady hier pur.«

»Gut aufgepasst«, lobte ich. *On the rocks* ... Die größte Sünde seit der Herstellung des Whisky.

»Ist recht«, sagte unser Barschnittchen, als würde er

uns nicht kennen. Offenbar dachten einfach alle hier, sie müssten uns mit Samthandschuhen anfassen.

»Wie geht es ihm denn?«, fragte ich, während ich den Blick über die schönen tanzenden Menschen schweifen ließ. Ray war im Krankenhaus gewesen, bevor er hergekommen war.

»Ach, er will sich spätestens in zwei Tagen selbst entlassen. Dieser Kerl ist wie ein Sack Flöhe.« Ray verdrehte die Augen. »Aber warum machst du dir nicht selbst ein Bild?«

»Hm.« Ich presste die Lippen aufeinander und sah ins Nichts. »Meinst du, er will das? Ich habe das Gefühl, er will mich vor irgendetwas fernhalten, von dem er selbst gar nicht so richtig weiß, was es ist. Mich oder sich ... Ich habe keine Ahnung.«

»Liebes.« Ray legte seine Hand auf meinen Arm und ich starrte darauf, als hätte ich so etwas wie eine Hand noch nie zuvor gesehen. »Für James ist die Liebe wie Russisch Roulette, verstehst du? Am Ende zählt nur, wen die Kugel trifft. Aber irgendjemanden wird sie treffen.«

Ich presste so fest die Zähne aufeinander, dass es schmerzte.

»Er weiß selbst, dass es keinen Sinn mehr macht, dich fernzuhalten«, fuhr Ray fort. »Wenn mein Vater dich will, hat er dich sowieso schon im Visier. Alles, was für James jetzt von Bedeutung ist, sind deine Gefühle. Er versucht, sie zu schützen. Dass es dafür längst zu spät ist, will er sich nicht eingestehen. So ist er eben.«

»So ist er eben«, wiederholte ich gedankenverloren.

Unser Whisky kam und ich griff nach dem Glas, um die goldene Flüssigkeit darin zu schwenken. *So ist er eben ...*

»Dann muss ich ihm wahrscheinlich erst noch beibringen, dass Liebe nicht nur auseinanderreißt, sondern auch zusammenhält.«

»Wenn du das schaffst, werden wir feiern.« Ray stieß sein Glas gegen meines und nahm einen Schluck. »Aber wenn es jemand schafft, dann wahrscheinlich du. Vielleicht habe ich mich geirrt.«

»Geirrt?« Ich blickte fragend auf.

Über sein Gesicht schwappte ein breites, allumfassendes Lächeln. »Wahrscheinlich seid ihr tatsächlich gut füreinander. Jeder auf seine Art. Vielleicht bist du ja doch stark genug für ihn.«

Stark genug für ihn ... Eine wirklich lausige Formulierung. Ich hatte in seine Abgründe geblickt und war nicht davongelaufen, ich hatte alles für ihn verloren, ohne dass ich daran auch nur ansatzweise zerbrach. Ich würde für ihn durchs Feuer gehen, mich jedem stellen, der ihm etwas Böses wollte, auch wenn das vielleicht gefährlich oder dumm sein mochte. Ihn beinahe verloren zu haben, hatte mich in winzige Splitter zerbrochen, die erst wieder zusammenfanden, als er endlich die Augen öffnete. Ich liebte James Bolden so sehr, wie ich noch nie zuvor jemanden geliebt hatte, und es war mir egal, ob ich stark genug war, um das ertragen zu können. Denn es gab kein Zurück mehr.

Ab hier ging es nur noch vorwärts. Immer weiter vorwärts.

»Wusstest du, dass er diesen Club hier nur aufgebaut hat, damit ich mich verwirklichen kann?« Ray schüttelte gerührt den Kopf, als könnte er es noch immer nicht glauben. »Er streitet es ab, klar. Aber als ich aus Paris zurückkam, war ich ein neuer Mensch. Mit Visionen, einem neuen Wesen. Einem Wesen, das schrill war, und in der Öffentlichkeit nicht unbedingt angesehen. James machte das hier für diese Menschen. Menschen wie mich. Für verrückte Shows. Für die Dinge, die nicht so laufen, wie steife Spießer sich die Welt vorstellen. Das *Don't you dare* ist sein Schlag gegen meinen Vater und seine Art, Leuten ein Zugeständnis zu machen, die anders sind. So wie Charly. Oder wie ich.«

Ich wusste nicht, was ich dazu sagen sollte. Ganz offensichtlich musste ich James Bolden nichts mehr über die Liebe erzählen, denn er hatte sie sehr wohl schon selbst verstanden.

»Was ich meine, ist«, setzte Ray fort und streichelte mir über die Wange, »falls du dich wirklich auf all das hier einlassen willst, halt ihn gut fest. Denn wenn er liebt, dann mit allem, was er hat. Auch wenn es am Ende vielleicht wehtut.«

»Ray, ich ...« Wenn wir diesen Mann verloren hätten ... Ich wollte es mir nicht ausmalen. Was wäre dann aus Ray geworden? Und was aus mir?

»Tja, ich hatte dir ja gesagt, er ist der beste Mensch, den ich kenne. Ich sage Dinge nicht einfach so.«

»Nein, das tust du nicht.« Ich wischte mir übers Gesicht und sah mich beeindruckt im Schummerlicht des Clubs um. All das hier für Ray. Und für die Freiheit. Gegen die Unterdrückung durch engstirnige Idioten. Ich hätte wissen müssen, dass James nichts einfach so tat.

Seine Freiheit waren seine Geschichten.

Und er hatte auch Ray eine Freiheit erschaffen.

Die Freiheit, genau so sein zu dürfen, wie er sein wollte.

Was hatte ich gesagt, als ich das erste Mal mit James gesprochen hatte? Genau hier an dieser Bar? Er hätte diesen Club zum Geldwaschen? O Gott, ich Idiotin hatte ja keine Ahnung gehabt. Nicht den blassesten Schimmer. Das Puzzle, aus dem James Bolden bestand, fügte sich mit jedem Tag mehr zusammen. Und langsam, ganz langsam war auch ich imstande, ihn zu lesen. Wie ein Buch. Und verdammt, dieses Buch gefiel mir. Es war wahrscheinlich das emotionalste und stürmischste Buch, das ich je gelesen hatte.

»Abbie …« Diese Stimme kannte ich und sie brachte mein Inneres dazu, heftig zu rebellieren.

Noch bevor ich herumfuhr, registrierte ich Rays erstarrten Blick, als hätte er ein ekliges Reptil direkt hinter mir gesichtet.

»Kann ich kurz mit dir reden?« Miley sah geschniegelt und frisch aus wie immer. Ihr blondes Haar hatte sie hochtoupiert, ihre vollen Lippen waren mit einem glänzenden rosé-farbenen Gloss bedeckt und ihre großen, blauen Augen perfekt geschminkt.

Ratlos zog ich die Brauen nach oben und drehte mich wieder zu Ray, der nur misstrauisch eine Schulter hob, was mir wahrscheinlich vermitteln sollte, dass das allein meine Entscheidung war, er es aber nicht tun würde.

»Bitte, Abbie, es ist echt dumm gelaufen zwischen uns. Ich möchte einfach nur Frieden.«

Eine Weile taxierte ich sie nur verstimmt. Ich wollte keinen Frieden. Ich wollte sie am liebsten an den Haaren hier rauszerren und in die Themse werfen. Sie war ein Psycho und ich konnte ihr stumpfes Gerede gerade überhaupt nicht gebrauchen.

»Okay«, hörte ich mich sagen und erschrak selbst darüber.

Warum denn jetzt okay? *Ernsthaft, Abbie?*

»O wow, das ist groß von dir.« Sie lächelte gekünstelt. Ob sie überhaupt echt lächeln konnte? Ich hatte es zumindest noch nie gesehen. »Kommst du mit raus an die frische Luft? Ich will in Ruhe reden.«

Und ich will dich schubsen, damit du hinfällst.

»Ja, klar.« Hilflos drehte ich mich zu Ray um, der streng eine Braue hochgezogen hatte.

»Bin gleich zurück.« Ich griff nach meinem Whisky und folgte Miley durch die tanzenden Menschen zum Ausgang.

»Ich möchte dir nämlich jemanden vorstellen«, rief sie

in meine Richtung, als wir unter dem wachsamen Blick von Bobby draußen in Richtung Brücke gingen.

»Jemanden vorstellen?« Was wollte diese Verrückte nur von mir? Warum hatte ich ihr nicht einfach gesagt, sie solle sich zum Teufel scheren? Das hatte ich nun von meiner grenzenlosen Güte.

»Ja, meinen neuen Freund. Damit du siehst, dass ich auch ein bisschen vernünftig sein kann.«

Das hielt ich für ein Gerücht.

»Du, ich würde schon gern hierbleiben, wo Bobby uns noch sehen kann«, merkte ich skeptisch an, als sie um die nächste dunkle Ecke huschen wollte.

»Oh, klar.« Sie musterte mich auf ihre überhebliche Art und winkte jemanden zu uns. »Komm schon her, B, nicht so schüchtern!«

B, warum auch immer sein verdammter Name nur aus einem Buchstaben bestand, war ein wirklich attraktiver Typ. Gut gebaut, stechend blaue Augen, bei denen wahrscheinlich jede Frau hingerissen seufzte, und so pechschwarzes Haar, dass es fast gefärbt aussah. Und er war eine Erscheinung, kam gelassen auf uns zu in seinem weißen Hemd und der dunklen Stoffhose und trotzdem wirkte er, als hätte er alles im Blick, einfach alles.

Ich bezweifelte, dass ein Kerl wie er ernsthaft eine Bindung mit jemandem wie Miley eingehen würde, und das machte mir ein ungutes Gefühl, das ich noch nicht so richtig einordnen konnte.

»B, das ist Abbie. Er wollte unbedingt mal die Neue von James kennenlernen, musst du wissen«, sagte sie im Plauderton.

Das alarmierte mich noch mehr als sein schneidender Blick. »Ach ja?«

Er reichte mir die Hand und zog einen Mundwinkel nach oben. »Ja, ich bin ein alter Freund von James. Tut mir echt leid, was ihm da passiert ist, aber er ist ein zäher

Hund und kommt schon wieder auf die Beine. Ist er bisher immer.« Er sah mich nicht nur an, er wirkte, als würde er sich alles an mir einprägen. Und das war gruselig. Am liebsten hätte ich sofort den Rückzug angetreten.

»Dann wird es dich bestimmt interessieren, dass ich nicht seine *Neue* bin«, sagte ich mit fester Stimme und hielt seinem Blick stand.

Diese Augen ... Mir wurde kalt von ihnen. Was für ein unangenehmer Typ. Ein Freund von James ... Das glaubte ich erst, wenn ich es sah.

»Ist er nicht hübsch?« Miley strich B über die Brust, während er und ich uns unser Blick-Duell lieferten.

»Ach, nein?« Seine Stimme war genauso ungemütlich wie er. Er zog Miley am Hintern fester an sich und sie quiekte unreif.

»Nein«, presste ich fest hervor.

»Weißt du ...« Miley reckte den Kopf in meine Richtung und flüsterte: »Er fickt mich fast so gut wie James.«

Okay, jetzt war ich wirklich kurz davor, sie in die Themse zu werfen. Verbissen nahm ich einen Schluck Whisky.

»Ich mag Whisky trinkende Frauen«, knurrte B und ließ seinen Blick über meinen Körper wandern.

Mir wurde übel.

»Hey, du Schmutzfink bist aber mein Freund«, tadelte Miley.

»Ja klar, Baby.« Gott, er führte sie so an der Nase herum. Wie konnte man nur so blöd sein? »Ich spreche nur meinem Freund James meinen Respekt für seine Wahl aus.«

Was für ein ekelhafter Mistsack.

»Tja, es war wirklich wahnsinnig nett, mit euch zu plaudern«, log ich und nahm noch einen besonders tiefen Schluck. Herrlich, wie das Feuer mich innerlich aufräumte. »Aber ich muss jetzt wieder rein zu Ray und zu mehr Whisky, denn mein Glas ist leer.«

»Sag James beste Grüße. Ich freue mich, ihn bald mal wiederzusehen. Meine *Freundin* hat ja glücklicherweise einen Club-Ausweis.«

Bah! Es schüttelte mich, als ich den Rückweg nach drinnen zu Ray antrat.

Er blickte mir schon mit verschränkten Armen entgegen.

»Hast du schon mal etwas von einem Typen namens B gehört?« Ich stellte mein leeres Glas auf den Tresen und runzelte vielsagend die Stirn.

Ray lachte. »Was? Bee? Wie die Biene? Süß.«

»Nein, B wie der Buchstabe, denke ich. Und ganz und gar nicht süß«, brummte ich und blickte mich prüfend um. »Er ist der Neue von Miley und er behauptet, er würde James kennen.«

»Ach Gott ...« Ray machte eine dramatische Geste. »Was glaubst du, wer das immer alles so behauptet? Jeder zweite Hanswurst. Damit er ins *Dare* kommt oder was auch immer für Vorteile am Ende daraus zieht, James Bolden zu kennen.«

»Ich weiß nicht, Ray.« Ich verzog das Gesicht. »Der Typ war seltsam.«

»Alle Menschen sind seltsam.«

So seltsam wie Tony? Seltsam war nicht gut. Seltsam gehörte unter Beobachtung.

»Ist er denn noch da?«, fragte Ray, den meine Sorge offenbar doch nicht so kalt ließ, wie er mir vorspielte. Er betrachtete mich aufmerksam.

»Nein, ich glaube nicht.«

»Dann gib mir Bescheid, sobald du den Knilch mal wieder zu Gesicht bekommst. Vielleicht sollte ich ihn mir doch besser mal ansehen. *Er kennt James*, pah.«

»Vielleicht bin ich auch einfach paranoid«, sagte ich seufzend. Zu verdenken wäre es mir ja nicht.

»Willst du noch einen Drink, Liebes?«, fragte Ray und versuchte offenbar, das Thema von mir zu putzen, indem er fürsorglich einen Fussel von meinem Ärmel zupfte.

»Nein.« Ich schüttelte die bösen Gedanken ab. »Dieser ganze Mist macht mich irre, ich sag es dir.«

»Entspann dich. Das ist nachvollziehbar. Wir sollten eine gesunde Balance zwischen Wachsamkeit und Wahnsinn finden.« Er zwinkerte mir aufmunternd zu.

Ja, was blieb uns auch anderes übrig? Schreiend im Kreis rennen war wohl eher keine Option.

»Und was wollte diese überdrehte Person nun eigentlich genau von dir?« Ray schürzte die Lippen.

»Tja, ich bin mir auch nicht so sicher. Mir auf die Nase binden, wie glücklich sie gerade ist? Und noch ein paar andere Dinge, von denen mir übel wird.« Ich knurrte und verengte die Augen.

»Also, doch noch einen Drink, ja?«, wiederholte Ray die Frage, auf die ich bereits geantwortet hatte.

»Noch mal nein.« Ich griff nach meinem Mantel. »Ich lasse mir von Bobby ein Taxi rufen.«

»Nach Hause? Schon?«

»Nein. Zu James.«

»Schätzchen.« Er lächelte nachsichtig. »Die Besuchszeit ist doch längst vorbei.«

»Ist mir egal. Ich vermisse ihn.«

»Ach Gott ... Okay, aber schreib mir, wenn du zu Hause bist, ja?«

»Selber.«

Niemand hielt mich auf, als ich durch die Schiebetür des Krankenhauses ging. Keiner fragte mich, wer ich war oder was ich zu so später Stunde hier suchte, während ich den Gang in Richtung Station 2 überquerte.

Die Polizisten waren verschwunden. Doch Benito, der auf dem Flur Wache stand wie ein regloser Gorilla, folgte mir mit dem Blick, als ich zur Tür von James' Zimmer ging.

»Hallo«, sagte ich leise und er zwinkerte mir zu, was merkwürdig aussah, weil der Rest seines Gesichtes sich keinen Millimeter bewegte.

Ich schlüpfte in das dunkle Zimmer, hörte das gleichmäßige Piepen des Herzmonitors, an den James angeschlossen war, und blieb im Rahmen stehen, um seine schlafende Silhouette zu betrachten, nachdem ich die Tür leise hinter mir geschlossen hatte.

Sein gleichmäßiger Atem war Leben und ich genoss dieses Leben für einen Moment.

»Abbie«, fragte er müde, »bist du das?«

»Ja.«

»Was machst du hier?«

»Ich stalke dich gruselig in der Dunkelheit, du kennst mich doch.«

»Gott, ja, und wie ich dich kenne.« Er lachte leise. »Komm her!«

Ich schlüpfte aus meinem Mantel und krabbelte zu ihm unter die Bettdecke, die er ein Stück gelüftet hatte.

Er war so herrlich warm, aber ich traute mich nicht, näher an ihn zu rücken. »Sicher, dass ich dir nicht wehtue?«

»Komm her«, brummte er innig und legte seinen Arm um meine Mitte, um meinen kühlen Körper enger an seinen zu ziehen.

O Gott, das war die pure Geborgenheit.

Er seufzte so tief und genüsslich, dass ich am ganzen Körper eine Gänsehaut bekam. Seine Arme umfingen mich, mein Gesicht lag an seiner Brust, die sich hob und senkte, und ich schloss einfach nur die Augen und verging in diesem Moment. Er fühlte sich an wie ein Zuhause, das ich nie hatte und um ein Haar verloren hätte.

»Geht es dir gut?«, fragte er mit seiner schönen rauen Stimme.

»Jetzt schon«, flüsterte ich und atmete den vertrauten Duft seiner Haut. »Ab heute werde ich an deiner Seite stehen, James. Wenn wir nur nahe genug beieinanderbleiben, kann er uns nichts. Rein gar nichts.«

Für diese Nacht waren wir einfach nur zwei verlorene Seelen, die einander zusammenhielten.

Und im besten Fall würden wir das immer sein.

NEUNZEHN

»Vorsichtig, pass auf, die Stufe!« Am liebsten hätte ich James gestützt, als wir einige Tage später das *Don't you dare* betraten, aber wahrscheinlich hätte er mir dafür, ohne zu zögern, eine verpasst.

»Ich bin nicht aus Zucker«, schimpfte er sacht und grinste mich schief an.

»Das halte ich für ein Gerücht«, neckte ich ihn.

»Na warte, wenn ich dir nachher auf der Tanzfläche zeige, wie fit ich wieder bin.« Er packte mich und wollte mich einmal im Kreis wirbeln, aber sein schmerzverzerrtes Gesicht entging mir nicht.

»James Bolden, mach mich nicht wütend.« Ich schob ihn streng ein Stück von mir weg.

»Oh, ich mag die wütende Abbie«, raunte er verführerisch.

Ich schnaubte nur kopfschüttelnd, betrachtete ihn aber gleich wieder liebevoll, als er interessiert den Blick durch den Club wandern ließ. Ein wenig wie durch den Wolf gedreht sah er schon noch aus. Sein Bauch war ein Acker aus heilenden Wunden und ich vor Schmerzen zusammengezuckt, als ich diesen Anblick das erste Mal hatte ertragen müssen. Zum Glück versteckten sein dunkles Hemd und die dicken Pflaster das alles heute recht gut. Aber auch seine Gesichtsfarbe wirkte noch etwas mitgenommen. Trotz allem würde es nicht mehr lange dauern, bis er wieder ganz der Alte war, und das machte mich unsagbar glücklich.

»Und was wird das jetzt?«, fragte er ungeduldig. »Was machen wir hier?«

»Warte ab!« Ich strahlte ihn mit großen Augen an.

Ray war diese Aktion wirklich wichtig. Er hatte die kompletten letzten Tage im *Dare* verbracht, um alles vorzubereiten. Und schon hier bei der Garderobe konnte ich den Blues hören, der durch die weitläufige Katakombe wehte.

»Blues?« James zog die Brauen nach oben. »Seit wann läuft im *Dare* denn Blues?«

»Seit du ihn liebst.« Ich nahm seine Hand und zog ihn weiter. Der Club wirkte merkwürdig groß, wenn er leer war. Es brannten noch mehr Kerzen als sonst auf der Bar und an den Steinwänden.

»Hey, James, gut, dass du wieder da bist.« Der schöne Barmann winkte und zwinkerte mir zu. »Abbie.«

»Kannst du mir erklären, warum diese verruchte Frau mich in einen leeren Club entführt?«, rief James hilflos zur Bar hinüber.

Verrucht ... Na ja, mein Kleid war kurz und der Ausschnitt tief. Und vielleicht war mein Lippenstift ein wenig zu rot, aber man musste ihn ja noch erkennen, wenn ich auf der Bühne stand.

»Tja, im besten Fall hegt sie verführerische Absichten.« Der Barmann grinste frech.

Na warte!

»Hey, Boss.« Bobby lehnte am Tresen und hob sein Bier in unsere Richtung.

James nickte grüßend und musterte mich danach akribisch mit schief gelegtem Kopf. »Willst du dich in einer dunklen Ecke an mir vergehen, hm?«

O nein, Freundchen, das hatten wir schon mal. Nach unserer ersten Tour auf seinem Motorrad. Nur in umgekehrter Reihenfolge. Ich betrachtete ihn durchtrieben wie eine Katze. Die schmale Narbe auf seiner Stirn, die glimmenden Augen, in denen schon wieder so viel Feuer loderte, sein Hemd, das bis zu den Ellbogen hochgekrempelt war und die tätowierten Unterarme freilegte. Und nicht zu vergessen die eng anliegende dunkle Jeans, die seinen Knackarsch einfach herrlich betonte.

Mein Gesicht kam seinem so nahe, dass unsere Lippen sich beinahe berührten, und ich hauchte bedauernd dagegen: »Hättest du wohl gern.«

Dann machte ich eine halbe Drehung weg von ihm und stolzierte übertrieben lasziv in Richtung Backstage-Bereich.

Ray eilte mir bereits entgegen. »Liebes, schnell, ihr seid spät. Mein Bühnenbild ist der Knaller geworden. Bist du bereit?« Sie sah wunderhübsch aus in ihrem grünen Kleid, das um sie herumflatterte wie eine Wolke.

Charlotte kam auf unmenschlich hohen Hacken zu mir gestöckelt, um mich links und rechts zu küssen. »Du siehst verboten gut aus. Da könnte ich glatt vergessen, dass ich schwul bin, du leckeres Häschen.«

»Hey, mach ihr keine Angst«, tadelte Ray und zeigte mir ihr Bühnenbild.

Die erste Schicht bestand aus endlosen roten Vorhängen und dahinter war eine riesige Collage von allen, die mit James arbeiteten oder ihn umgaben. Ich erkannte viele aus dem Team des *Dare.* Aber auch die gesamte Belegschaft vom Set. Sogar Thomas war darauf. Ein älteres Bild von ihm hinter der Kamera.

»Angemessen für ein *Willkommen zurück im Leben*?«,

fragte Ray nervös und klimperte mich mit ihren langen künstlichen Wimpern an.

»Ja, Baby«, stöhnte Charlotte. »Sie fragt das schon den ganzen Tag ...«

»Er wird sich sicher freuen«, beteuerte ich, während mir eine Stylistin einen Puderklaps verpasste und meinen Lippenstift nachzog.

»Als ich das letzte Mal auf dieser Bühne stand, wollte ich dich danach umbringen, du Verräterin!« Mit gespielter Wut holte ich in Rays Richtung aus.

»Ich hatte dich mit der Aktion verjagen wollen«, rechtfertigte sie sich empört, »aber du stures Biest hast gar nicht daran gedacht, zu gehen. Nicht mal nach der Blamage. Wie furchtbar du bist!«

Charlotte warf den Kopf in den Nacken und lachte, während meine Tänzerinnen sich um mich versammelten. Ja, ich hatte Tänzerinnen. Und ich war höllisch aufgeregt, auch wenn es noch nicht viel Publikum gab. James reichte mehr als aus. Er brachte mich aus dem Takt. Jedes Mal. Und direkt in einen Neuen hinein, der mir viel besser gefiel als der zuvor.

»Wohl kaum furchtbarer als du!« Ich warf Ray einen Kuss zu, während die ersten Bässe und Bläser-Töne von *I just Want To Make Love To You* von *Etta James* erklangen und Charlotte mir das Mikrofon reichte.

Showtime!

Der Vorhang hob sich und die Tänzerinnen umschwärmten mich im ästhetischen Einklang, während ich mit gesenkten Lidern nach vorn auf die Bühne trat und mit schwerer, rauchiger Stimme zu singen begann. Ich schwenkte die Hüften im Takt und ließ mich in der souligen Welle des Songs treiben. Die Tänzerinnen waren großartig. Ihre Choreografie passte einfach perfekt zu dem sexy Klassiker.

Und ich fühlte mich gut, großartig sogar. Wie eine

heiße Femme Fatale, der die Männer zu Füßen lagen. Die Scheinwerfer schmiegten uns in ein warmes rötliches Licht und ich neigte singend den Kopf, um zu James hinunterzublicken, der mir vollkommen vertieft bei dem Auftritt zusah.

Verdammt, die restlichen Männer dieser Welt konnten mir gestohlen bleiben. Wer brauchte die schon, wenn man *ihn* haben konnte?

Ich sang diesen Song nur für ihn und ich war mir verflucht sicher, dass er es tief in sich spürte. *Das, worauf es ankam ...*

Am Ende des Songs kamen Ray und Charlotte mit mir auf die Bühne und wir sangen gemeinsam, als hätten wir es schon immer getan.

Als die letzten Töne verhallten, warf Ray James eine Kusshand zu. »Willkommen zurück, Schätzchen!«

Dann knallte ohrenbetäubend eine Konfetti-Kanone und alle Gäste sprangen aus ihren Verstecken. Und auch wenn James Überraschungen hasste, wirkte er für einen Moment ehrlich gerührt, zumindest soweit ich das von hier oben beurteilen konnte.

Hinter uns wurde der letzte Vorhang von der Collage gezogen und Ray strahlte mich vollkommen bezaubert an. »Champagner, Liebes! Am besten wir baden darin. Lass uns runtergehen.«

»Du bist mehr Diva als wir«, ließ Charlotte mich wissen und zwickte mir im Vorbeigehen in die Wange, während *Ain't no love in the heart of the city* von Bobby „Blue“ Bland durch die Lautsprecher kam und die Tänzerinnen von der Bühne gingen.

»Ihr wart großartig, Mädels«, rief ich ihnen nach und beobachtete das wimmelnde Geschehen unter mir im Club noch ein wenig von hier oben.

Einfach jeder wollte mit James anstoßen und selbst sehen, dass es ihm besser ging. Er führte höflich jedes Gespräch, das geführt werden wollte, aber sein Blick tastete sich dabei immer wieder zu mir und verhakte sich für ein paar Atemzüge mit meinem. Intensiv und hungrig.

Ganz offensichtlich wollte er sich doch an mir vergehen, denn allein diese Blicke waren der pure Sex.

Ich drehte mich um, schlüpfte hinter den burgunderroten Vorhang und ging auf klackenden Absätzen in Richtung Backstage-Bereich. Die Tänzerinnen kicherten in ihrer Garderobe und ich hatte noch immer so viel Adrenalin in mir, dass mir der Puls in den Schläfen hämmerte. Die Bühne war mein Ding. Sie war es und sie würde es immer bleiben. Vollkommen egal, was Menschen wie Marc sagten.

Ich strich mit den Fingerspitzen über die Wand des matt beleuchteten Ganges. Sie war mit Samt tapeziert und fühlte sich weich an. Auf einem Vorsprung, der wie ein Fensterbrett den gesamten Flur entlang verlief, standen ein paar erloschene Kerzen. Gerade wollte ich den nächsten roten Vorhang zur Seite schieben, um zu der Tür zur unteren Bar zu gelangen, da wurde ich von hinten gepackt und herumgezogen. Ich kam nicht einmal zum Protestieren, so schnell ging es. James presste mir die Hand auf den Mund und sah mir so tief in die Augen, dass ich beinahe unter seinem Griff dahinschmolz.

»Du warst so verdammt sexy da oben, am liebsten würde ich dich einsperren, damit dich kein anderer Kerl je wieder ansehen kann«, raunte er dunkel und mir sickerte ein heißer Schauer durch jede einzelne Pore.

Seine freie Hand fuhr an meinem Bein hinauf, wanderte unter mein kurzes Kleid und griff fest nach meinem Hintern. Er zog meinen Schritt zu seinem.

»Du bist so schön, Abbie.« Sein Blick flackerte. »Und das ist dir nicht einmal bewusst.«

Ich keuchte gegen seine Hand, während seine Finger zwischen uns griffen und wie von allein die betörendsten

Stellen zwischen meinen Beinen fanden. Er betrachtete mit schweren Lidern, wie ich mich unter seinem Griff wand und meine Lenden seinen Berührungen entgegenstreckte.

O Gott, was hatte er vor? Er stimulierte mich so gezielt, dass schon jetzt die erste heiße Welle durch mich brodelte und mein Körper zu beben begann. Ich wollte stöhnen, wollte jammern, aber er ließ mich nicht.

»Leise«, flüsterte er direkt in mein Ohr. »Du willst doch nicht, dass uns jemand entdeckt.«

Wimmernd presste ich mich gegen ihn, was den Druck, den er ausübte, nur noch intensivierte. Ich spürte den weichen Stoff der Wand an meinen Beinen, seine Blicke auf meiner Haut.

O Scheiße, war das gut!

Verklärt sah ich bis tief in sein Inneres, und kurz bevor ich explodierte, hörte er auf, nahm die Hand von meinem Mund und verschlang meine Lippen mit seinen. Dieser Geschmack nach Freiheit. Nach Erlösung. Nach Leidenschaft. Nach einfach allem, was ich wollte.

Er griff in mein Haar, küsste gierig meinen Hals und rieb mit dem Daumen meine Nippel, die sich ihm unter dem dünnen Stoff meines Kleides entgegenreckten.

Ich wimmerte sehnsüchtig. »Pass auf, du bist noch verletzt …«

Sein Blick perlte über jeden Millimeter meines Gesichtes. Hungrig und voller Lust. »Sorgst du dich um mich?« Er riss mir den Slip vom Körper und öffnete seine Jeans.

O Gott, ja! Ich wollte ihn so sehr. Und die Endorphine vernebelten mir den Verstand.

»Ja.« Ich nahm sein Gesicht in beide Hände und küsste atemlos die Narbe auf seiner Stirn. Für ein paar Sekunden sahen wir einander an. Seine Brust hob und senkte sich unter heftigem Atem. Dann drängte er mich auf den Vorsprung in der Wand und in seinen Augen lag die blanke Verführung. Ich drückte mich hoch, schlang die Arme um seinen Hals und er sagte so beharrlich »Lass das besser!«, dass es direkt hinter meiner Brust einschlug. In einer kurzen, harten Bewegung drang er in mich ein und ich stöhnte tief gegen sein Gesicht. Er nahm mich in ein paar energischen Stößen und sein abgehacktes Keuchen direkt in mein Ohr ließ meinen ganzen Körper vor Begierde brennen. Dann brach er ab. Ganz sicher tat es ihm verdammt weh. Aber offensichtlich hatte sein Körper andere Pläne, als sich zu schonen.

Für ein paar Atemzüge verharrte er tief in mir und ich schloss die Augen und kreiste sacht das Becken, um ihn weiter zu stimulieren. Er knurrte tief und ich spürte, wie er zu zittern begann.

»Wie viele Frauen hast du hier hinten schon gefickt, hm?«, hauchte ich provokant in sein Ohr und er sah mich so wild an, dass ich dachte, er würde mich jeden Moment komplett verschlingen.

Seine Augen glitzerten. »Keine wie dich.«

»Und das sagst du wahrscheinlich auch jeder einzelnen von ihnen, du kleiner Bastard.« Ich griff fest nach seinem Hintern und er lachte rau.

»Eifersüchtig?«

Mistkerl! Ich fuhr ihm mit der Zunge über die Unterlippe, biss hinein und entzog mich ihm wieder. Er blitzte mich kampflustig an, bevor er sich tief seufzend wieder in mir versenkte und mich so heftig küsste, dass mir ganz schwindelig wurde.

Ich rekelte mich in seinem Griff wie eine Katze und kontrollierte dabei den Winkel seiner langsamen, tiefen Stöße auf eine so köstliche Art, dass ich fast fühlen konnte, wie er die Kontrolle verlor.

»O Gott.« Ein letztes Mal schob er sich bis zum Anschlag in mich, dann kam er bebend und tief atmend in mir.

Ich hielt ihn fest, küsste seine Stirn und seine Lippen, strich ihm mit den Nägeln durchs Haar. Mein Körper vibrierte. Und ich nahm ganz behutsam die Hüften zurück, glitt mit dem Arm zwischen uns und nahm seinen überreizten Schwanz in die Hand, um ihn seufzend zwischen meine Schamlippen zu schieben und gegen meine Klit zu reiben.

Seine warme, feuchte Spitze fühlte sich so großartig an, dass es nicht lange dauern würde.

James bebte und seufzte gequält, während ich meine Lenden in rhythmischen Bewegungen gegen ihn schob und mein Griff immer unnachgiebiger wurde. Ich fühlte bereits, wie der Orgasmus näher kam.

Stöhnend drückte ich ihn noch fester gegen mich, spürte sein Pulsieren und kam in einer so gewaltigen Welle, dass ich mich an dem Vorsprung unter mir festklammern musste.

»Verdammt, Abbie«, keuchte James und küsste meinen verschwitzten Hals, während er mich hielt. »Ich werde dich doch einsperren müssen.«

ZWANZIG

Wir kehrten gemeinsam zur Bar zurück und ich konnte meine Augen nicht von ihm lassen. Nach unserer kleinen Aftershowparty war er ziemlich am Ende, aber er hatte es ja nicht anders gewollt.

Und einsperren wollte er mich. Na, los doch. Solange er mich dabei den ganzen Tag so vögelte wie gerade eben, konnte er mit mir tun, was auch immer er wollte.

Charlotte und Ray grinsten uns schon breit entgegen wie zwei kleine Mädchen.

»Hallo, hallo, hallo!« Ray legte seine Hand auf James' Brust und musterte ihn erheitert. »Du siehst ja plötzlich ganz großartig aus, sieh an, sieh an. Und Abbie ... Süße rote Wangen.«

»Mhm«, machte Charlotte anzüglich und zog eine Braue nach oben.

Ich blickte ertappt zu Boden und biss mir auf die Unterlippe.

»Na ja, Baby, nach so einem Auftritt kann es schon mal mit einem durchgehen«, richtete Charlotte an Ray.

»Ja, ganz offensichtlich«, erwiderte diese. »Nicht wahr, James?«

James schmunzelte nur, schwelgte offenbar noch in

Erinnerungen. Ganz langsam hob er den Arm und legte ihn um meine Hüfte. Die Berührung war wie ein elektrischer Schlag. Er zog mich näher an sich, und als ich ihn fragend ansah, lächelte er nur sacht. Mein Herz galoppierte hinter der Brust wie ein kräftiger Mustang. Es war die erste Geste der Zusammengehörigkeit, die er mir in der Öffentlichkeit entgegenbrachte. Und Scheiße, es war so wundervoll.

So richtig. So warm. So alles. Hieß das, wir würden gemeinsam gegen den Rest der Welt stehen? Hieß es, er hatte seine Angst vor Louis und seinen idiotischen Schergen abgelegt? Hieß es, er würde mich beschützen? Ab sofort nicht mehr durch Distanz, sondern durch Nähe?

Genau wie ich es mir wünschte?

Ich wusste gar nicht, was ich denken sollte.

»Ach Gott, die beiden«, schwärmte Charlotte entzückt und klatschte in die Hände.

Ray sah ein bisschen besorgt aus, aber sie nickte mir trotzdem fast unmerklich zu. »Hat er dir schon erzählt, dass er die Scheidungspapiere unterschrieben hat, hm?«

»Ray«, ermahnte James unsere übergriffige Freundin, aber die hob nur lachend die Hände.

»Was denn? Wolltest du es ihr selbst sagen?«

»Hast du wirklich?« Überrascht drehte ich mein Gesicht in James' Richtung.

»Naja, ich hatte im Krankenhaus ein bisschen Zeit zum Nachdenken.« Er zog verschmitzt einen Mundwinkel nach oben und zuckte die Achseln.

Gott, ich hätte ihn knutschen können. Wollte ihn umarmen und nie wieder damit aufhören. Das war großartig! Er ließ los. Das befreite ihn von so Vielem.

»Ich bin verflucht stolz auf dich, James.«

War das Glück, was ich da spürte? Dieses warme Kribbeln im ganzen Körper? Auf die Art hatte ich das ja noch nie gefühlt.

»Tja, dann.« Ray klopfte mit ihrem Cocktaillöffel gegen ihr Glas. »Leute, es geht los! Es geht looos. Komm, Schätzchen!« Sie griff nach James' Hand und zog ihn mit sich in Richtung des gruseligen Raumes, in dem er sich ständig so schlimm zugesetzt hatte. Es fühlte sich an, als wäre diese Zeit eine Ewigkeit her.

Alle Leute strömten hinter den beiden her und ich erspähte Riccardo in der Menge mit einer Frau an seiner Seite. Sie hatte eine starke Ausstrahlung, war schon etwas älter, aber noch immer schön wie die Sonne. Eine resolute, braunhaarige, italienische Göttin mit kantigen Zügen, die ihn ordentlich in Schach hielt, das sah ich sofort.

»Oh, Giulia.« Riccardo schob sie in meine Richtung. »Das ist Abigail. Sie gehört jetzt zur Familie.« Er zeigte an mir hinunter wie an einer guten Flasche Wein.

»Tatsächlich?« Giulia musterte mich mit verengten Augen. »Na, da solltest du dich warm anziehen, mein Engel.«

»Wem sagen Sie das.« Ich zog seufzend die Brauen zusammen.

Sie kam ein Stück näher zu mir und sagte mit ihrer kratzigen, derben Stimme: »Die Kerle brauchen es manchmal ein wenig härter. Du darfst die Zügel nie locker lassen, sonst tanzen sie dir ganz schnell auf der Nase herum.«

»Wie war das, mein Augenstern?«, flötete Riccardo von der Seite.

»Ach, nichts, amore.« Sie zwinkerte mir zu und drehte sich wieder zu ihrem Mann, um sich bei ihm unterzuhaken.

Ich unterdrückte ein Lachen. Ja, sie hatte eindeutig die Hosen an.

Liza winkte mir über die Menschen hinweg zu und spielte mit ihren knallroten Zöpfen. Ich grüßte zurück.

Ich wusste, was da vorn passierte, hatte selbst mitgeholfen. Trotzdem wollte ich nicht unbedingt in diesen Raum hinein, nicht mit ihm. Auch wenn James das meiste schon herausgeräumt und wir die Feinarbeit erledigt hatten. Irgendetwas in mir weigerte sich vehement, ihn in diesem Raum stehen zu sehen, ganz egal, was inzwischen daraus geworden war. Ich war mir sicher, James in diesen vier Wänden zu sehen, würde ein Kopfkino in mir zum Laufen bringen, das mir nicht gefiel.

Deshalb wartete ich einfach etwas abseits, bis er zurückkam. Mit Sicherheit würde er sich riesig freuen. Wir hatten einen wundervollen Vorführsaal aus dem Zimmer gemacht.

Wir kehren jetzt die Energien hier um, hatte Ray gemeint, als wir die Plakate von James' Filmen anbrachten. Charly hatte eine Leinwand besorgt, die eine komplette Wand einnahm, und neue Kinositze hatten natürlich auch sein müssen. Außerdem gab es einen Arbeitsplatz, um den jeder Filmtechniker ihn beneiden würde. Es war unglaublich, was hier innerhalb kürzester Zeit erschaffen worden war. Charly und Ray waren wirklich Zauberkünstler. Von nun an könnte James in diesem Raum Szenen Probe sehen, schneiden lassen und an seinen Drehfassungen arbeiten. Ab sofort würde er in diesem Raum Dinge erschaffen und nicht mehr zerstören.

In mich hineinlächelnd ging ich ein Stück in Richtung Ausgang und wiegte mich ein wenig zu der sinnlichen Musik aus den Boxen. Dieser Abend konnte eigentlich kaum besser werden, wenn ich es mir recht überlegte.

»Hey, süße Abbie von James.« B kam hereingeschlendert, als wäre er eingeladen, und hielt mir zwinkernd Mileys Club-Ausweis entgegen.

»Euer Kumpel da draußen sollte ein bisschen besser hingucken. Oder sehe ich aus wie eine Miley?«

In diesem Punkt passten sie perfekt zusammen. Er war

genauso überheblich wie sie, allerdings war Mileys Überheblichkeit die eines bockigen Kleinkindes und seine alarmierend.

»Du hast hier nichts verloren«, sagte ich kalt.

»Begrüßt man so einen alten Freund seines Stechers?« Seine Augen wurden zu Schlitzen.

»Wo ist Miley?«, fragte ich beunruhigt.

»Oh.« Er machte ein Gesicht wie ein Dandy. »Sie fühlt sich leider nicht gut. Deshalb wollte ich sie gebührend vertreten und meinem alten Freund für den Sprung von der Schippe auf die Schulter klopfen. Jetzt schläft sie in meinem Bett wie eine kleine Prinzessin auf der Erbse, die süße Miley. Du solltest sie sehen.«

Wohl eher mit K.-o.-Tropfen außer Gefecht gesetzt.

»Ich kann dich kein bisschen leiden, *B.*« Ich inspizierte den Knilch abschätzend. Was zum Henker wollte er nur?

»Puh.« Er hob die Schultern. »Nur interessiert das wirklich keinen Schwanz, Püppchen.«

»Du bist ganz bestimmt kein Freund von James.«

»Das kannst du genauso wenig wissen, wie Miley weiß, dass ich hinter ihrem Rücken alles flachlege, das mir über den Weg läuft. Am liebsten sogar gegen den Willen der kleinen Pussys. Auch Interesse?«

»Ich glaube, du solltest dich verpissen, bevor ich dir auf die polierten Schuhe kotze.« Was für ein ekelerregender Wichser!

»Uh, ich mag es, wenn sie sich aufbäumen. Oh, sieh da. Hallo, James, alter Freund.« Er grinste selbstverliebt und sein Blick wanderte direkt hinter mich.

Noch bevor ich mich umdrehte, spürte ich die Wärme von James' Körper direkt in meinem Rücken.

»Der gruselige Freak hier behauptet, er …« Meine Stimme verstummte, als ich James' Gesicht sah.

Etwas veränderte sich in seinem Blick, als er diesen Kerl ansah. Als würde ein eiskalter toter Schatten durch seine Eingeweide kriechen und all das Leben wieder an sich reißen, das er sich so mühsam zurückerobert hatte. Seine Augen wurden zu Stein, jeder Muskel in seinem Körper spannte sich an. Seine Aura wurde allumfassend schwarz, als hätte ein hasserfüllter Dämon von ihm Besitz ergriffen. Ich fühlte, dass hier etwas ganz und gar nicht stimmte, und ein eisiger Schauer lief mir über den Rücken. Was zum Teufel passierte hier gerade? Er machte mir eine Scheißangst.

»James?« Ich starrte ihn mit aufgerissenen Augen an, suchte nach seinem Blick, aber der hing wie versteinert an dem von B.

»Oh, er erinnert sich«, freute sich unser fragwürdiges Gegenüber. »Nicht doch so grimmig. Du hast so tolle Frauen hier.«

Er griff sich eine knapp bekleidete Blonde, die gerade vom Rauchen kam, und rammte ihr unsanft seine Zunge in den Hals. Sie war erst vollkommen verdattert, küsste dann aber tatsächlich kurz mit. Entweder war sie komplett besoffen oder er ein Hypnotiseur.

Er ließ sie los. »Nicht übel, Sugar.« Und gab ihr einen Klaps auf den Hintern. »Aber die hier gefällt mir noch besser.«

Mit einem löwenhaften Satz war er bei mir, griff mir unsanft ins Haar und zerrte mich an sich.

»O ja, du riechst nach mehr, Süße!«

Er leckte mir über die Wange und ich ächzte paralysiert. War absolut gefangen in seinem schraubstockartigen Griff. Und er war so schnell gewesen, dass ich absolut keine Chance gehabt hatte, zu reagieren. James schien aus seiner Starre zu erwachen. Sein Blick brodelte vor Wut und er griff in einer wendigen Bewegung nach vorn und wollte die Kehle dieses Bastards packen, da spürte ich schon kühles Metall an meiner Schläfe und hörte ein Klicken nahe meinem Ohr.

Fuck!

Er war bewaffnet.

»Beruhig dich besser mal ein bisschen, mein lieber James.« Der Griff in meinem Haar wurde noch rabiater und der Schmerz trieb mir die Tränen ins Gesicht. »Wir wollen doch nicht, dass hier noch etwas ins Auge geht.«

»Du verfickter Feigling«, presste James hart durch die Zähne, »ich reiße dir jede Innerei einzeln heraus!«

»Uh, er ist wohl immer noch sauer auf mich«, säuselte Bs ekelhafter Pfefferminz-Atem in mein Ohr. »Dabei ist es doch schon ewig her, dass ich auf dieser Brücke unterwegs war. Mein Gott, es war rutschig und mein Porsche eben stärker. Der Stärkere gewinnt immer, das ist das Gesetz der Natur.«

WAS?

Mein Herz setzte zwei Schläge aus und ich starrte James mit aufgerissenen Augen an.

WAS???

»So, die Party ist vorbei«, rief jemand ein paar Meter von uns entfernt und ein Schuss in die Luft ließ die Menge erschrocken aufschreien und auseinanderstieben.

»Raus mit euch!« B zerrte mich zurück und hielt die Pistole auf eine Gruppe Frauen an der Bar, die fluchtartig den Club verließen. »Und du bleibst mir fern!« Er zeigte mit der Mündung auf James und zog mich weiter in den Club hinein. Die Gäste stürmten an uns vorbei in die entgegengesetzte Richtung auf den Ausgang zu. Ein paar stolperten übereinander. James folgte uns wie ein Fels in der Brandung, trotz der Waffe, die auf seine Stirn gerichtet war. Sein Blick war fest mit meinem verankert.

Ich bin bei dir!, sagte er. *Ich mache den Bastard kalt!*

Mein Atem ging gepresst, meine Kopfhaut brannte wie Feuer, aber solange James da war, konnte ich alles ertragen. Und ich sammelte meine Kraft für einen Schlag gegen den Griff dieses Widerlings. Bevor James ihn sich vornahm, war erst einmal ich am Zug.

Auch wenn ich noch immer nicht fassen konnte, was ich da eben mit angehört hatte. Die Informationen schwirrten in losen Fetzen durch meinen Kopf.

Ein weiterer Typ richtete seine Waffe auf Charlotte und Ray, die sich aneinanderdrängten wie verängstigte Lämmer. Bis auf uns und Bobby, der an der Tür in Schach gehalten wurde, war niemand mehr im Club und noch immer dudelte leise Blues-Musik vor sich hin.

»Oh, ich liebe diesen Song!« Ein vierter Mann trat aus dem Schatten der Bühne und schwenkte seine silbern glänzende Pistole im Takt zu *Respect* von Aretha Franklin. »So wahr. Es gibt einfach zu wenig Respekt auf dieser verfickten Welt, nicht wahr, Raymond?«

Der Typ sah aus wie ein verkappter Zuhälter. Grau meliertes Haar, stechende Augen, die mich sogar hier drüben durchbohrten wie eine Lanze, und ein silbergrauer Anzug, der um seinen hochgewachsenen, schmalen Körper schlackerte. Möchtegern-Gangster mit der ungehobelten Aggressivität eines Gorillas. Aber alles andere als dumm, das sagten mir seine geschmeidigen Bewegungen und sein hinterlistiger Blick. Das war Louis Terrence, keine Frage.

Ein klein wenig erkannte ich sogar die kantigen Züge von Ray in seinem knorrigen, brutalen Gesicht wieder.

»Du verstehst es, dich vor mir zu verkriechen, mein Sohn, was?« Mit einem Satz war Louis bei Ray und umgriff sein Gesicht rabiat mit einer Hand. »Paris, die Stadt der Tunten, schon klar. Wolltest dich zwischen ihnen verstecken. Raymond verschwinden lassen und zu Ray werden. Na ja, wenigstens den Scharfsinn hast du von deinem alten Herrn mitbekommen. Aber du weißt, dass ich dich überall finde. Ob du nun in unserem Schrank im Wohnzimmer kauerst und flennst wie ein Mädchen oder dich in der Stadt der Schwuchteln versteckst. Du bist mein Fleisch und Blut, Raymond, und du kommst zu mir zurück wie ein Boomerang, ob du willst oder nicht.«

Er stieß Ray so heftig von sich, dass der stolperte und mit gesenktem, schmerzerfüllten Blick am Boden kauern blieb. Wie der gedemütigte kleine Junge, der nun einmal in ihm steckte.

Oh, ich wollte diesem Louis den knorrigen Hals umdrehen, bis ihm die hinterhältigen Augen aus den Höhlen quollen!

»Respekt, Respekt«, wiederholte der alte Terrence, während er angewidert beobachtete, wie Charlotte Ray aufhalf. »Das ist es, worauf es ankommt, ganz genau. Nicht wahr, B?« Er starrte zu uns herüber und B brummte bestätigend.

»*Er* weiß, was Respekt bedeutet«, ging Louis in den Plauderton über und betrachtete nachdenklich die Waffe in seiner Hand. Jede Sehne in mir spannte sich an wie die Saiten einer Gitarre. »Er hat schon viel für mich getan und war dabei immer loyal. Er fickt Frauen für mich, um an Informationen zu kommen, und fährt schöne Autos bei wirklich miesem Wetter.«

Sein Blick prallte auf James, der direkt neben uns stand und seine Dämonen mit Macht in Zaum hielt. Oh, verdammte Scheiße! Hatte dieser elende Abschaum wirklich James' Kind auf dem Gewissen? Ich konnte das nicht glauben. Es war einfach zu krank! Was hatte Ray gesagt? James hatte jedes Detail dieser unheilvollen Nacht wahrgenommen? *Jedes!* Auch die eiskalte Visage von B.

»Könnte er nur mein Sohn sein statt *dir!*« Louis spuckte es vor Rays Füße wie eine modrige Kartoffel. »Sieh dich an … *Das* ist, wozu du geworden bist.« Er musterte ihn. Lange und eindringlich. Wie den toten Kadaver eines Tieres, der am Reifen seiner blank polierten Protzkarre klebte. »Ein *Ding,* das sich von einer Zirkus-Schwuchtel in den Arsch ficken lässt!«

»Das reicht jetzt, Louis«, sagte James so eiskalt, dass mir ganz anders wurde.

Louis fuhr zu uns herum und starrte ihn mit aufgerissenen Augen an.

»Und *du* …« Langsam hob er seine Waffe und richtete sie auf James. »Du hast ihn zu dem hier gemacht, du mieser kleiner Scheißer.« Sein Blick war eisig, seine Brust hob und senkte sich hektisch unter seiner breiten Silberkette.

Scheiße!

Dieser Mistkerl war zu allem imstande. Ich hielt den Atem an und unterdrückte das Zittern, das mir in die Glieder fuhr. *Bitte nicht! Bitte nicht!*

Nach außen hin wirkte James vollkommen unbeeindruckt, aber tief in ihm kochte es, das konnte ich fühlen. Nur würde ihn das auch nicht vor der Kugel zwischen die Augen bewahren, die dieser Irre vielleicht gleich auf ihn abfeuerte.

Ray streckte die Brust raus, lüftete sein Kleid und stellte sich zwischen seinen Vater und uns. Eine alte Wut flackerte in seinem Blick, gegen die nicht einmal jemand wie Louis Terrence mehr etwas ausrichten konnte. »Nimm gefälligst das verdammte Ding runter«, zischte er, während sein Vater ihm die Waffe gegen die Stirn drückte. »Dieser Mann hat mich aus der Hölle gezogen, in der du mich verrotten lassen wolltest. Er ist meine Familie! Mehr als du es jemals warst!«

Louis wirkte für einen kurzen Moment fast beeindruckt – oder war es Belustigung? – und senkte die Pistole ein Stück.

»Und diese *Zirkus-Schwuchtel*«, Ray zeigte an ihm vorbei zu Charly, »ist zufällig die Liebe meines Lebens, okay? Für ihn würde ich zehn von dir zur Strecke bringen, wenn es sein müsste, du trauriger homophober Abschaum! Erschieß mich doch, los! Das wird dich nicht von mir befreien, denn ich werde dich heimsuchen mit allem, was ich bin und je sein werde!«

Für ein paar Augenblicke sagte niemand etwas. Die Luft war zum Schneiden dick. Ich bebte am ganzen Körper. B hatte mich losgelassen, wahrscheinlich genauso überrascht wie Terrence Senior darüber, wie mutig sein Sohn ihm die Stirn bot.

»Es ist vorbei«, sagte Louis schließlich freudlos lachend. »Zu Ende. *Du* bist am Ende! Sieh dich an. Verkleidet als alte Schachtel im schmuddeligen Club eines Hurenbocks.« Er legte stöhnend den Kopf in den Nacken und stieß sich kopfschüttelnd den Griff seiner Waffe gegen die Stirn. »Und es wäre mir sogar egal ... So egal. *Du* wärst mir egal, aber es ziemt sich nicht für einen Mann wie mich, mit etwas wie dir in Verbindung gebracht zu werden. Die Leute reden.« Er packte Ray grob am Arm und zog ihn an sich heran wie ein ungehorsames Kind. »Also kommst du jetzt mit mir, damit ich dich zur Vernunft bringen kann.«

James knurrte neben mir böse, aber B drückte die Waffe rabiat gegen meine Schläfe und brachte ihn damit zum Schweigen.

»Sei ein braver Junge, komm!« Louis machte ein paar Schritte mit ihm.

»Nur über meine Leiche!« Ray wehrte sich gegen seinen Griff und Charlotte zerrte an Louis, aber einer seiner Männer verpasste ihr einen Schlag, der sie von ihm schleuderte.

»Ich warne dich, Raymond! Die andere Option wird dir nicht gefallen und ich möchte auch nicht zu so drastischen Mitteln greifen müssen. Immerhin bist du eine Frucht meiner Lenden. Wenn auch verschrumpelt und unansehnlich.«

»Fahr zur Hölle«, schrie Ray.

Es dauerte nicht länger als ein Wimpernschlag, ich verstand gar nicht wirklich, was geschah, da zog James mich schon zur Seite, griff sich Bs Waffe und verpasste ihm einen treffgenauen Schlag gegen den Hals, der ihn röchelnd zurücksacken ließ.

James schob mich schützend hinter sich und nahm Louis ins Visier. »Er hat recht!«

Louis erstarrte in der Bewegung, nahm einen fast endlosen Atemzug, um sich zu wappnen, und drehte sich zu uns um. »Ernsthaft, James? Das hier ist privat. Es geht dich nichts an.«

»Lass ihn los und fahr zur Hölle, Terrence«, raunte James eisig wie eine Maschine. »Unsichtbar warst du mir wesentlich lieber.«

»Unsichtbar?« Louis stieß ein lautes, freudloses Lachen hervor. Seine Hand löste sich von Rays Arm und er kam mit gemächlichen Schritten direkt auf uns zu, bis der Lauf von James' Pistole seine Stirn berührte. »Aber ich war doch immer an deiner Seite, J, hm?«

Er drang mit seinem widerlichen Blick in den von James, legte den Kopf schief wie eine Eule, die kurz davor war, ihre Klauen in eine Maus zu rammen.

»War immer bei dir, mein kleiner James. Mein Handlanger. Ich war bei dir, als dein Pickup – schlechtes Modell übrigens, sehr glatte Reifen, wenig Profil – in der Themse verschwand. Ups.« Er zeigte seine Zähne hinter einem fletschenden Grinsen. »Ich war bei dir, als diese Junkie-Schlampe sich an deinem Set den goldenen Schuss gesetzt hat. Miese Wahl, so ein Junkie. Sie hat den Stoff wirklich dankbar genommen, ohne zu zögern eigentlich.«

Sein böser Blick hielt den von James fest, ohne Erbarmen. »Ich war bei dir als dieser kleine Psycho zu Jack the Ripper wurde. Kein gutes Kind, hatte den irren Blick, wenn du mich fragst. Und mal sehen, was ich noch für zufällige Tragödien in deinem Umfeld mit ansehen muss. Ja, das Leben ist grausam, nicht wahr, Abigail Summers?«

Sein Blick huschte zu mir und ich hielt ihm stand.

»Ich wage mal zu behaupten, du hast dir den falschen Kerl ausgesucht. Der hier zieht das Pech magisch an. Nicht, dass es eines Tages auch auf dich überschwappt ...«

»Das reicht«, presste James unter seiner letzten Beherrschung hervor. »Es reicht!«

»Schon gut, Kleiner, beruhige dich!« Louis zwinkerte schnalzend und wich keinen Millimeter vom Lauf der Waffe zurück. »Mein Sohn und ich wollten sowieso gerade gehen. Aber hab immer im Hinterkopf, dass man vom Pech verfolgt bleibt, wenn es einen einmal ausgesucht hat, hm?« Er tätschelte James' Wange und drehte sich, um wieder auf Ray zuzugehen. »Kommst du, B?«

B röchelte noch immer und hatte wirklich Mühe, zu seinem Boss aufzuschließen. James bebte am ganzen Körper. Er richtete die Waffe weiter auf Louis, während er wieder nach Rays Arm griff, und ich wünschte, er würde einfach abdrücken, aber dann wären eine Sekunde später auch wir tot, so viel stand fest, denn es gab immer noch zwei bewaffnete Schergen, die auf uns zielten.

»Emily war noch ein Kind, du Stück Dreck«, brüllte Ray fassungslos. »Ein unschuldiges Kind!«

Charlotte untermalte all das mit einem lang gezogenen, schmerzerfüllten Heulen.

Dieser Abschaum von Louis Terrence war für alles verantwortlich. Für einfach alles! Seine Männer hatten der Schauspielerin die Drogen zugesteckt, Tony gegen James aufgehetzt und sein Kind umgebracht. Und das alles nur, um ihn zu brechen für alles, was er getan hatte. James' Miene war so eisig, wie ich es noch nie zuvor gesehen hatte, und ich spürte quasi, wie er Risse bekam. Aber ich würde nicht zulassen, dass er zerbrach. Niemals!

Als Louis mit seinen Männern und Ray an der Bar

vorbeiging, stellte sich ihm plötzlich Riccardo mit seinen Jungs und schwerem Geschütz in den Weg. Keine Sekunde zu früh. Er hatte seine Frau nach Hause gebracht und Verstärkung geholt.

Ich atmete auf und berührte James ganz behutsam von hinten am Arm, der noch immer zitternd die Waffe hielt, als wäre er zu einem Eisklotz gefroren.

»Riccardo ist da«, hauchte ich in sein Ohr und küsste ihn schmerzerfüllt auf den Hals. Auch wenn mir selbst eine Träne über die Wange rollte, bemühte ich mich, dass meine Stimme nicht zu sehr versagte. Ich musste jetzt stark sein. Für ihn. »Und ich bin auch da, okay?«

Er schien all das gar nicht zu registrieren. War in seiner eigenen Welt gefangen, in der es nur noch Tod und Wut gab und die nach Verrat und Leid stank.

»Wir haben hier gerade gefeiert«, erklärte Riccardo solidarisch und war wirklich eine Erscheinung, so flankiert von Benito und einem anderen bewaffneten Riesen, den ich noch nicht kannte. »Also pack gefälligst dein Spielzeug weg und hab ein wenig Respekt!«

»Oh, bitte, alter Mann! Respekt?« Louis presste ein ungläubiges Lachen durch die Zähne. »Du scheiß Cosa Nostra-Itaker für Arme willst mir etwas von Respekt erzählen? Das ist ein Witz, oder?«

»Er ist beleidigt, Boss«, hörte ich Benito sagen, während sein Gesicht ernst wie immer blieb, »weil er nicht eingeladen wurde. Wie die verschissene Grusel-Hexe aus Dornröschen.«

»Si.« Riccardo zwirbelte nachdenklich seinen Schnurrbart. »Für heute verzeihen wir dir, Louis. Es ist nicht schön, gekränkt zu werden. Und wenn du ein wenig Benehmen gelernt hast, laden meine Jungs dich vielleicht sogar zur nächsten Feier ein. Was sagst du dazu, hm?«

Benito trug ein Maschinengewehr und Louis brodelte spürbar, weil er keine Chance dagegen hatte.

»Was ich dazu sage?«

Er schubste Ray unsanft zu Boden und der zweite von Riccardos italienischen Freunden half ihm wieder auf.

»*Was ich dazu sage*?« Louis spuckte Gift und Galle. »Ich sage dazu, dass dich all das hier einen Scheißdreck angeht und dass ich morgen um genau diese Zeit wieder hierherkomme und meinen Sohn mitnehmen werde! Und wenn ich deine Fresse dann wieder sehen muss, gehst du ein wirklich großes Risiko ein. Dann scheiße ich nämlich auf deinen Frieden!«

Er wirbelte herum und zeigte abwechselnd auf James, mich und Charlotte. »Morgen. Um genau diese Zeit!«

»Er will das Erstgeborene, Boss«, brummte Benito Riccardo zu.

»Halt deine Schnauze oder ich vergesse mich«, brüllte Louis wie ein tollwütiger tasmanischer Teufel und sprang auf Benito zu, der absolut keine Miene verzog.

Dann drehte er sich noch einmal zu uns um und starrte James drohend an.

»Stell dich mir noch einmal in den Weg, James Bolden, und ich schwöre, ich werde dich zertrümmern! Dich und alle hier um dich herum!« Dann waren er und seine Witzfiguren verschwunden.

EINUNDZWANZIG

»Jemand muss dem Mann Benehmen beibringen, Boss«, murmelte Benito in seinem tiefen Bass. »Er ist nicht sehr höflich.«

»Da bin ich ganz deiner Meinung. Wie in alten Zeiten«, erwiderte Riccardo nachdenklich und wirkte kalt und gefährlich dabei. »Alt oder nicht, ich denke, wir sollten ihn morgen mal ganz freundlich und gesittet daran erinnern, wer auf den Straßen von London das Sagen hat, oder, Freunde?«

Die anderen Jungs brummten bestätigend und mir lief es eiskalt den Rücken runter.

»Bist du okay, mein Junge?« Riccardo streichelte Ray über den Kopf und inspizierte seinen zitternden Körper, der in dem grünen Wolkenkleid komplett fehl am Platz wirkte.

»Ja … Ich denke schon«, stammelte Ray und Charlotte fiel ihm heulend und zerschrammt in den Arm.

»James …« Meine Stimme bebte. Es war schlimm, ihn so kaputt zu sehen. »Es tut mir so leid«, flüsterte ich liebevoll in sein Ohr.

O ja, es tat mir leid. Es tat mir so leid, dass er eine so beschissene Jugend hatte, dass Ray so einen verdammten

Teufel als Vater hatte, der nicht davor zurückschreckte, James einfach alles zu nehmen, nur weil ihm gerade danach war.

»James«, wiederholte ich leise und umgriff vorsichtig den Lauf der noch erhobenen Waffe in seiner Hand.

Seine Kieferknochen arbeiteten, er war angespannt bis aufs Äußerste. Bebend nahm er einen Atemzug und in dieser Sekunde war es, als würde er aufwachen. Er senkte die Pistole unter meinem Griff, sah mich an. Verwirrt und hilflos.

»Mein armer Schatz!« Ray kam zu uns herüber und umarmte James. Die Tränen liefen über sein Gesicht, hörten gar nicht wieder damit auf. »Ich kann nicht in Worte fassen, wie leid es mir tut, dass etwas von diesem Tier in mir steckt! Sie war noch ein Kind. Ein Kind …«

Er weinte und weinte und ich musste mich wirklich anstrengen, den Kloß im Hals herunterzuwürgen. Ich war fassungslos. Sprachlos.

Eine ganze Weile rührte James sich nicht, dann schob er Ray an den Oberarmen von sich und starrte ihn fest an. »Du hast nichts von ihm in dir, rein gar nichts, verstanden?«

»Doch«, jammerte Ray. Er war vollkommen am Ende, gab sich die Schuld für die Existenz seines Bastard-Vaters.

»Nein«, zischte James schneidend. Ich kannte diesen Tonfall. Er ließ keine Diskussion zu. »Das da war er, das warst nicht du! All das.«

»O Gott, James …« Wimmernd rutschte Ray vor ihm auf die Knie. »O Gott!«

James hockte sich zu ihm und drückte ihm die Pistole in die Hand. »Nimm die hier und dann wirst du mit Charly untertauchen, genau, wie wir es vereinbart haben, okay?«

»James …« Rays Augen waren verklärt, als er zu ihm

aufblickte. »Ich kann mir das nie verzeihen. All das. Alles.«

»Du musst dir nichts verzeihen. Nimm die Waffe und dann geht! Charly bekommt meine.«

Ray starrte die Pistole in seiner Hand an wie ein undefinierbares Stück Weltraumschrott. »Aber du brauchst sie doch viel nötiger als ich.«

Draußen näherten sich inzwischen die schrillen Sirenen der Polizei.

James zog ihn hoch und lächelte freudlos. »Du weißt, wie wenig ich von Schusswaffen halte.«

»Okay.« Ray nickte und presste die Lippen zusammen. »Und ihr passt gut auf euch auf?«

»Wir sehen uns, wenn die Luft wieder rein ist.« James drehte sich zu mir um und legte die Stirn in Falten. Dann atmete er tief durch und richtete das Wort an Riccardo und seine Jungs: »Danke, dass ihr da wart. Seid ihr so gut und begleitet die beiden noch in Sicherheit?«

»Ja, selbstverständlich, mein Freund. Die Ratte bekommt sie jedenfalls nicht. Wir sehen uns morgen.«

Ray umarmte mich fest und lange. »Wir sehen uns, Liebes. Bleib nahe bei ihm, okay? Er wird dich beschützen.«

Auch Charly legte die Arme um mich und dann verschwanden sie in Begleitung von Riccardo und den Jungs. Nur Benito blieb und verkramte sein riesiges Gewehr eilig unter der Bar, bevor die Polizei eintraf. Ray drehte sich noch einmal zu mir um und sein verzweifelter Blick ließ mir die Hitze in die Augen steigen. Er hatte sich etwas vorgemacht. Sein Vater hatte ihn nach wie vor im Griff. Und wahrscheinlich würde das immer so bleiben.

Das Verhör der Polizei zog sich unerträglich lange hin und den Großteil der Ausführungen übernahm Bobby. Als der Name *Louis Terrence* fiel, verzog einer der Beamten gequält das Gesicht. Nutzlos. Sie würden nichts ausrichten können gegen einen wie Louis.

James und ich redeten nicht miteinander. Nicht, als wir den Club verließen, und auch nicht, als wir aufs Motorrad stiegen. Ein Auto wäre mir lieber gewesen, immerhin war er ganz schön mitgenommen, aber ich wusste, dass er nie und nimmer in eines gestiegen wäre, deshalb war das sowieso hinfällig. Benito folgte uns diskret in einem protzigen schwarzen Wagen wie ein schmieriger Privatdetektiv aus einem dieser düsteren Krimis.

Wir redeten nicht, als wir in Richmond ankamen, und auch nicht, als wir die Treppe zu seiner großzügigen Bleibe hochgingen. Benito nickte uns aus seinem Schlitten zu. Offenbar wollte er die Nacht hier draußen verbringen. Erst als die Tür hinter uns ins Schloss gefallen war und wir auf dem dunklen Gang seines Hauses standen, legte James die Arme um mich und zog mich hilfesuchend an seine Brust.

Ich hielt ihn, spürte, wie er bebte. Vor Wut. Vor Trauer. Vor Erschöpfung. Ich wusste es nicht genau. Wahrscheinlich alles zusammen. Und ich hatte keine Ahnung, wie lange wir einfach nur so dastanden und uns nicht rührten. Nur eines wusste ich sehr genau: Ich wollte nicht, dass ihm etwas passierte! Gott, der Gedanke daran höhlte mich aus. Es würde mich umbringen, wenn ihm etwas passierte!

»Was würde er mit Ray anstellen, wenn er ihn in die Finger bekäme?«, fragte ich, während ich in einem von James' Shirts in seinem duftenden Bett lag und ihm dabei zusah, wie er seine Pflaster wechselte. Er verzog das Gesicht dabei und musste kurz pausieren. Diese verdammten Wunden waren grässlich und es versetzte mir jedes Mal ebenfalls einen Stich, wenn ich sie sah. So ein Faustmesser konnte wirklich ganz schön etwas anrichten. Genau wie ein Porsche bei Regen auf einer Brücke oder eine Dosis Crystal zu viel …

»Seine kranke Vorstellung von *zur Vernunft bringen* wäre uns wahrscheinlich beiden zu hoch.«

James zog scharf Luft durch die Zähne und ich zuckte zusammen. Die Binden klebten an den Stichen und es sah aus, als hätte es wieder geblutet.

»Kann ich dir helfen?« Ich setzte mich besorgt im Bett auf.

»Ja, kannst du«, keuchte er und sah mich lange an. »Du kannst damit aufhören, dich um mich zu sorgen, denn wie du siehst, führt das zu nichts.«

Ich erwiderte seinen Blick eine ganze Weile. War so etwas wie Sorge tatsächlich kontrollierbar für ihn? Wie konnte er sonst so reden?

»Was werden diese Schweine tun, wenn wir morgen ohne Ray im *Dare* auftauchen?«, fragte ich und etwas kräuselte sich eisig in mir zusammen.

James drehte sich von mir weg. Was? Wollte er mir jetzt nicht antworten? Es einfach totschweigen? Was war denn sein grandioser Plan für den morgigen Tag? Und hatte er überhaupt einen oder wollte er diesem ekelhaften Monster Louis Terrence einfach so ins Messer laufen?

»Du wirst hierbleiben in Benitos Obhut. Ich fahre allein«, erklärte er wieder mit dieser gleichgültigen *Ich sage das Wetter in den Morgennachrichten an*-Stimme, die mich so wahnsinnig machte.

»Ich lasse nicht zu, dass du da allein hingehst«, protestierte ich.

»Die Jungs sind bei mir.«

»Ja, aber dieses Schwein hat es auf *dich* abgesehen. Wenn er Ray nicht bekommt, wird er das an dir auslassen, James! Und ich werde hier nicht sitzen und vor Sorge umkommen, wenn ich ...«

»Und deshalb sollst du dich nicht sorgen! Lass es einfach!« Er wurde lauter und drehte sich zu mir um, um mich scharf anzusehen.

»Was?« Ich warf die Decke zur Seite und ging auf ihn zu. »Was zur Hölle soll das? Was stimmt mit dir nicht? Menschen können sich nicht aussuchen, ob sie sich sorgen oder nicht, und ja, ich sorge mich um dich. Jede verdammte Sekunde. Und du gibst mir auch allen Grund dazu.«

»Abbie ...« Aufbrausend starrte er mich mit zusammengezogenen Brauen an. Wütend ... Als hätte er einen Grund, wütend zu sein ...

»Und ob ich hier sitze und mich sorge oder da bin, wo ich dich sehen kann, und mich sorge – warum ist das nicht egal?«

Gott, ich wollte ihn nicht gehen lassen. Wenn ich ihn davon schon nicht abhalten konnte, wollte ich wenigstens an seiner Seite bleiben.

»Scheiße, weil ich nicht will, dass du stirbst!«, presste er zornig durch die Zähne und sah mich auf eine Art an, die mich sofort entwaffnete. »Er wird dich genauso in der Luft zerreißen, wie er es mit meinem Kind getan hat, verflucht noch mal!« Atemlos hob und senkte sich seine Brust und ein alles vernichtender Schmerz sickerte in seinen Blick. »Und deshalb hör endlich auf mit dem ganzen Scheiß von wegen du würdest dich sorgen oder willst an meiner Seite bleiben. Das ist falsch, Abbie! An meiner Seite gibt es nur Schmerz und Tod und ich weiß nicht, was noch passieren muss, damit du das endlich verstehst. Ich habe dich hier mit reingezogen und ich werde dich da auch wieder rausholen.«

Er wischte sich mit den Händen über das Gesicht und stöhnte, lief ruhelos vor mir auf und ab wie ein eingesperrter Tiger.

»Wir hätten all das nie so weit kommen lassen sollen! Ich wusste es! Ich hätte all das nie zulassen dürfen. Dann würde es dich jetzt einen Scheiß interessieren, wo ich hinfahre und ob ich dabei draufgehe, weil du wahrscheinlich schon wieder in New York bei deinem arroganten Macker wärst. Und ich müsste nicht den Verstand verlieren, wenn ich mir ausmale, was dieser Wichser von Louis Terrence tun würde, wenn er dich in die Finger bekommt. Gott, verdammt noch mal!« Tief durchatmend legte er den Kopf in den Nacken und schloss die Augen. »Scheiße!«

»James.« Sanft griff ich nach seinen Händen. Er wollte sich mir entziehen, aber er konnte es nicht. Meine Finger glitten über seine Arme und machten Halt bei seinen Wangen. Er wich meinem Blick aus. Kämpfte in diesem Moment mit so vielen Dämonen gleichzeitig, dass ich ihm da nicht auch noch in den Kram passte.

»Nein, ich darf so etwas wie vorhin nicht noch einmal zulassen, verstehst du? Niemals!«, murmelte er vollkommen verbissen eher zu sich selbst als zu mir.

»Weißt du ...« Meine Finger tasteten sich über seine Schläfe hinauf und er schloss in einer Mischung aus Resignation und Behaglichkeit die Augen. »Ein wirklich einzigartiger Mensch hat mal zu mir gesagt, dass ab und an viel zu viel los ist da oben.« Ich streichelte liebevoll über seine Stirn, fuhr über seine Narbe und kam seinem Körper mit meinem vorsichtig ein Stück näher. »Und dass es manchmal die Lösung ist, einfach nur loszulassen.«

Er sog schmerzlich die Luft ein. Die Sanftheit meiner Berührungen bereitete ihm augenscheinlich schon körperliches Leid.

»Und ich weiß, dass es komplett falsch ist, was wir hier tun«, fuhr ich fort und berührte seine Lippen fast unmerklich mit meinen. »Aber leider lege ich nicht besonders viel Wert auf richtig und falsch. Und dummerweise weiß ich, dass du das auch nicht tust.«

Er schluckte und sah mich unter gesenkten Lidern an. »Abbie ...« Seine Stimme klang heiser.

»Du kannst wüten und toben, wie du willst, James Bolden, ich werde mich trotzdem um dich sorgen. Menschen fühlen nun einmal, was sie fühlen, okay?«

Er sah mich aus seinen stürmischen grünen Augen an und ich liebte ihn. Gott, ich liebte ihn so verflucht sehr und er spürte es.

Denn als ich etwas sagen wollte, unterbrach er mich traurig: »Nicht, Abbie. Du stürzt dich ins Unglück. Siehst du nicht, in was für einem verfluchten Scherbenhaufen wir stehen?«

Ich küsste ihn sanft und zwang mich zu einem Lächeln. »Ich bin auf nackten Füßen durch halb London spaziert, schon vergessen? So ein paar Scherben sind ein Witz für mich.«

Er lachte. Aber es war ein schweres und bekümmertes Lachen.

Es spielte keine Rolle, was wir sagten oder nicht sagten. Was wir erzwangen oder unterdrückten.

Es würde absolut nichts ändern. Rein gar nichts ändern an dem, was bereits war.

ZWEIUNDZWANZIG

Der nächste Morgen kam viel zu schnell, obwohl ich ihn weit weg gewünscht hatte. Beinahe unwirklich schnell wie alles, was man am liebsten nie erlebt hätte.

Ich hatte die ganze Nacht wach in James' Arm gelegen und immer wieder gehofft, die Zeit würde einfach stehen bleiben. Aber wie oft erfüllten sich die Dinge, die man sich wünschte, tatsächlich? Die Nacht wurde blau, rot und schließlich tastete sich die Sonne zum Fenster herein. James löste sich von mir und stieg aus dem Bett und ich musste mit aller Macht dem Reflex widerstehen, ihn zurückzuzerren.

»Du hast nicht geschlafen«, stellte er fest.

»Du auch nicht«, erwiderte ich mit dünner Stimme.

»Hmmm.« Ich hörte seinen Gürtel klimpern, als er sich die Jeans überzog, und mein Herz schlug mir bis zum Hals. Keine Ahnung, wie ich diesen Tag überstehen sollte.

»Ich fahre zu Riccardo, damit wir alles Weitere besprechen können«, sagte er rational, während mich meine überschäumenden fiesen Emotionen immer tiefer in die Matratze drückten.

»Und dann sehen wir uns heute Abend.« Er stellte es eher fest, als dass er es fragte.

Ich setzte mich im Bett auf und wusste nicht, wohin mit mir. Das alles war viel zu schnell passiert. Gerade hatte ich ihn noch verloren, ihn zurückbekommen und jetzt sollte ich ihn schon wieder verlieren?

Wie absurd war das eigentlich?

Er war verletzt, und wenn dieser Louis es darauf anlegte, war James eindeutig im Nachteil.

»Hey.« Er hockte sich vor mich und tippte sich an die Stirn. »Nicht so viel denken. Was passiert, passiert.«

Gott sei Dank waren Riccardo und seine Jungs bei ihm. Ich hoffte nur, dieser intrigante Mistsack plante nicht irgendeine bösartige Aktion aus dem Hinterhalt.

James küsste meine Stirn und meine Lippen, dann richtete er sich auf, zog seine Jacke über und ging.

Ich presste schmerzhaft die Zähne aufeinander und wartete, bis er aus dem Schlafzimmer verschwunden und seine Schritte auf dem Flur verhallt waren.

Gut so. Bei einer ewigen Abschiedsorgie hätte ich ihn wahrscheinlich niemals gehen lassen.

Ich saß noch immer so da, als draußen der Motor seiner Maschine aufheulte.

Komm schon, Abbie! James ist stark! Er schafft das! Er schafft das! Reiß dich zusammen!

Ich ging auf weichen Knien ins Bad nebenan, um mich frisch zu machen. Es war großzügig und stilvoll in schwarz-weiß gefliest wie ein Schachbrett. Ein Schachbrett. Schach … Und wer würde den Zug gewinnen?

Verflucht, am liebsten wäre ich sofort joggen gegangen, um den Kopf frei zu bekommen, aber Benito hätte mich wahrscheinlich unterwegs niedergestreckt, über die Schulter geworfen und zurück ins Haus geschleppt.

Ich zog mein Kleid über, putzte die Zähne mit der Zahnbürste, die James mir hingelegt hatte und schnupperte wie eine gruselige, psychopathische Stalkerin an dem Shirt, das ich über Nacht getragen hatte. Es roch so wundervoll nach ihm. Seiner Haut. Seinem Bett. Nach Geborgenheit.

Auf meinem Weg ins Wohnzimmer fand ich auf einer Kommode im Flur das Foto von Emily, das ich aus der Schublade in seinem Folterraum geklaut hatte, und mir wurde für einen Moment ganz merkwürdig heiß. Es war ein bisschen zerknittert, aber er hatte es akkurat geglättet und in einen Rahmen gesteckt.

Das war etwas Gutes. Es war gut, dass es hier war. Sehr gut.

»Mist!« Ich wischte mir eine Träne von der Wange.

Die Gefühle gingen mit mir durch. Wahrscheinlich die Hormone. Aber ich fand es plötzlich unbeschreiblich schön, dieses Foto hier zu sehen. Und unheimlich traurig zugleich. Gestern im Dunkeln war es mir gar nicht aufgefallen. Überhaupt besaß ich nur eine grobe Orientierung in James' Haus. So oft war ich ja noch nicht hier gewesen und bei Tageslicht war alles ganz neu und spannend für mich. Man lernte Menschen besser kennen, wenn man sah, wie sie lebten.

»Kleine Lady von James?«, rief es aus dem Wohnzimmer und ich fuhr zusammen, als hätte mich der Blitz getroffen.

»Nicht erschrecken, ich bin's nur.« Benito stand in der Tür wie ein Abbild des Mount Everest. Wollte dieser Typ mich umbringen?

»Das kannst du nicht mit mir machen.« Ich griff mir entsetzt an die Brust. »Wirklich nicht.«

»Entschuldige. Ich hab Bagels und Kaffee für uns besorgt.« Er hielt eine Papiertüte hoch und in der anderen Pranke einen Becherhalter.

»Ich hab wirklich gar keinen Appetit«, stammelte ich bedauernd. Es war ja süß, dass er sich so bemühte, aber mein Magen rebellierte schon so. Ein heißer Kaffee würde mir wahrscheinlich direkt die Schleimhaut zersetzen.

»Du musst essen. Hilft gegen die Übelkeit.« Der italienische Riese zog vielsagend die Brauen nach oben.

»Tja ... Na gut, dann ... Ein kleiner Bissen wird nicht schaden.« Ich wollte ja nicht unhöflich sein.

Als wir das Wohnzimmer betraten, streifte mein Blick den Teppich, auf dem James und ich ...

»Weißt du, kleine Lady«, holte Benito mich aus meinen Gedanken, »manchen Leuten muss man einfach Manieren beibringen. Sonst wird die Welt nie zu einem guten Ort.«

»Mhm ...«

Ich sah ihm skeptisch dabei zu, wie er mit seinen riesigen Händen die Bagels auseinanderschnitt und nach einem Glas Marmelade griff, das er wahrscheinlich aus dem Kühlschrank hatte und das in seinen Fingern wirkte wie Spielzeug aus dem Puppenhaus. Okay, ich glaubte jetzt nicht unbedingt daran, dass Leute wie er oder Riccardo die Welt zu einem besseren Ort machten, aber ich wollte ihn auch nicht beleidigen.

Die Terrassentür stand offen und ein angenehmer Wind wehte vom Fluss herein. James hatte es so schön hier. Was für ein Panorama. Und so viel mehr Ruhe als direkt in der City.

»Ich sage ja nur«, setzte Benito wieder an, »du musst dir keine Sorgen machen. Unsere Jungs sind die Guten.«

Auch das bezweifelte ich, aber ich biss schnell in den Bagel, den er mir zuschob, bevor das zu offensichtlich wurde.

Gar nicht mal übel, etwas in den Bauch zu bekommen. Eine kleine Stärkung konnte nicht schaden.

»Und wenn einer mal Ärger haben sollte, hat jeder von uns so einen Knopf hier.« Er deutete stolz auf einen roten Transponder an seinem Gürtel. »Wir sind füreinander da. Immer.«

»Was ist das mit euch da jetzt eigentlich?«, fragte ich kauend. »Cosa Nostra? Ernsthaft?«

Benito lachte brummend. »Cosa Nostra? Du gibst viel auf das, was andere sagen, was?« Er kratzte sich an seiner Glatze. »Also, richtig ist, dass Riccardos Mama aus Sizilien stammt.« Der Vorhang an der Terrasse bewegte sich gegen den Wind. Auf so merkwürdige Art, dass es mir auffiel. »Sein Papa, ein wirklich guter Mann, fast so gut wie er, war der beste Bäcker im Ort. Korrekt ist also, wir sind alle eine Famiglia. Falsch ist …«

»Benito!«, stieß ich entsetzt hervor. Der Rest blieb mir im Hals stecken.

Es passierte so schnell, dass er nicht einmal seine Waffe ziehen konnte. Mit einem Satz war B bei uns im Raum, das Gesicht zur bösartigen Fratze verzerrt, und rammte Benito eine Spritze in den Hals, die seinen mächtigen Körper sofort erschlaffen ließ.

Ich wollte rückwärts flüchten, stolperte über meinen Stuhl und stürzte dabei ächzend zu Boden. Nackte, eisige Angst raste durch meine Adern und er war bei mir, bevor ich die Tür zum Flur erreichte.

»Hallo, Abigail.« Von hinten packte er meinen Hals, zog mich an sich und drückte zu.

Ich würgte und hustete, wilde Panik vernebelte mir die Sinne und im Augenwinkel sah ich wieder die Spritze, die er neben meinem Gesicht in die Höhe hob. Sie glitzerte gefährlich.

»Hübsches Kleid. Macht mich ja fast schwach.« Er drückte seinen Schritt gegen meinen Hintern. »Zu schade, dass du unser Tauschobjekt bist und ich dich in einem Stück mitbringen soll. Keine Angst, piekst nur ganz kurz.«

Tauschobjekt …

Sie wollten mich gegen Ray eintauschen, damit Louis

sichergehen konnte, dass er ihn auch bekam. Dieser kranke Bastard! Ich wehrte mich gegen Bs Griff und er lachte. »Scharf, du kleines Wildpferd.« Er ließ meinen Hals los und rammte mich frontal gegen die Tür, dass mir kurz die Sinne schwanden.

Warum Ray? Was wollten sie?

B presste meine Wange unsanft gegen die Tür. »Wenn du nachher wehrlos und ohnmächtig bist«, lechzte er und fuhr mit der Hand über meinen Hintern, »werde ich es dir besorgen. Ich liebe es, wenn die Pussys wehrlos sind.«

Ich bündelte all meine Kräfte, stieß mich ab und startete einen Rundumschlag, der hart seine Nase traf und die Spritze davonschleuderte.

»Verfluchte Schlampe!« Er verlor kurz die Orientierung und ich kroch auf allen Vieren übers Parkett, der Spritze hinterher.

»Na, na, na!« Er packte meinen Fuß und zerrte mich zurück. Ich drehte mich auf den Rücken und trat mit dem freien Bein nach seiner Hand.

Scheiße!

»Autsch«, stellte er eisig fest, während er sich mit der einen Hand das Blut von der Nase wischte und mit der anderen nach meinem Kleid griff, um mich näher zu ziehen. »Und jetzt ist Schluss damit! Wir müssen los. Von mir aus nehme ich dich auch direkt so mit, du Zicke.« Er packte mich und warf mich über seine Schulter.

Meine Synapsen feuerten, mein Puls überschlug sich. *Nein! Nein! Nein!!!*

Während er einfach so pfeifend mit mir zur Tür hinausschlendern wollte, bekam ich eine Whisky-Flasche vom Schrank zu fassen. Das Glas war dick und schwer und ich zappelte so sehr, dass B ins Taumeln kam.

»Halt jetzt still, du kleine Fotze!«

Nicht nett! Gar nicht nett!

Ich holte aus, so gut es aus dieser Position ging, und traf ihn mit der Flasche im Rücken.

Der Schlag war nicht hart genug, um ihn auszuknocken, aber er brachte ihn so aus dem Konzept, dass er mich fallenließ und sich an der Wand abstützen musste. »Hast du sie noch alle?«

Ich stürzte wieder auf die Spritze zu, er setzte mir nach wie ein Panther und ich schlug wild mit der Flasche nach ihm. »Bleib weg von mir!«

Er wich lachend jedem meiner Schläge aus. »Süß!«

Seine blauen Augen starrten mich an wie eisige Kälte direkt aus einem Gletscher heraus. »Aber wir haben jetzt genug gespielt.« In einer wendigen Bewegung wollte er mich wieder packen, aber ich traf mit der Flasche sein Knie und er keuchte auf.

»Ich sagte: Bleib mir fern!« Ich hatte mich rückwärts auf die Spritze zugetastet, wollte sie mit meinem Fuß fixieren, aber sie gab nach und zerbarst knirschend unter meiner bloßen Sohle. *Glas?* Mir fuhr ein eisiger Schreck in die Glieder. *Verflucht!* Sie war aus Glas. Wer benutzte heutzutage noch Spritzen aus Glas? Hoffentlich hatte ich mich nicht so verletzt, dass genug von dem Zeug in meinen Blutkreislauf eindrang und ich trotzdem umfiel. *Das wäre ganz schön am Ziel vorbei, liebe Abigail.*

»Mutig mit dem nackten Fuß«, stellte auch B fest, während er mit ausgebreiteten Armen auf mich zukam wie ein Bauer, der seine Schafe zusammentrieb.

»Und du mutig unbewaffnet.« Mit einem Sprung war ich bei Benito, grabschte nach dem Knopf an seinem Gürtel und mit der anderen Hand nach der Waffe in seinem Holster.

Keine Ahnung, ob ich diesen SOS-Ruf erwischt hatte. Die Waffe in meinen Händen machte auf jeden Fall mächtig Eindruck auf B.

»Ach, komm«, testete er mich hinterlistig und kam

einen Schritt näher, als liefe er zwischen Minen hindurch, »du kannst das Ding doch gar nicht bedienen. Gib es lieber her, bevor du dir noch wehtust!«

»Ich habe auf der Straße gelebt, Wichser!«

Ich entsicherte die *Beretta 92* und richtete sie direkt auf seine Brust. Dieses Modell kannte ich. Wir hatten mal genau so eine in einem Müllcontainer gefunden und behalten. Einer unserer Schauspielkumpels war bei der U.S. Army gewesen und hatte uns gezeigt, wie man sie benutzte. Sein Spitzname war M9 wie die Pistole. Kurz und knackig. Fast so schön wie *B.*

»Perfekt.« Er legte seine unnormal weißen Zähne unter einem animalischen Grinsen frei. »Obdachlose Schlampen vermisst keiner.« Er sprang auf mich zu, wollte nach der Waffe greifen, aber noch bevor er mich erreicht hatte, drückte ich ab.

Für eine Sekunde stand die Zeit still. Er war reglos, ich war reglos. Er verharrte in der Bewegung, ich tat es ebenso. Dann sah ich das Loch in seiner Brust. Es war rund, fast perfekt in seiner Beschaffenheit und Blut sickerte heraus. B starrte mich fassungslos an.

»Hast du Fotze gerade auf mich geschossen?«

Er taumelte zurück und sackte gegen die Wand.

Ich hielt die M9 noch immer umklammert, war wie versteinert. Adrenalin schoss mir bis unter die Schädeldecke. Der Puls kochte laut in meinen Ohren.

»Hast du Schlampe mich gerade abgeknallt?«

Er betastete zitternd seine Schusswunde. Ein Stück oberhalb des Herzens. Höchstwahrscheinlich nicht tödlich. Vielleicht die Lunge gestreift, aber dann würde er bestimmt schon nicht mehr so zetern.

»Du rührst keinen Finger, sonst sitzt die nächste Kugel zwischen deinen Augen, verstanden?« Mist, warum wurde mir denn jetzt so seltsam? Ich sah an mir hinunter und stellte fest, dass mein Fuß blutige Abdrücke hinterließ. Scheiße, er durfte keinesfalls merken, dass ich etwas von dem Betäubungsscheiß abbekommen hatte. Hoffentlich wurde das nicht schlimmer.

Ganz tolle Idee, barfüßig in eine Spritze zu treten, Abigail Summers!

»Du sollst dich nicht bewegen«, rief ich, als B sich aufrappeln wollte.

»Das tut verflucht weh, du kleine Schlampe! Ich werde dir so was von die Visage dafür zertreten, wenn das Opioid dich umgehauen hat.«

Verdammter Mist!

In dem Moment flog die Tür auf und schwere Schritte näherten sich uns.

Ich erkannte einen von Riccardos Männern und noch einen. Der Erste rannte zu Benito und fühlte seinen Puls. »Nur betäubt«, ließ er verlauten.

James war der nächste im Zimmer und ich war so glücklich, ihn zu sehen, dass ich direkt die Waffe fallen ließ. Er nahm mich erleichtert in den Arm. »Alles okay? Geht's dir gut?«

»Was für eine verdammte Merda soll das hier werden, hä?« Riccardo lief offensichtlich auf Sturm, starrte mit kalten Augen von Benito zu mir, dann zu B und wieder zurück.

»Erklär es mir, pezzo di merda, hä!« Er schlug B mit der flachen Hand ins Gesicht und bückte sich zu ihm hinunter, bohrte ihm den Zeigefinger in die Wange. »Will dein missratener Boss uns ficken? Sag es mir!«

»Meine Fresse, beruhig dich, Luciano Pavarotti«, keuchte B und kassierte dafür direkt noch einen Schlag.

»Ruf ihn an! Jetzt sofort!«

»Mann, ich hab Schmerzen. Ich wurde angeschossen, du Fettsack«, murrte B und Riccardo zog ohne Umschweife seine Pistole aus dem Hosenbund und schoss ihm knapp oberhalb des linken Knies in den Oberschenkel.

B brüllte wie ein sterbendes Tier. »Verdammt noch mal, hast du sie noch alle? Aaaaaah!«

»Hör auf zu heulen und ruf ihn an, asino! Ich muss mit ihm reden.« Riccardo puhlte sich mit dem kleinen Finger zwischen den Zähnen. »Sonst machen wir aus deinem hässlichen Bein ein schönes Zahlenbild, hä? Mario hier hat ein Messer und kann die Punkte dann zu einem hübschen Gemälde verbinden.«

Mario neben ihm war die grimmige Version von Benito mit einem schiefen, gemeinen Mund und winzigen, kalten Augen.

»Ist ja gut«, brüllte B und zerrte zitternd sein Telefon aus der Tasche. »Aber ruft einen Scheißkrankenwagen, bevor ich hier ausblute.«

»Das mit deinem Teppich tut mir leid, mein Junge«, sagte Riccardo in James' Richtung und zwinkerte. »Ich kauf dir einen Neuen.«

James antwortete nicht.

B stammelte irgendwelche halbgaren Dinge in sein Telefon, heulte und hielt sich das Bein.

»Willst du weg?«, fragte James leise in mein Ohr.

»Nein«, erwiderte ich. Ich wollte diese Mistkerle bluten sehen, einen nach dem anderen. Es war eine Genugtuung, den Mörder von James' Kind heulen und schreien zu hören.

Ein paar Minuten später hörten wir Louis' Stimme von draußen. »Komm raus, Riccardo, du Feigling!«

»Gut, gehen wir an die frische Luft.« Riccardo packte B unter dem Arm und schleppte das flehende Bündel nach draußen.

Mir war schwummerig, aber James hielt mich. Das war alles, was zählte.

»Wir wollten doch nur tauschen«, heulte B unter

Fetzen aus Speichel, als Riccardo ihn auf den Rasen warf. »Sie gegen die Tunte.« Er zeigte in meine Richtung.

Riccardo starrte ihn eine Weile an, dann packte er ihn und bohrte seine Schuhspitze in die frische Schusswunde. B jaulte auf.

»Redet man so, hä? Sagt man das zu anderen Leuten? Nenne ich dich etwa Faccia di culo?«

»Was für eine Show soll das hier werden?« Louis ging einen Schritt auf Riccardo zu, der ihn anstarrte wie ein Stier das rote Tuch.

»Was das hier werden soll?« Er hielt seine Waffe an Bs Kopf. »Du demütigst meine Jungs auf ihrer eigenen Feier. Du hetzt deine Sackgesichter auf meine Familie. Du vergreifst dich an meinen Männern. Meine Geduld mit dir ist langsam am Ende, Louis Terrence! Du hinterlistiges Stück Scheiße hast genug mit denen gespielt, die mir lieb sind. Ich bin kurz vorm Platzen.«

»Wirklich? Merkt man fast gar nicht.« Louis wollte nach seiner Waffe greifen, aber Riccardo richtete seine sofort auf ihn.

»Wag es nicht, stronzo!« Er raste so vor Wut, dass man lebensmüde sein musste, sich ihm in den Weg zu stellen.

»Meine Güte, beruhig dich! Ich will nur meinen Sohn. Nichts weiter. Du und ich haben eine Abmachung, schon vergessen?«

»Dummerweise ist dein Sohn auch mein Sohn! Und du hast wieder einmal die Wahl, ob du dich mit mir anlegen willst, bue di corno. Wenn du das tust, bist du entweder sehr dumm oder wirklich mutig.« Er trat B in den Rücken, der keuchend vornüberfiel und sich nicht mehr rührte. »Weißt du, ich würde James jetzt gern meine Knarre geben, damit er deinem Gesindel hier den Garaus machen kann.« Er spuckte neben B ins Gras. »Denn dieser Abschaum hat auf deine Anweisung hin das Leben seiner

Kleinen ausgelöscht und hätte sich fast noch an seiner anderen Kleinen vergriffen.«

Riccardo blickte in unsere Richtung und ich spürte, wie James' Muskeln sich anspannten.

»Aber ich tue es nicht.« Riccardo ging mit seinem Gesicht so nahe an Louis heran, dass sich ihre Nasen fast berührten. »Weil mein Junge Manieren hat im Gegensatz zu dir. Und ich hasse es ebenso, Blut zu vergießen, wenn man seine Differenzen auch mit Worten beilegen kann. Das ist gegen meine Scheißprinzipien. Ich lasse dir also die Wahl, weil ich gütig bin. Lass meine Jungs in Ruhe und zieh deiner dreckigen Wege. Ein paar Drogen hier, ein paar Huren da. Oder tu es nicht und es wird zwischen uns krachen. So lange und heftig wie nötig.«

»Dramatisch wie immer, Riccardo«, tönte Louis, aber ich sah, wie unsicher er wurde. Er hatte Respekt vor Riccardo und seinen Jungs. Wahrscheinlich hätte das jeder vernünftige Mensch, wenn er auch nur ein paar intakte Hirnzellen besaß. Und die beiden hier kannten sich von früher.

»Willst du Krieg mit mir, Louis Terrence?« Riccardo starrte ihn direkt an und ich sah, wie Louis' Fassade unter seinem eindringlichen Blick bröckelte. »Denn falls ja, werde ich mit den gleichen schmutzigen Regeln spielen wie du, mein Freund. Hattest du nicht mal eine Ex-Frau, die dir immer noch am Herzen liegt? Hope, richtig?«

»Ja, bevor dein Goldjunge da drüben sie gefickt hat.« Louis' hasserfüllter Blick rasselte in den von James. *Autsch!* »Genau wie er meine Leute gefickt hat und meine Ware. Einfach alles. Was würdest du mit jemandem machen, der dich dermaßen fickt, Riccardo, hm?«

»Und dein Bruder in York«, ließ Riccardo sich nicht beirren und kratzte sich mit seiner Waffe am Kopf. »Ihr telefoniert regelmäßig, was? Er hat zwei kleine Jungs. Süße Kerlchen.«

Dass dieser Schlag saß, verriet das kurze Flackern in Louis' Augen, auch wenn er sofort wieder sein Pokerface aufsetzte.

»Der Bastard ist mir egal. Mach doch, was du willst!«

Unglaublich, dass es wirklich jemanden zu geben schien, an dem ihm etwas lag.

»Also Krieg, ah?« Riccardos Miene war purer Zement und einer seiner Jungs trat ein Stück näher.

Louis blickte hinüber zu B, der sich kaum noch rührte und nur noch sehr sporadisch wimmerte. Er überlegte, grübelte, verengte die Augen. Aber auf die Frage hin, ob er Krieg mit Riccardo wollte, gab es nur eine Antwort.

Er war vielleicht ein brutaler Sadist, aber wenn er so dumm sein sollte, sich noch einmal mit Riccardo anzulegen, war ihm absolut nicht mehr zu helfen. Wahrscheinlich würden die Jungs seine kleine Bande plattwalzen, ohne überhaupt ein Ruckeln zu spüren.

»Komm schon, B. Auf die Füße mit dir, du Heulsuse!« Louis packte seinen widerlichen Schergen unter der Achsel und streifte mit einem so scharfen Blick James und mich, dass mir ein Schauer über den Rücken lief.

»Wirst du meine Jungs in Zukunft in Ruhe lassen, ja oder nein?« Riccardo war mit ein paar Schritten bei ihm und hielt ihm die Waffe an den Kopf.

»Gott, verdammt!« Louis blieb stehen. »Hör jetzt auf mit dem Scheiß!«

»*Ja oder nein*?«, wiederholte der kleine Italiener scharf.

»Was ist los?« Louis ließ Bs Arm los, drehte sich zu Riccardo und presste sich den Lauf von dessen Waffe vor die Brust. »Willst du mich abknallen? Schon vergessen, dass wir das nicht tun?«

»Nicht vergessen.« Riccardo funkelte listig zurück. »Aber ich stelle mir gerade vor, wie ich es tue, und allein das ist herrlich.«

»Du kranker Irrer würdest niemals die Ehre deines Vaters besudeln.« Es war eher eine Frage. Louis forderte ihn heraus, aber er war auch unsicher.

Sie konnten einander nichts anhaben? Was für eine Ehre? Was sollte das Gerede immer?

»Und du? Würdest du es tun?«, zischte Riccardo herausfordernd.

»Es ist okay.« Louis' Blick zu der Waffe war mürrisch. »Alte Geschichten. Lange vorbei. Bleibt Raymond halt hier in Tuntenhausen. Ich scheiß drauf.« Er murrte und griff wieder nach dem stöhnenden B. »Ich scheiß auf euch alle.«

»Na, siehst du.« Riccardo hieb ihm unsanft auf den Rücken und schob sich seine Pistole in den Hosenbund. »Und so gehen wir alle in Frieden auseinander, ehren den Pakt und sprechen gemeinsam das Notre Père.«

»Fahr zur Hölle, Italo-Pack!« Louis spuckte.

»Na ja, die Erziehung einer Mama kann ich schlecht ersetzen.« Riccardo wendete sich an uns und klatschte freudig in die Hände. »Dann räumen wir jetzt drinnen ein wenig auf und wecken meinen Freund Benito, nicht wahr, mein Junge? Ach, was für ein herrlicher Tag.« Er breitete die kurzen Arme aus. »Es ist immer wieder schön, wenn der Rattenfänger durch die Stadt zieht und ein wenig Gesindel verjagt.«

»James«, stammelte ich, »mir ist …« Im nächsten Moment war mir schwarz vor Augen.

»Diese hässliche Visage werdet ihr so schnell nicht wieder zu Gesicht bekommen«, hörte ich Riccardos Stimme dröhnen wie aus einer anderen Welt. »Ich treffe mich vielleicht sogar noch einmal auf einen Kaffee und ein Stück Kirschkuchen mit ihm und lege ihm freundlich ans Herz, dass es besser für ihn wäre, die Stadt wieder zu verlassen.«

»Wer legt sich auch freiwillig mit der Mafia an?« Meine Stimme klang erstickt, der Hals kratzte und ich musste husten.

»Na, Schneewittchen.« James saß neben dem Sofa, auf dem ich lag, und reichte mir ein Glas Wasser. »Ganz blöde Annahme, Scherben könnten dir nichts anhaben.« Er deutete tadelnd zu der zertretenen Spritze hinüber und musterte mein Gesicht von oben bis unten, als suchte er darauf nach Blessuren.

»Können sie nicht«, widersprach ich, »bin ja noch hier und rede mit euch.«

Er schüttelte nur den Kopf und strich mir liebevoll eine Haarsträhne hinters Ohr. »Bist du okay?«

»Ja.« Ich griff nach seiner Hand und hielt sie fest.

»Was hat deine Kleine nur immer mit der verkackten Mafia? Wie kommst du auf solchen Unsinn, Abigail?«

Riccardo saß ein paar Meter von uns entfernt am Wohnzimmertisch und trank einen Tee wie zu einem ganz gewöhnlichen Kaffeekränzchen. Benito kauerte noch etwas benebelt auf dem Stuhl neben ihm und der Dritte der Jungs schrubbte Bs Blut von James' Parkett.

»Wären wir die Mafia, würde dieser Kerl schon lange in irgendeiner Lagerhalle ausbluten oder sich mit Betonschuhen die Fische in der Themse angucken.«

»Es gibt Fische in der Themse, Boss?«, fragte Benito wie ein zu groß geratenes Kind.

»Ja, natürlich gibt es Fische in der Themse, du Esel. Also Abigail ...« Riccardo räusperte sich und lehnte den Oberkörper ein Stück in meine Richtung. »Wir sind keine Mafia. Louis und ich sind einfach nur zwei Kerle auf dem gleichen Spielplatz. Und ja, ich bin Italiener. Kommt vor in diesem verkackten Schmelztiegel der Kulturen.«

»Tut mir leid«, stammelte ich kleinlaut. Also waren sie nichts weiter als zwei Banden in den Straßen von London, die den gleichen Geschäften nachgingen. Und aus irgendeinem Grund, der sich mir noch nicht vollständig erschloss, durften sie einander kein Haar krümmen.

»Was dieser Spinner dir angetan hat, macht mich rasend, James«, beteuerte Riccardo bedauernd, »aber du weißt, was ich meinem Papa auf dem Sterbebett versprochen habe. Ich kann nichts weiter tun, als diesen Scheißhaufen ein bisschen aufzumischen. Frieden auf den Straßen von London, das ist der Pakt. Das mit Raymond oder das mit dir ... Das ist etwas Privates, okay? Du hast Mist gebaut, er will sich rächen. Raymond ist sein Fleisch und Blut, er will ihm Manieren beibringen. Ich kann mich nur schützend vor euch stellen, aber ich kann das Problem nicht endgültig lösen, falls du verstehst, was ich meine.« Er schlürfte nachdenklich an seinem Tee wie ein tadelloser Gentleman. »Denn daraufhin würde Krieg in der Stadt ausbrechen. So ein Krieg dauert lange und ich bin alt und müde. Ich will einfach nur in Ruhe Tiramisu und guten Wein unter die Leute bringen. Und auch wenn so ein kleiner Streit mein Blut herrlich in Wallung bringt, meine Frau würde mir die Hand abhacken, bevor ich sie überhaupt gegen Louis erheben könnte, wenn mir jetzt einfiele, den Kodex zu brechen.«

Eine Weile schwiegen wir alle. Ich verstand ihn. Und er hatte schon mehr getan, als gut für ihn war. Das hier war kein Bandenkrieg, es war eine Vendetta. Louis Terrence hatte es sich zur Lebensaufgabe gemacht, James zu zerstören. Und ich hoffte inständig, er hatte tatsächlich noch Gefühle im Leib. Für diese Hope oder seinen Bruder.

Gefühle und einen Funken Vernunft, James nach dieser harten Ansage da draußen auf dem Rasen endlich in Frieden zu lassen.

»Er wird jetzt die Füße stillhalten, davon bin ich überzeugt, mein Junge«, las Riccardo meine Gedanken und zwirbelte seinen Schnurrbart zwischen den Fingern. »Er kennt den Pakt und er will genauso wenig Krieg wie ich.«

Davon war ich überzeugt. Und das war es auch, was ich vorhin gesehen hatte. Er respektierte Riccardo und offensichtlich auch diesen Pakt, der zwischen ihnen existierte. Es war viel klüger, nebeneinander zu existieren und die Bälle flachzuhalten. Tote Männer machten keine Geschäfte mehr ...

Die andere Frage war – und das war die wichtigste von allen: Würde *er* es gut sein lassen? Ich betrachtete James' düsteres Gesicht und biss mir auf die Lippe ... Würde er einfach schlucken, dass dieser Abschaum sein Kind auf dem Gewissen hatte? Dass er einen unschuldigen, zerbrochenen Jungen mit einem Messer auf ihn gehetzt hatte? Dass er jemanden in den goldenen Schuss getrieben hatte, nur um ihm zu schaden? Klüger wäre es. Frieden war immer klüger. Aber manchmal erstickte Hass die Vernunft. Tief einatmend drückte ich seine Hand ein bisschen fester.

Ich würde auf ihn aufpassen müssen.

Jetzt noch viel mehr als zuvor.

DREIUNDZWANZIG

James wurde wieder zu einem verschlossenen Buch, als Riccardo und die Bande von dannen gezogen waren. Seine Kieferknochen arbeiteten unaufhörlich. Ich sah es an seinen Schläfen. Er war weit weg und zerbrach sich den Kopf, starrte eine halbe Ewigkeit nur reglos aus dem Fenster auf den Fluss.

Ich sah ihm dabei zu, versuchte, ihn zu lesen, und hatte gleichzeitig den Eindruck, ich hätte nichts in seinen Gedanken verloren. Ich war schon einmal zu weit gegangen, das würde ich mir ganz sicher nicht noch einmal erlauben.

Er telefonierte mit Ray, hielt es aber für sicherer, wenn die beiden noch in ihrem Versteck blieben. Ich hätte Ray wahnsinnig gern sofort in den Arm genommen und ihm versichert, dass jetzt endlich alles gut werden würde, aber die Entscheidung war wahrscheinlich sicherer für alle Beteiligten.

Als der Abend graute, zog ich ein Shirt von ihm über, kochte uns einen Tee und loggte mich in seine Musikbox im Schlafzimmer ein.

Ich legte *Drifting Blues* von *John Mayall* auf und tanzte

nur in Shirt und Slip mit meiner Teetasse durch das großzügige Wohnzimmer an ihm vorbei.

Sein Blick folgte mir. Er zog die Brauen zusammen und lehnte sich gegen den Fensterrahmen, um mich besser beobachten zu können.

Mein Blick traf seinen und ich zwinkerte ihn mit einem kleinen Schmunzeln auf den Lippen an. Und da! Ich erkannte es ganz genau. Es war fast nicht wahrnehmbar, aber er lächelte.

Ja, ganz genau, James Bolden, meinem Charme widerstehst du nicht!

Ich drehte mich wendig, stellte meinen Tee ab und wiegte die Hüften wie eine verruchte Burlesque-Tänzerin. Ohne ihn noch einmal anzusehen, tanzte ich hinüber ins Schlafzimmer und warf mich lasziv auf sein Bett.

Es dauerte keine Minute, da erschien er in der Tür und betrachtete mich angetan mit leuchtenden Augen, wie man etwas ansieht, das man nicht berühren darf, weil es sonst kaputtgeht.

»Du und ich. Eine andere Zeit. Ein anderes Leben«, sagte er mit seiner herrlich tiefen, rauen Stimme und sein Blick wurde bedauernd, während er sich über meine nackten Beine tastete.

»Komm her!« Ich tippte mit den Fingern auf den freien Platz neben mir im Bett.

Ein trauriges Schmunzeln hob seinen Mundwinkel und er stieß sich vom Türrahmen ab, um sich zu mir zu legen. Ich nahm ihn in den Arm und er schmiegte sein Gesicht an meinen Hals, während meine Nägel durch sein Haar tanzten.

»Wir haben nur dieses Leben hier.« Sanft küsste ich ihn auf die Schläfe und er brummte geborgen. »Es hat ein paar Schrammen und Narben, da gebe ich dir Recht. Aber trotzdem ist es alles, was wir haben.« Ich seufzte. Sein warmer Atem auf meiner Haut fühlte sich herrlich an. »Also: Du und ich. Genau jetzt. Und genau hier.«

Für einen Moment lagen wir so da, lauschten der Stille und ein paar Autos in der Ferne.

»Du weißt, dass er nicht aufhören wird«, sagte James leise gegen die empfindliche Haut meines Schlüsselbeins.

Ja, genau das war es, was ihn geißelte. Und es würde ihn nie in Ruhe lassen, wenn er nicht losließ.

»Hey.« Ich entzog mich ihm ein wenig und nahm sein Gesicht in beide Hände. »Er wird. Er muss! Sonst stürzt er sich ins Unglück.« Ich küsste sanft seine Lippen, aber er war schon wieder in einer anderen Welt. In einer dunkleren Welt, in die meine Küsse nicht vordringen konnten.

»Hmmm«, brummte er und starrte ins Nichts.

Ich hatte in den letzten Stunden das Gleiche erlebt wie er, das Gleiche gesehen. Für mich legte Louis genauso viel Wert auf diese Vereinbarung wie Riccardo. Er war abgezogen wie ein geschlagener Hund und Riccardo hatte seinen Standpunkt mehr als klargemacht. Louis war bewusst, dass er alles aufs Spiel setzte, sollte er James noch einmal zu nahe kommen. Und noch dazu das Wohlergehen dieser Hope oder seines Bruders, die einen Platz in seinem verkümmerten, kalten Herzen zu besitzen schienen.

Die Sache war erledigt. Und mit der Zeit würde sicher auch James das verstehen. Ich wünschte nur, ich könnte ihm irgendwie dabei helfen. Den Prozess beschleunigen.

»Und dieser Wichser hat dir auch wirklich kein Haar gekrümmt, ja?« James' Blick wanderte über mein Gesicht. Seine Augen verengten sich. »Du hast auf ihn geschossen. Und ich hätte es auch getan, wenn Riccardo mir die Waffe gegeben hätte. Ich hätte nicht gezögert.«

»Hat er aber zum Glück nicht.« Ein eisiger Schauer lief mir über den Rücken. Es war alles andere als schön gewesen, einen Menschen anzuschießen, aber James' Kugel hätte wahrscheinlich besser gesessen. Nach allem, was B zu verantworten hatte. Und es erleichterte mich ungemein, dass Riccardo ihm diese Entscheidung erspart hatte.

»Und ja, ich bin okay.«

»Gut für ihn!« Er legte die Arme um mich und zog mich wieder näher. Ich spürte seine Wärme, schmiegte mich an ihn.

»Wenn du bereit dafür bist, würde ich in den nächsten Tagen gern den Dreh fortsetzen. Was hältst du davon?«

Kam dieser Vorschlag tatsächlich aus seinem Mund? Das war sehr gut. Der erste Schritt in die Normalität. Der erste Schritt nach vorn. Und er würde schon noch sehen, dass es genau der Richtige war.

»Die beste Idee, die du seit langem hattest, James Bolden.« Ich schmiegte mein Gesicht an seines. Wundervoll. So geborgen. So behütet.

»Aber denk nicht, dass ich dich dabei noch mal aus den Augen lasse, Abigail Summers.« Er zog mich fester an sich und seufzte tief.

»Solltest du auch nicht«, schnurrte ich. »Oder hast du vergessen, welche Szene uns als Nächstes erwartet?«

»Wie könnte ich, hm?«

Seine Lippen trafen auf meine und er küsste mich allumfassend. Tief. Innig. So wie er es tun würde, wenn wir besagte Szene drehten. Die Szene, die auch meine Gedanken sofort wieder komplett einnahm. Sie würde heftig werden. Wild und böse. Das beste Mittel, um all das aus uns herauszupusten, was unsere Köpfe verdunkelt hatte. Ich konnte es kaum noch erwarten.

VIERUNDZWANZIG

Als ich ein paar Tage später am Ort unseres Meetings eintraf, guckte ich nicht schlecht. Okay, der Hyde Park als Treffpunkt war mir gleich etwas seltsam vorgekommen, aber es hätte ja sein können, dass James das Ganze an einem neutralen, ruhigen Ort veranstalten wollte. Das hier war jedoch noch abgedrehter, als ich vermutet hatte, dabei hätte ich es wissen müssen. Ratlos stand ich vor dem Tor des Vergnügungsparks und folgte mit dem Blick dem winzigen Wagen der Achterbahn, der sich auf seiner klapprigen Schiene gerade hinauf in die Wolken ziehen ließ.

Summer in the city stand auf einem großen Banner über dem Gelände, das ich von meinem Appartement auf der anderen Seite des Sees aus überhaupt nicht registriert hatte. Im Winter öffnete hier das *Winter Wonder Land* seine Pforten, ein riesiger Weihnachtsspaß mit Fressbuden, Karussells und anderen Fahrgeschäften. Das hier stellte dann wohl die abgespeckte sommerliche Variante dar.

James hatte mir Benito mitschicken wollen, weil er noch etwas erledigen musste, und ich hatte eine halbe

Ewigkeit protestieren müssen. Ich wollte Normalität, auch wenn James das alles noch viel zu früh fand. Er würde schon sehen, dass nichts passierte. Dass die nächsten Wochen ruhig blieben. Und schließlich auch Monate. Jahre. Ein bisschen Vertrauen konnte er Riccardo schon entgegenbringen. Ich würde ganz sicher nicht jeden meiner zukünftigen Schritte von einem Bodyguard überwachen lassen wie ein viel zu blasser Abklatsch von Latina-Königin Jennifer Lopez. Ich konnte selbst auf mich aufpassen.

»Oh, ich liebe Zuckerwatte«, jubilierte eine Stimme direkt in mein Ohr und etwas umschlang mich von hinten.

Alles in mir sträubte sich, auch wenn ich wusste, dass es Liza war. Der einzige Mensch, bei dem sich Anfassen nach zu Hause anfühlte, war James.

»Hey, na?«, fragte ich unbeholfen, nachdem ich mich von ihr befreit hatte.

»Naaa? Bereit für unser Meeting?« Sie deutete vielsagend hinüber zum Eingang und zupfte an ihrem knallroten Haar, das sie heute offen trug. Es leuchtete in der Sonne wie ein Feuerwehrauto. »Wie geht es dir, Puppe? Was ein krasser Scheiß da im *Dare*, oder? James hat schon mit uns darüber gesprochen. Trotzdem. Was ist das mit diesem Mann? Zieht er das Pech magisch an?«

»Das Pech«, stammelte ich und mein Mund wurde plötzlich trocken wie die Wüste Gobi. *Das Pech* ... »Es war eher Familienbesuch.« Eine wirklich lausige Rechtfertigung für einen bewaffneten Überfall. Und wie lässig Liza darüber sprach ... Als würde sie jeden Tag einfach so mit Waffengewalt aus Clubs gejagt werden. Mir wurde übel bei dem Gedanken zurück.

»Familienbesuch?« Ihre großen, runden Augen starrten mich entgeistert an. »Er sollte da wohl einiges überdenken. Meine Oma kommt nicht mit einer Knarre, wenn ich sie zum Apfelkuchen einlade.«

Ich wollte nicht mehr darüber reden, wirklich so gar nicht! Deshalb zeigte ich in Richtung der bunten Fahrgeschäfte.

»Das hier ist also wirklich sein Ernst, ja?«

»Er will, dass wir uns besser kennenlernen«, dröhnte die durchdringende Stimme von Zeus hinter mir durch den halben Park und ich hatte direkt den Drang, stramm zu stehen. »Kleines Team«, sagte er vielsagend in mein Ohr, während er um mich herum kam.

Ich starrte ihn prüfend an und versuchte, etwas aus seinen Worten zu lesen. Oder aus seinen zuckenden Augenbrauen. Klar, der Dreh war schon in einer Woche. Natürlich musste er es wissen. Er war unser verdammter Regisseur. Gott, war mir das unangenehm.

Direkt hinter ihm kam Sam auf uns zu und sah sich genauso verwirrt um wie ich kurz zuvor. »Puh, ernsthaft? Ich stehe nicht auf Losbuden oder Geisterbahnen. Die hab ich im Alltag genug.«

»Das würde mich jetzt aber verletzen«, meinte Zeus provokant zu mir gewandt.

»O Gott, nein! Abigail ist doch keine Geisterbahn.«

Sam streckte entschuldigend die Hände von sich.

»Gebt mir zehn Minuten, ein bisschen Farbe und Haarspray und ich mache sie zu einer«, warf Liza ein und steckte sich eine Zigarette an.

»Na ja, wenn wir einmal hier sind.« Ich zuckte die Schultern und ging auf den Eingang des *Summer in the city* zu. Die anderen folgten mir, und als wir uns am ersten Bierstand eingefunden hatten, wurde auch Sams Stimmung gleich ein wenig besser. Trotzdem starrte er mich die ganze Zeit verunsichert an, wenn er dachte, ich würde gerade nicht hinsehen. Und nach einem halben Becher

London Porter auf Sturz schien er sich dann doch zu trauen, mich auf sein Problem anzusprechen. »Der Boss und du wollt also tatsächlich ... Du weißt schon ... so richtig ...«

»Vögeln«, beendete Liza seinen Satz ohne Umschweife und ich verschluckte mich so heftig an meinem Cider, dass Zeus mir auf den Rücken hauen musste.

»Liza«, tadelte Sam erschrocken.

Als ich wieder zu Atem gekommen war, bekam mein Retter einen strafenden Blick von mir. Ja, er wusste es, okay. Aber wem hatte er das jetzt gleich wieder brühwarm serviert? Dem halben Cast? Dem Filmstudio? Ganz London?

»Was?« Er war sich keiner Schuld bewusst. »Was ist mit euch? Also ich freue mich darauf. Ihr seid zwei schöne Menschen, er ist ein Kerl, du eine Frau. Warum nicht? Es wird sicher sehr ästhetisch.«

Unfassbar! Dieses Gespräch konnte kaum noch unangenehmer werden.

»Und *deine* Frau?«, provozierte Liza ihn frech. »Sie hat dir doch verboten, Schmuddelfilmchen zu gucken, du alter Schwerenöter.«

»Was? Ich produziere den Film. Ich habe nicht vor, mitzumischen. Du etwa?«

»Besser nicht. Ich habe Abigail schon einmal zum Hulk werden sehen. Brauche ich nicht noch mal.« Sie zwinkerte mir zu und zog an ihrer Zigarette.

Wow, gleich würde sie noch fragen, in welchen Stellungen wir gedachten, es zu tun. Aber das wussten sie wahrscheinlich alle drei, wie sie hier standen, schon besser als ich.

»Ach, ist doch auch nicht das erste Mal in der Filmgeschichte. *Brown Bunny, Love, 9 Songs* ... Manchmal hat man es eben einfach lieber echt. Trotzdem bringt mich das zu zwei essentiellen Fragen.« Sie taxierte mich prüfend aus schmalen Augen und deutete mit ihrem Bier auf mich. »Verstößt du damit gegen meinen Leitspruch *Don't fuck the company*? Und was ist das da mit dem Boss und dir? Bandelt ihr an oder so?«

»Nein, wir bandeln nicht an«, protestierte ich empört.

Bandelten wir an? Und was genau sollte das überhaupt heißen? Ich hatte keinen blassen Schimmer, was das mit James und mir darstellen sollte. Von einer glücklichen Beziehung war es jedenfalls Äonen von Jahren entfernt.

»Leitspruch ist außer Kraft gesetzt, wenn es beruflich ist.« Zeus prostete in unsere Richtung.

»Schon klar, du alter Lüstling!«

»Und ihr seid also unser vertrauensvolles kleines Team. Ist ja wie Weihnachten.« Sarkasmus war mein Ding.

Glücklicherweise wusste ich, dass die drei bei allem Chaos und aller Dreistigkeit sofort die professionellsten Menschen dieses Planeten wurden, sobald die Klappe fiel.

»Wie geht es dem Chef denn?«, lenkte Sam ein, dem dieser ganze schlüpfrige Dialog sichtlich unangenehm war. »Nach allem, meine ich.«

»Den Umständen entsprechend, denke ich. Wie es einem eben geht, wenn man drei Stiche abbekommen hat.« Und so viele mehr, die noch viel tiefer gingen, aber das hatte hier nichts verloren.

»Ich denke, wir sind alle heilfroh, dass er das überstanden hat.« Sorgenfalten legten sich auf Lizas glatte Stirn.

»Der Gute ist zäh.« Da gab es keine Frage. Zeus nahm einen Schluck von seinem Guiness und erinnerte mich in seinem Optimismus an Riccardo. »Wir müssen nur so bald wie möglich die Messerszene drehen, bevor die Wunden zu gut verheilt sind.« Er wischte sich gedankenverloren über das Gesicht und starrte in das bunte Treiben hinter mir. Offenbar entstand in seinem Kopf schon eine detaillierte Planung dazu.

»Einige haben gekündigt, aber die Guten sind noch da«, meinte Sam. »Also nicht, dass die anderen nicht gut gewesen wären. Ihr versteht mich, richtig? Es kann schon traumatisierend sein, wenn der Regisseur niedergestochen wird ... von seinem Best Boy am Set ... Oje. Das glaubt einem keiner. Einfach nur grausam.« Er nahm einen tiefen Atemzug und schüttelte fassungslos den Kopf.

Grausam war gar kein Ausdruck. Nicht auszudenken, wenn dieser Mann nicht wieder aufgestanden wäre.

Sie alle hier konnten mehr als froh sein, dass sie die wahren Hintergründe nicht kannten. Dass sie nicht das ganze Ausmaß der Grausamkeiten überblickten, die James angetan worden waren.

»Okay, wer schießt eine Runde mit mir?« Ich zeigte auf einen Stand in unserer Nähe, in dem man mit Gewehren bunte Luftballons treffen musste, um noch buntere Stofftiere oder anderen Kram gewinnen zu können. Bunt war jetzt gut. Es kam mir gelegen. Ich musste weg von den dunklen Gedanken.

»Na, ich«, tönte Zeus in seiner Olymp-Stimme. »Ich bin der beste Schütze Londons, zieh dich warm an, Fräulein!«

»Aber nur, wenn ich vorher eine Zuckerwatte bekomme.« Liza war schon auf dem Weg über den Platz zu einem kleinen Mobil mit Einhorn-Zuckerwatte, die farblich großartig zu ihrem Haar passte.

»Da würde ich aber auch eine nehmen.« Sam drängelte sich zwischen ein paar Menschen hindurch, die an unserem Stehtisch vorbeischwärmten.

Vielleicht war es doch keine so schlechte Idee gewesen, dieses Meeting, das eigentlich keines war, sondern nur ein bunter Tag, der mich auf andere Gedanken bringen und für morgen locker machen sollte.

Ich habe dich durchschaut, James.

Und mit jedem Tag schätze ich dich mehr.

FÜNFUNDZWANZIG

Unser Drehort befand sich mitten in einem Wald bei London rund um die Reste einer verfallenen Hütte aus Holz. Als James und ich eine Woche später die einzelnen Schritte durchgingen, aß der Rest des Teams ein Stück entfernt Sandwiches in dem Zelt mit der provisorischen Garderobe.

Beim Aufbau hatten noch ein paar Mitarbeiter aus dem Team geholfen, doch wenn es dann an den Dreh ging, würden wir wie vereinbart nur noch zu fünft sein.

Sonnenfetzen sprenkelten das Moos um uns herum und es war herrlich friedlich hier draußen. Ein paar Strahlen tanzten auf der Rinde der Bäume, die uns umgaben, und es duftete nach Kräutern und Leben.

»Willst du das wirklich noch immer tun?« James' Stimme klang ruhig, aber mir entging der Unterton nicht. »Es wird alles andere als intim.«

Ein kleines Lächeln krabbelte über mein Gesicht und ich drehte mich um, damit ich ihn ansehen konnte. Seine grünen Augen bildeten eine wundervolle Symbiose mit der rauen Natur. Sowieso machte es den Eindruck, er sei viel eher für den Wald gemacht als für die ruhelose Stadt. Vielleicht eines Tages ... Nein, Blödsinn!

»Ich glaube, es wird das Intimste, was wir je tun könnten«, erwiderte ich.

Er nahm einen tiefen Atemzug und strich sich mit der Hand über den Nacken. »Ich …«

»Du bist nervös.« *Unglaublich*! James Bolden war tatsächlich nervös! Fasziniert beobachtete ich sein unentschlossenes Herumgetigere. Wovor hatte er Angst?

»Du weißt, dass ich in einen anderen Modus schalte, wenn ich er bin.«

»Gut so.« Adrenalin schoss durch meine Adern. Es war jedes Mal unglaublich aufregend, wenn die Urgewalten von Oswin und Sereina aufeinanderkrachten. Genau das wollten wir doch. »Ich denke, das geht mir inzwischen ähnlich.«

»Hmmm. Die Szene ist ziemlich hart geschrieben.« Sein Blick wanderte über die Hütte und die Pfeiler davor, an die er Sereina binden würde, um sie zu bestrafen.

Oswin hatte sie dabei erwischt, wie sie einer verurteilten Hexe aus der Hütte zur Flucht verholfen hatte, bevor er kam, um sie abzuführen. Es war eine Schlüsselszene. Er hatte nacheinander all seine Männer niedergemacht, weil sie ihm ihren Willen aufgezwungen hatte, und inzwischen war ihm aus sicherer Quelle zu Ohren gekommen, wer Sereina wirklich war. Er hatte ihre abgebrannte Hütte gesehen, die Höhle, in der sie sich auf ihr Zusammentreffen vorbereitet hatte, sogar ihren Stammbaum. Sie war das Kind, das er so verzweifelt gesucht hatte, als er selbst noch jünger gewesen war. Das verfluchte Hexenkind. Das ganze Ausmaß von Sereinas Verrat war wie ein Orkan über ihn hereingebrochen und jetzt gab es nur noch eine Option. Er musste sie vernichten, bevor sie ihn vernichtete.

Was ihm dabei noch nicht bewusst war: Das hatte sie längst getan. Sereina hatte Oswin in ihrer Gewalt, hatte ihn ausgehöhlt und würde ihn auf den Müll werfen wie ein Stück Dreck. Und jetzt war er wütend. So unsagbar wütend! Und er liebte sie. Aber er war niemand, der mit Liebe umgehen konnte. Diese Szene würde eine Herausforderung für James werden. Er musste tief in Oswins Zerrissenheit kriechen und sich von seiner Wut führen lassen. Ich war jetzt schon stolz auf ihn, denn mir war klar, dass er der Sache mehr als gerecht werden würde.

»Hart geschrieben, hm?« Ich verschränkte die Arme vor der Brust und machte einen Schritt auf ihn zu. »Von dir! Du willst es hart, also bekommst du es hart, James.«

»Hmmm.« Er legte ohne Vorwarnung den Arm um meine Taille und zog mich zu sich. »Sereina hat dich ganz schön im Griff, was?« Sein Blick fesselte meinen und ein herausforderndes Blitzen durchzuckte seine Augen. »Ich fühle sie immer mehr in dir.«

»Tja.« Ich legte den Kopf schief und kam seinen Lippen mit meinen näher. »Dann pass besser auf, dass du dir nicht die Finger verbrennst an deinem Feuermädchen!«

Sein Mund traf auf meinen, aber ich entzog mich ihm und schlüpfte aus seinem Griff. »Es geht los, Boss. Bereit für unseren kleinen Tanz?«

Es wäre eine Lüge gewesen, zu behaupten, ich sei nicht aufgeregt. Ich vertraute James, würde für ihn durchs Feuer gehen. Aber Oswin ... Ich musste konzentriert bleiben und Sereina auf ihn loslassen, denn nur sie war imstande, ihn zu zähmen. Abbie war viel zu schwach für den Teufel von London und seinen Feuersturm.

Und ich hatte das verdammte Drehbuch gelesen. Mehrmals. *Hart geschrieben* war noch freundlich ausgedrückt. Ich würde ganz schön einstecken müssen.

Als ich aus der Maske kam, war die Luft, die uns umgab, zum Schneiden dick. Sam kümmerte sich um Licht und Kamera, Zeus kontrollierte den Ablauf. Liza puderte gerade noch einmal über James' Gesicht und warf mir einen undefinierbaren Blick zu, bevor sie sich zurückzog.

»Seid ihr bereit, ihr schönen Menschen?« Zeus klatschte munter in die Hände und blickte von mir zu ihm. »Der Wald gehört euch. Es ist keiner hier draußen außer uns.«

Und das stimmte. Nur die weite, atmende Natur und wir.

»Ich habe die Kameras hier, dort und da. Es werden schnelle Wechsel, deshalb sehr anspruchsvoll, das Ganze, sehr anspruchsvoll.« Sam war schon jetzt in den Arbeitsmodus gefallen, weil ihm alles andere zu unangemessen gewesen wäre.

Zeus lachte nur abfällig. »Du zerstörst die Stimmung, Samuel. Lass sie sich entfalten. Das ist dein Job. Ihrer ist jetzt das Feuer, das Gefühl, die Seele. Behalt den Nerd mal für ein paar Stunden für dich, okay?«

Wenn wir einmal drinnen waren, würden sowieso nur noch wir beide existieren.

Du und ich!

Mein Blick tastete sich über das Moos zu James. Wie verboten gut ihm diese Leinenhemden standen ... Er sah mich jetzt schon an, als hätte er etwas zu bereuen. Er würde mich schlagen müssen und hasste es, aber alles, was ab hier geschah, gehörte einfach dazu. Es war okay für mich.

»Okay, dann Aufstellung, Leute«, sagte Sam rational.

»Und pass mit deinen Wunden auf, James. Treibt es nicht zu wild«, versuchte Zeus sich an einem Scherz, aber ein eisiger Blick von James brachte ihn direkt zum Verstummen.

Ich nahm meine Position vor der Hütte ein, aus der ich gerade der unglückseligen angeblichen Hexe zur Flucht verholfen hatte, und nahm einen tiefen Atemzug, der mich aufräumen sollte. Aber irgendwie ließ er mein Herz nur noch heftiger schlagen.

James zog sich zwischen die Bäume zurück, um zu Oswin zu werden, und ich strich mir nervös über das geschnürte Unterkleid, das Sereina sich gerade noch so hatte überwerfen können, nachdem sie die Nachricht von Oswins neuem Opfer erreicht hatte.

Ich schloss die Augen, atmete durch, lauschte dem Gesang der Vögel. Ein kleiner Windstoß fuhr mir ins Haar. Unangemessen sacht im Gegensatz zu allem, was gleich passieren würde. Ich verkroch mich in Sereina, ließ mich von ihr umhüllen und fühlte etwas, das ich nicht erwartet hatte. *Sie* fühlte etwas. Gott, sie empfand wirklich etwas für ihn. Der Tod ihrer Familie war eine Ewigkeit her und sie hatte gespürt, wie er sich veränderte, seit sie an seiner Seite war. Er und sie waren beide so stark, gemeinsam hätten sie die Welt zum Einsturz bringen können. Der Hass, der in ihr für ihn glühte, verblasste mit der Zeit und das machte sie rasend. Sie wollte das nicht. Hasste es, dass dieser Mann sie schwach machte. Das konnte nicht sein. Es *durfte* nicht sein!

»Bereit?«, fragte Zeus ungewohnt sacht.

Ich nickte nur knapp und die Klappe fiel.

Oswin kam aus dem Wald auf mich zugestürmt wie ein rasender Wolf im Blutrausch. In der Hand trug er ein Seil. Sein Gesicht war eiskalter Stein und ich hatte keine Chance, seinem Zorn zu entgehen.

»Verräterin«, zischte er böse durch die Zähne, griff rabiat in mein Haar und drängte mich hinüber zu der Hütte, um mich Gesicht voran dagegen zu drücken. »Was hast du getan?« Er grollte es in mein Ohr, war die reine, ungezügelte Wut und presste meine Wange so fest gegen das spröde Holz, dass ich kaum noch Luft bekam. »All die Zeit ... Was hast du getan?« Grob riss er mich zurück und schmiss mich zu Boden, als wäre ich nichts als eine Puppe aus Stoff.

Er ragte über mir auf, umklammerte das Seil, starrte mich an, als seien meine Minuten gezählt. Aber ich würde nicht flehen. Sereina flehte nicht.

»Warum?«, flüsterte er rasend. Sein Blick war wild, getrieben von Schmerz, Hass und Enttäuschung.

»Wag es nicht, mich so anzusehen«, brüllte er, und ehe ich wusste, wie mir geschah, hatte er mir ins Gesicht geschlagen. Die Blutkapsel, auf die ich im gleichen Moment biss, ließ es schlimmer aussehen, als es gewesen war.

»Hoch mit dir!« Er packte mich am Arm, drängte mich vorwärts, drehte mich um und verschnürte meine Handgelenke. Sereinas Körper mochte schwächer sein als der von Oswin, aber ihr Geist war stärker. So viel stärker.

Das grobe Seil fraß sich in meine Haut, als er mich fahrig an die Holzkonstruktion über uns band, an der eigentlich Wäsche getrocknet wurde. Meine Brust hob und senkte sich hektisch. Blut sickerte aus meinem Mundwinkel. Und ich war absolut bewegungsunfähig. Meine nackten Füße berührten gerade noch so den Boden und die Arme waren über meinem Kopf gefesselt.

Oswin griff nach einem dicken Ast zu seinen Füßen und schwenkte ihn zur Seite, während er mich anstarrte wie ein wildes Tier.

»Du hast gesehen, was mit meinen Männern geschah«, sagte er tief und dunkel. »Man verrät mich nicht ungestraft.« Er betrachtete meinen zitternden Körper von oben bis unten, als suchte er akribisch nach der Stelle, an der ein Schlag am meisten schmerzen würde.

Aber er konnte mir nicht wehtun. Ich war stärker als er. Viel stärker.

Der Ast traf auf meinen Magen und ich ächzte und krümmte mich, so gut es mir unter den Fesseln möglich war. Er starrte mich an. Atemlos. Seine hölzerne Waffe in einer Hand und bittere Dunkelheit in den Augen. Sein Gesichtsausdruck veränderte sich, wurde ungläubig, als hätte er selbst Angst vor dem, was sich gerade in ihm zusammenbraute.

»Ich muss dich töten, Sereina.« Er schüttelte den Kopf und kam näher, starrte mir in die Augen. Ich sah das Flackern, das Zögern. »Und ich will es nicht.« Der Stock rutschte ihm aus der Hand, als sein Griff sich lockerte. »Ich kann es nicht. Und ich weiß so genau, warum.«

Ruppig griff er nach den Schnüren an meinem Kleid und riss die Lederbänder, die es zusammenhielten, aus den Ösen. »Du weißt es auch, hab ich recht?« Seine Lippen streiften sehnsüchtig meine Stirn und er umgriff fest meinen Oberschenkel. »Du vergiftest meinen Kopf.«

»Wag es und du bist tot«, fauchte ich, aber ich konnte mich nicht rühren und er lachte nur brummend.

»Einst warst du meine Königin.« Er nahm sein Gesicht ein Stück zurück und sein Blick fraß mich auf, während er den Stoff meines Kleides ein Stück nach unten schob und eine Brust freilegte. »Jetzt bist du nur noch eine Hexe, die ich ficken will wie eine Hure.«

»Das wäre dein Todesurteil«, sprühte ich eisiges Gift und wollte ihn mit meinem Körper von mir drücken, aber er packte meine Taille in einem eisernen Griff, verschlang meinen Hals mit seinen Lippen, glitt an mir hinunter, um meinen freien Nippel mit seiner Zunge zu umtanzen. Ich keuchte und trat gleichzeitig nach ihm. »Nein!«

Er hielt mich noch fester, riss grob das Kleid von meinem Körper, umschloss sofort meine Nippel mit seinen Lippen, knabberte mit den Zähnen daran und zwang meine Beine auseinander, damit er mit den Fingern tief in mich eindringen konnte.

Er ließ die Finger in mir, griff mit der anderen Hand nach meiner Brust und presste mich gegen den Pfosten in meinem Rücken, während er gegen mein Gesicht raunte:

»Ich werde dich ficken und dann verbrennen wie jede andere Hexe auch.« Seine Lippen berührten meine. Er leckte den Blutstropfen von meinem Mund und ich hielt seinem Blick stand, auch wenn die Hölle in ihm tobte.

Er krümmte die Finger und traf dabei einen Punkt in mir, der einen heißen Sturm durch mich hindurchrasen ließ.

Ich keuchte und er drang noch tiefer in mich. »Das gefällt dir, hm?«

»Mach mich los und du bist tot«, fauchte ich heiser und spuckte ihm mitten ins Gesicht, bevor die Sinne mir unter seinen Griffen noch vollkommen schwanden.

Er zog die Finger aus mir und trat einen Schritt zurück. Lachend. Ich wollte ihn töten. Ich würde ihn töten. Ich war Sereina. Er würde sterben.

»Das ist einen Versuch wert.«

Er wischte sich übers Gesicht und löste mit einem Griff meine Fesseln. Ich attackierte ihn wie eine Löwin. Kratzte und trat, aber er packte mich und drängte mich in die Hütte. Mit einem dumpfen Krachen kehrte er die Becher und Kräuter von dem Tisch in der Mitte des Raumes und warf mich darauf. Ich bekam ein Messer zu greifen und erhob es gegen ihn.

»Du wirst sterben, Oswin!«

Er schob sich zwischen meine Beine, wie auch immer er das machte, und drückte meine Hände mit dem Messer über mir auf das raue Holz.

Sein Körper beugte sich über mich und eine seiner Hände glitt an meinem Arm hinunter, während die andere mich weiter festhielt.

»Sterben?« Er griff nach meiner Brust und knurrte tief, während er mit dem Daumen meinen steifen Nippel rieb. Seine Hose fiel und ich fühlte seine warme, harte Spitze an meiner Mitte. Seine Lippen berührten mein Ohr und er sagte rau: »Ich bin bereits tot.« Und sein Raunen wurde zu einem tiefen Stöhnen, als er sich langsam nach und nach bis zum Anschlag in mich schob.

Oh, verflucht, das war großartig! Meine Finger ließen das Messer los, ich schaffte es, eine meiner Hände zu befreien, und schlug nach ihm, aber er packte mich sofort wieder und nagelte mich auf dem Tisch fest.

Seufzend zog er sich zurück und schob sich wieder in mich.

»Du entkommst mir nicht.«

Er erschütterte meinen nackten Körper mit ein paar heftigen Stößen und griff dabei knurrend nach meinen Brüsten. Dann packte er meine Beine und legte sie über seine Schulter, damit er noch tiefer in mich dringen konnte. Es fühlte sich so verdammt gut an, dass ich mich ganz benebelt fühlte. Als er aus mir glitt, schaffte ich es, mich mit einem Ruck zur Seite zu rollen und fiel unsanft zu Boden. Ich wollte fliehen, aber er war sofort wieder hinter mir, drückte mich vorwärts an die Wand, zog meine Hüfte zurück und drang von hinten in mich ein.

»Du kannst nicht weg.« Er stieß so hart zu, dass ich ächzte, und fuhr mit den Zähnen über meinen Hals, während er grob meinen Kopf zurückzog.

»Ich weide dich aus«, hauchte ich, während er mich in langen Stößen nahm und so tief stöhnte, dass es meinen Körper zum Beben brachte.

Als er mich so lange und tief genommen hatte, bis meine Wut gebrochen war, hob er mich hoch und trug mich auf ein Schlaflager aus Heu.

Er lehnte sich über mich, ich wehrte mich nicht mehr. Sereina würde Oswin nicht ausweiden und auch nicht töten. Sie hatte ihm bereits genug angetan und er machte sie schwach. Sein Körper machte sie schwach und auch sein Wille aus Stahl. Und sie hasste es, aber sie kam nicht dagegen an.

Sanft schob er sich erneut in mich und diesmal

seufzte ich schmerzlich dabei. Er strich mir eine verschwitzte Haarsträhne aus dem Gesicht, küsste meine Lippen und meinen Hals.

»Du wirst immer meine Königin sein«, sagte er leise und zog scharf die Luft durch die Zähne, als er wieder bis zum Anschlag in mir war. »Aber die Zeit für Königinnen ist vorbei. Unsere Zeit ist vorbei.« Er küsste mich tief und nach zwei knappen Stößen tief in mir versenkt ergoss er sich innig seufzend in mich.

Er sank auf mich und für ein paar Momente atmeten wir, versuchten, wieder zu Bewusstsein zu kommen.

»Und danke«, hörte ich Sam zurückhaltend murmeln wie aus einer anderen Dimension.

»Wir lassen euch kurz allein«, sagte Zeus und dann war Ruhe.

Nur noch unser gleichmäßiger Atem, James' Wärme nahe bei meinem Körper und der seichte Wind draußen in den Blättern, mehr gab es nicht für mich.

»Alles gut?«, fragte er in dieser Tonlage, die ich liebte, und inspizierte prüfend meine Lippen und mein Gesicht.

»Keine Angst.« Ich küsste seine bärtige Wange. »Du kannst mich nicht kaputtmachen.« Okay, das war nicht ganz richtig, aber ich befand mich noch im Endorphinrausch.

Oh, Herr im Himmel!

Keine Ahnung, ob meine Beine mich je wieder tragen würden. Im Moment fühlte sich mein ganzer Körper zittrig und instabil an. Noch nie zuvor hatte mich Sex so in andere Sphären katapultiert. Dieser Kick, dabei gefilmt zu werden, auch wenn James mich die Kameras währenddessen einfach hatte vergessen lassen. Das Feuer, das dieser Mann in mir auslöste, loderte mit jedem Tag höher, es war unglaublich.

»Gut zu wissen«, brummte er und glitt mit seiner Hand zwischen meine Beine. Ich zuckte unter seinem gezielten Griff zurück, aber er manövrierte mich mit dem anderen Arm enger an sich. »Denn von diesem Tag werde ich wahrscheinlich noch lange träumen.«

Er legte seine Hand an meinen Hinterkopf und zog mich an seine Brust, während die Finger seiner anderen Hand mich präzise zum Höhepunkt rieben und ich das Gefühl hatte, unter ihm platzen zu müssen, als der gewaltige Orgasmus auf mich prallte wie ein siedend heißer Wüstensturm.

»Verdammt schade, dass es hier weit und breit keine kalte Dusche gibt«, ließ Zeus verlauten, als wir aus der Hütte kamen.

Liza reichte uns ganz fürsorglich jedem eine Flasche Wasser.

»Dieser Hieb mit dem Ast ... Mann, Mann, Mann. Geht es dir auch gut, Summers?« Zeus musterte mich mit zusammengezogenen Brauen wie ein Rennpferd, auf das er gern wetten wollte, gesetzt den Fall, es war intakt.

»Alles gut. James schlägt wie ein Mädchen«, erklärte ich und stieß kurz provokant mit der Schulter gegen James' Arm.

»Ja, sicher, wollte dich ja nicht wirklich verletzen«, brummte er.

»Alter Schwede ... Ich wollte ja nicht zugucken, aber ... Holla, die Waldfee.« Liza wedelte sich mit den Händen Luft zu. »Chef, du kannst ja verdammt heiß sein. Also falls du heute Abend noch nichts vorhast, kannst du mich gern auch ein bisschen vermöbeln.«

Ihr Blick suchte meinen. Jaja, sie wollte mir Empörung entlocken, um mich zu ertappen. Aber nicht mit mir. Ich besaß ein Pokerface in Perfektion.

»Ist das professionell?«, schimpfte Sam und ich musste

beinahe lachen. »Die beiden haben hier einen grandiosen Job gemacht. Also können wir jetzt bitte damit aufhören, das mit euren stumpfen, niederen Gelüsten abzuwerten? Danke! Wir sind hier nicht im Zoo, sondern an einem Film-Set.« Immer noch schimpfend baute er einen Scheinwerfer auseinander, damit er ihn in der zugehörigen Tasche verstauen konnte. »Was ist? Helft ihr mir heute noch oder kann ich dann einfach den dreifachen Lohn kassieren?«

SECHSUNDZWANZIG

Es war einfach wundervoll, Rays hochgewachsene Erscheinung zu sehen, auch wenn er müde und geschlagen wirkte. Ich hatte es kaum erwarten können, ihn endlich wiederzusehen. In den letzten Tagen war er einfach untergetaucht, so wie Louis es wahrscheinlich täte, wenn ihm die Behörden auf der Spur wären. Und ich verstand ihn. Er hatte Zeit gebraucht. Ruhe, um ein Stück weit zu heilen.

Glücklich lief ich ihm entgegen, um ihn in die Arme zu schließen. »O Ray, geht es dir gut?«

»So würde ich es nicht nennen, Schätzchen, aber ich bin nicht verletzt, falls du das meinst. Zumindest nicht körperlich. Ach, du weißt schon.« Sein feines Gesicht war blass und unter seinen Augen zeichneten sich tiefe, graue Ringe ab. Keine Ahnung, wo James ihn versteckt hatte, aber wahrscheinlich war es ohnehin besser, wenn diesen Ort so wenig Menschen wie möglich kannten.

»Deshalb lenken wir dich heute auch mal schön von den Motten im Kopf ab. Auf Bilder starren und Kakao trinken ist doch genau das Richtige nach einem Exil in Irgendwo, oder?« Ich hielt ihm meinen Arm hin, damit er sich unterhaken konnte.

»Motten? Du bist ja entzückend. Wohl eher Kettensägen und vergiftete Pfeile.« Ray seufzte und zwang sich zu einem trüben Lächeln, bevor er mit mir gemeinsam den klobigen Bau des Tate betrat.

Eine halbe Ewigkeit stand er vor der Skulptur in der Eingangshalle von zwei Ringern aus Bronze, die sich mit verzerrten Gesichtern herumwälzten. Der eine drückte den anderen zu Boden, war viel größer und besser gebaut als der andere, der gegen seinen Griff beinahe chancenlos erschien.

Ray starrte das leblose Ding mit leeren Augen an und ich stellte mich neben ihn und folgte seinem Blick schweigend.

Ein paar Menschen liefen an uns vorbei, aber es war mitten in der Woche und deshalb nicht allzu voll. Zumindest hatten das die riesigen Souvenir-Shops glauben gemacht, an denen wir vorbeigekommen waren.

»Wie geht es Charly?«, versuchte ich, den erstarrten Ray wieder ins Leben zurückzuholen.

Aber er presste nur die Augen zusammen und rührte sich nicht. »Ich schäme mich so für all das, Liebes«, flüsterte er fast. »Dieser Mann ist mein Vater und hat dem liebsten Menschen in meinem Leben so viel Böses angetan.«

»Ganz richtig, er ist dein Vater. Er ist nicht du. Also gibt es nichts, wofür du dir die Schuld geben solltest. Und wir haben jetzt Ruhe vor ihm, Ray. Riccardo hat das geregelt. Er ist eskaliert wie in einem Tarantino-Film. Es ist vorbei.«

»Meinst du wirklich?« Hoffnung flackerte in seinen Augen, als er den Kopf zu mir drehte. Ein kleiner Lichtblick unter all dem Trübsinn.

»Ja, das meine ich.«

»Dein Wort in Gottes Ohr.«

Sorgenfalten zerfurchten Rays Stirn, und wären die

Zeiten andere gewesen, hätte er jetzt sicher zu mir gesagt, dass man in wenigen Wochen aussieht wie ein altes Waschweib, wenn man sich permanent nur sorgt. Fast hätte ich es sogar für ihn ausgesprochen, aber die Spitze ersparte ich ihm in dieser Situation besser. Wir diskutierten über die Gemälde und Skulpturen, die uns über die gewaltigen Etagen so begegneten, und Rays Gemüt wurde tatsächlich von Treppe zu Treppe etwas heller.

Wir besorgten uns Kakao mit Marshmallows und betrachteten Seite an Seite einen bunten Picasso, als er plötzlich sagte: »Ich hörte, ihr dreht schon wieder?«

»Mhm. Haben vor gut einer Woche wieder angefangen. Diese Messerszene mit Oswin, die das Team so gern wollte. Und gestern dann Außendreh«, murmelte ich kleinlaut in meinen Becher.

»Oh, welche Szene?«

Ich tat, als wäre ich wahnsinnig vertieft in die verzerrte Figur aus Vierecken mit dem Auge auf der Stirn und wischte mir fachmännisch übers Kinn. »Ah ja.«

»Hallo? Erde an Miss Summers. Welche Szene? Oder führt dieser Knödel da etwa spannendere Dialoge mit dir als ich?«

»Knödel?« Ich war empört. »Das ist ein Picasso, du Banause.«

»Ja, sicher. Aber das Ding, das du darauf anstarrst, sieht aus wie ein Knödel.«

»Dieses Bild heißt …«

»Welche Szene?«

»So heißt es nicht.«

»Abigail!«

»Die Hütte.« Ich nahm einen endlosen Schluck von meinem Kakao. Er war so heiß, dass ich mir die Zunge verbrannte, aber das nahm ich in Kauf.

»Sieh an, sieh an.« Ray grinste verschlagen. Natürlich, da war er wieder. Durchtrieben und verschmitzt wie eh und je. »War das nicht diese Szene, bei der ihr beide so viel Wert auf Authentizität legen wolltet?«

Ich trank noch immer. Gott, wie süß dieses Zeug schmeckte. Es verklebte mir alles. »Mhm«, machte ich nur knapp.

»Und ich hoffe, ihr hattet Erfolg.« Ray starrte mich erbarmungslos an wie ein Lehrer seine Schülerin, die die Antwort auf irgendeine alberne Fangfrage nicht wusste.

Ich ließ von meinem Zaubertrank ab und blickte voll gespielter Ahnungslosigkeit zurück. »Wir hatten die Szene nach einem Take im Kasten, falls du das meinst.«

»Schön.« Ray spitzte die Lippen und führte glücklicherweise nicht weiter aus, was genau er in diesem Zusammenhang unter *Erfolg* verstand. Aber er taute mehr und mehr auf, das war alles, was zählte.

Wir fuhren nach oben zur Aussichtsplattform. In dem großen Glasraum, den sie umgab, war absolut niemand. Man konnte sich einen Kaffee aus der Maschine in der Mitte der Räumlichkeit ziehen, in Sofas und auf Kissen lümmeln und Klängen lauschen, die die Etage durchschwebten. Die Kunst des Klanges war das Motto dieses Stockwerkes.

»Wow, sieh dir diesen Ausblick an.« Ray trat durch eine der Glastüren nach draußen auf den Rundweg. »Ich war noch nie hier oben.«

»Du bist mir ein toller Londoner«, zog ich ihn auf und folgte ihm hinaus. Es war hoch. Verdammt hoch und der Blick über die Bauten der City wolkenverhangen.

Wahrscheinlich war deshalb niemand mit uns hier oben. Außer einer älteren Dame, die uns freundlich zulächelte, ihren grauen Mantel enger zog und sich an uns vorbei zum Ausgang schob.

»Ganz schön windig heute, oder?« Auch ich schloss lieber einen Knopf mehr.

»Ich liebe den Wind.« Ray schloss die Augen und hielt

die Nase in eine Böe, die zwischen uns hindurchfuhr. »Er räumt einen so herrlich auf.«

Das klang gut. Aufräumen war etwas Gutes.

»Ich sollte mich bei Thomas entschuldigen«, fuhr er fort. »Ich habe ihm wirklich unrecht getan. Auch wenn ich es vielleicht nicht tun sollte, immerhin hat er dich angefasst.« Sein Kopf war ganz offensichtlich ein Bienenschwarm. Aber das würde sich legen. Mit der Zeit.

»Weißt du, ich habe gestern beim Dreh herausgefunden, dass Sereina und Oswin etwas füreinander übrighaben.« Ich blickte nachdenklich über London in seinem grauen Mantel. »James hat den letzten Breakdown zwar noch nicht geschrieben, aber ich habe es direkt vor Augen. Oswin ist Sereina verfallen, aber er weiß jetzt, dass sie eine Hexe ist. Er wird sie verbrennen lassen und es wird ihn zerreißen, aber er hat keine Wahl. Wenn er es nicht tut, ist alles, was er zu sein glaubt, wertlos.«

»Und dann?«, fragte Ray und lehnte sich an das Geländer.

»Wie *Und dann*?«

»Na, was passiert dann? Er lässt sie verbrennen und dann?«

»Tja …« Ich kaute auf meiner Unterlippe. »Dazu brauche ich wahrscheinlich James. Ohne ihn funktioniere ich nicht richtig.«

Ray himmelte mich verzückt an, und als ich es merkte, verdrehte ich nur die Augen. »Du weißt, was ich meine.«

»Ja, sicher, Schätzchen. Aber lange musst du dich nicht nach ihm sehnen. Wir haben vorhin telefoniert. Er müsste auch gleich hier sein. Sei nicht böse, ich wollte auch ihn gern mal wieder unbeschwert treffen. Einen schönen Tag mit euch beiden verbringen. Nach allem, was …« Er beendete den Satz nicht.

»Na, gerade noch rechtzeitig, bevor die Sehnsucht

mich in zwei Teile reißt«, frotzelte ich und hielt meine Tasche hoch. »Entschuldigst du mich kurz?«

»Natürlich, Liebes. Noch schnell den Lippenstift nachziehen, was?«

Unmöglich, dieser Nerventod! Und schon fast wieder ganz der Alte.

Die Damentoilette hier oben war mindestens genauso edel wie der Rest der Etage. Leise klassische Musik schwirrte durch den weitläufigen, hell gefliesten Raum mit den blitzsauberen Waschbecken. Und ein Panorama-Fenster, das bis zu meinen Füßen reichte, komplettierte den herrlichen Rundumblick über London, den man draußen von der Terrasse hatte. Händewaschen mit Aussicht. Luxus pur.

Summend kramte ich meinen Lippenstift aus der Tasche und schüttelte grinsend den Kopf über Ray. *Den Lippenstift nachziehen.* Ja, genau das. Ich legte noch ein wenig Parfum und Mascara auf, dann schlüpfte ich in eine der Kabinen. Amüsiert zupfte ich mein Kleid zurecht. Tat ich das, um James zu gefallen? War das so? Als Ray gemeint hatte, er würde kommen, hatte es mir plötzlich im Bauch geprickelt wie die Kohlensäure eines guten Champagner.

Ganz toll, Abigail Summers! Verliebt in einen kaputten Chaoten. Herzlichen Glückwunsch!

Aber wenn dieser Chaot solchen Sex mit mir hatte, was konnte ich dann bitte anderes tun, als ihm zu verfallen? Er sollte nie wieder mit einer anderen solchen Sex haben, nie mehr! Vielleicht sollte *ich* ihn ja einsperren. Das wäre zu köstlich.

Draußen öffnete sich die Tür. Gott, wie lange saß ich hier schon? Ich griff meine Tasche, zupfte mein Haar in Form und entriegelte das Schloss. Als ich die Kabine nach innen aufzog und sah, wer da die Damentoilette betreten hatte, raste mir mit einem Schlag der Schock in die Glieder. Es war B. Und er starrte mich aus seinen eisblauen Augen an wie ein Skorpion eine Heuschrecke.

»Hallo, Abigail«, flötete er und schlenderte entspannt auf mich zu. »Schöner Ausblick von hier oben, was?«

Verdammter Mist!

Das Blut raste mir bis unter die Schädeldecke und ich wollte den Adrenalinschub nutzen, um die Tür direkt vor ihm wieder zuzuschlagen, aber er hatte schon seinen polierten Schuh dazwischengeschoben.

Ich schnappte hilflos nach Luft und wich zurück bis an die kühle Fliesenwand neben der Toilette. Er kam näher und betrachtete mich eindringlich.

»Weißt du, ich dürfte ja eigentlich gar nicht hier sein, aber mir geht dein selbstgefälliger Blick einfach nicht mehr aus dem Kopf, als du mich abknallen wolltest und es sogar fast geschafft hättest, du dämliches kleines Miststück.«

Er machte noch einen Schritt auf mich zu, hatte mich fast erreicht.

Fuck! Verfluchte Scheiße! Fuck!

Wie konnte er so lässig hier reinschlendern? Vor ein paar Tagen war er doch noch fast hinüber gewesen. Was stimmte mit ihm nicht?

»Ich hasse überhebliche Schlampen wie dich. Meine Brust tut noch immer scheiße weh. Und das macht mich echt sauer.«

Er hinkte. Okay, ganz so locker steckte er die Verletzungen dann wohl doch noch nicht weg. Trotzdem war er hier. Er war hier. Und er war verdammt wütend. Panisch sah ich mich in dem engen Raum um. Es gab nichts, mit dem ich ihn hätte abwehren können. *Scheiße!* Er war stärker als ich. Das Thema hatten wir schon einmal.

»Ist nicht viel los hier heute, was?« Er ließ mich nicht aus den Augen. Ich hatte diesen Blick schon einmal gesehen. In einer Doku über Löwen. Wenn die Löwinnen jagten und ihre Beute über das Steppengras hinweg ins Visier nahmen. Genau dieser Blick war das.

»Was? Willst du mich jetzt um die Ecke bringen?« Meine Hände zitterten. Ich saß in der Falle. »Das würde Riccardo nicht gefallen.«

Er schnaubte abfällig. »Ich scheiß auf Riccardo. Ich hab kein albernes Abkommen wie Louis und er. Und ich bin auch kein alter Sack wie dieser ausgemusterte Spaghetti-Fresser. Moral oder das Neue Testament gehen mir am Arsch vorbei. Ich sehe hier nur eine kleine Nutte, mit der ich noch eine Rechnung offen habe, und mich. Klingt das nicht nach unheimlich viel Spaß?«

Mit einem Satz war er bei mir, packte meinen Hals und drückte zu. Ich würgte, ruderte mit den Armen, konnte nicht atmen, mein Herz überschlug sich und er starrte mit seinen unnormal blauen Augen direkt in meine. Nagelte sie fest, um ja nicht zu verpassen, wie ich unter seinem Würgegriff an Kraft verlor. Meine Kehle brannte, als würde er jeden Moment meinen Kehlkopf zerquetschen.

»Ich hab ein bisschen Zeug dabei. Arme kleine traurige Schlampe, die sich aus Liebeskummer den goldenen Schuss auf einer Museumstoilette gesetzt hat.« Er drückte noch fester zu und seine aufeinandergepressten Zähne verschwammen vor meinen Augen. »In den Hals, deshalb ist er so blau. Traurig, was?«

Sterne tanzten überall im Raum. Ich wusste nicht, wie, aber irgendwie schaffte ich es, mit letzter Kraft das Knie hochzureißen und seine Weichteile zu treffen. Er ächzte und stolperte zurück. Ich schlüpfte aus seinem Griff wie ein Aal, rannte taumelnd aus der Kabine in Richtung Tür, aber er setzte mir nach, bekam mein Haar zu fassen und ließ mich so hart in den Widerstand laufen, dass ich rücklings auf den Fliesen aufschlug. *Verdammt!* Mein Hals brannte, ich japste und hatte die immer gleichen Fragen im Kopf: *Bringt er mich jetzt um? Werde ich jetzt sterben?*

Er beugte sich über mich und sah aus wie die Fratze des puren Bösen. »Süß, wie du versuchst, abzuhauen.«

Mein Rücken schmerzte wie das Höllenfeuer und ich hatte das Gefühl, er hätte meine Kehle einfach zerquetscht wie Papier, denn ich bekam kaum noch Luft.

Er zerrte mich auf die Seite, stieg über mich und betrachtete seine Beute stolz von oben herab.

Okay, es ist aus. Er wird mich umbringen.

In dem Moment flog die Tür auf und traf ihn mit einem solchen Knall am Kopf, dass er zurücktorkelte. Mein Herz machte einen Satz, als James hereinstürmte und über ihn kam wie ein Tsunami.

Mühsam drückte ich mich hoch und kauerte mich an die Wand, versuchte mit Macht, wieder zu Atem zu kommen.

B war vollkommen perplex, seine Stirn aufgeplatzt und der Aufprall machte ihm offensichtlich noch zu schaffen. James griff seinen Kopf und schlug ihn gegen den Fliesenspiegel neben dem Waschbecken. B schrie auf, wehrte ihn ab und schaffte es trotz seiner Verletzungen, ebenfalls einen Schlag zu landen.

Scheiße!

Ich musste etwas unternehmen. Aber meine Sicht war ganz verschwommen.

»Du dämlicher Bastard«, keuchte B, stützte sich an der Wand ab und spuckte James Blut vor die Füße. Sein Blick war Tod und Niedertracht. »Ich werde dich im Klo ertränken, dann kannst du deiner nutzlosen Tochter nachfühlen, wie das ist.«

Mit einem raubtierartigen Satz war James wieder bei ihm und schlug ihm so hart ins Gesicht, dass er zu Boden ging. In der nächsten Sekunde hockte er über B und schlug immer wieder zu. In rasender Wut. Wieder und wieder.

Aber B war nicht totzukriegen. Er bohrte James die Finger in den Bauch und der ächzte so laut, dass es mir durch und durch ging.

»Aaaah, da hat der kleine Psycho dich also erwischt. Sieh an.«

Bs Gesicht war Brei, trotzdem schaffte er es, James zurückzudrängen. Er kannte seine Schwachstelle jetzt. Ich entdeckte Blut unter James' offener Lederjacke und er sackte zu Boden, während B immer wieder Treffer auf seinen Stichwunden landete.

»Verdammtes Stück Scheiße.« B packte James am Kragen und zerrte ihn hinüber zum Fenster. James trat ihn zurück und er landete unsanft am Türrahmen einer Kabine, aber er stand immer wieder auf wie ein übersinnliches Wesen mit der Kraft eines Bären.

B riss das Fenster auf und griff wieder nach James.

»Gott, nein«, würgte ich hervor, sah mich panisch um und mein Blick fiel auf den Handtrockner neben den Waschbecken.

»Fast romantisch. Deine kleine Göre ist versunken und du wirst fliegen«, brach es aus B hervor wie aus einem komplett Irren. »Nenn mich Künstler!«

Um mich herum drehte sich alles, trotzdem erreichte ich die Waschbecken in rasender Geschwindigkeit. Der Kasten löste sich schneller, als ich erwartet hatte, und war schwerer, als ich gehofft hatte.

B zerrte James nach oben, damit er ihn über die Balustrade über dem Abgrund hieven konnte. »Und wenn ich mit dir fertig bin, werde ich deine kleine Schlampe schänden.«

Ich schlug zu, so fest ich konnte. Der Handtrockner traf ihn direkt am Hinterkopf. Und sein Schädel krachte unter dem Metall.

B schrie auf, ließ James los und tastete entsetzt nach dem Blut, das über seinen Nacken lief.

Sein Blick war wirr, als er zu mir herumfuhr, und in der nächsten Sekunde war James wieder da, um ihn zu packen, herumzureißen und mit dem Oberkörper über die Balustrade zu schieben. »Na, wer fliegt jetzt, B?«, raunte er in das ramponierte Gesicht. »Fahr zur Hölle!«

B starrte ihn schockiert an, als wüsste er überhaupt nicht, wie er in diese Situation geraten konnte.

Und im nächsten Moment sah ich ihn fallen. Es war ein Augenblick der Lautlosigkeit. Ein paar Sekunden, in denen alles stehenblieb, die Uhr aufhörte, sich zu drehen.

Dann nahm ich endlos weit entfernt einen Aufprall wahr, gefolgt von Schreien.

James sackte keuchend gegen die Wand.

»Scheiße, wie schlimm ist es?« Mein ganzer Körper zitterte, aber ich konnte wieder einigermaßen atmen, auch wenn meine Stimme klang wie ein Reibeisen.

»Geht schon.« Er verzog das Gesicht und schloss die Jacke über seinem blutigen Shirt.

»James ... Was ...« Stand die Welt eben noch still, passierte nun alles wie im Zeitraffer.

Er suchte die Decke ab. Wahrscheinlich nach Kameras. Die gab es hier oben nur auf der Terrasse. Ich hatte die Schilder gesehen.

»Und du?« Sein Blick traf auf meinen Hals und er knurrte so voller Hass, dass es sich anfühlte wie Strom, der durch meinen Körper lief.

»Lass uns verschwinden, James.« Ich griff taumelnd nach seinem Arm und er umschloss mich schützend.

»Wir müssen jetzt möglichst unauffällig hier raus. Schaffst du das?« Seine Stimme war nicht mehr als ein Grollen.

»Ja«, hauchte ich. Solange es ihm gut ging, schaffte ich alles.

Als er die Tür aufstieß, blickte Ray mit riesigen, entrüsteten Augen an uns vorbei in die demolierte Damentoilette. »Um Gottes Willen! Was ist passiert?«

Seine Bestürzung war nachvollziehbar. Die hellen Fliesen waren voller Blut, der Handtrockner aus der Wand gerissen, das Fenster stand sperrangelweit offen und ließ den Ausgang dieses Kampfes nur noch erahnen.

»Ihr seid verletzt«, rief Ray fassungslos und starrte uns an, als hätte er einen Geist gesehen.

James ließ aufmerksam den Blick durch die Etage schweifen. Noch immer war keiner hier, der uns hätte aufhalten können. »Wir gehen«, brummte er.

Der Handtrockner war voll mit meinen Fingerabdrücken und mit Sicherheit hatte James auch irgendwo Blut bei dem Kampf zurückgelassen. Wir hatten uns verteidigt, auch wenn das tödliche Ende vielleicht hätte verhindert werden können. Konnte man in so einem Fall auf Notwehr plädieren? Mir schwirrte der Kopf.

Wie ganz normale Besucher liefen wir die Treppen hinab, Ray an unserer Seite sah sich panisch um wie ein aufgescheuchtes Huhn. Mir war noch immer schwindelig und das Herz schlug mir bis zum Hals, aber James hielt mich. Ich zog den Kragen meines Mantels etwas höher, damit keiner die Würgemale an meinem Hals bemerkte. Wir mischten uns unter die anderen Menschen, als wir das Museum verließen.

Scheiße, James blutete so sehr, dass es schon den Bund seiner Jeans benetzte. *Gott, bitte mach, dass das gut geht!*

Als wir durch den Ausgang waren und Ray seitlich am Gebäude das Aufgebot an Blaulicht und Schaulustigen bemerkte, unterdrückte er einen Schrei. »Jesus und Maria, steht uns bei«, stieß er hervor.

James zog mich ein wenig enger an sich. »Nicht hinsehen.«

Ich hatte es auch nicht vor.

Wir entfernten uns von dem klotzigen Turm und bewegten uns Richtung Straße.

»Ray, hältst du uns ein Taxi an?«, rief ich, als ich das schwarze Cab ein paar Meter von uns entfernt erspähte.

James machte ein widerwilliges Geräusch und ließ mich los, um auf sein Motorrad unter den Bäumen zuzusteuern.

»Was? Nein! Du kommst mit uns«, protestierte ich fassungslos, aber er ignorierte mich.

Spann er jetzt komplett? Er konnte in seinem Zustand nicht Motorrad fahren!

»Vergiss es«, sagte Ray kopfschüttelnd, während er dem Taxi winkte. »Er steigt nicht bei vollem Bewusstsein in ein Auto.«

»Dann hauen wir ihn eben k. o.!«

»Liebes, sieh ihn dir an. Er ist zäh wie ein Eber. Den haust du nicht einfach k. o. Komm, wir sagen dem Fahrer, er soll direkt hinter ihm bleiben. Hauptsache, wir sind schnell.«

»Was ... Aber ...« Das konnte doch nicht wahr sein.

James Bolden, du bescheuerter Sturkopf!

Es dauerte viel zu lange, bis wir endlich in Richmond ankamen, und ich behielt ihn im Auge wie eine hysterische Ehefrau. Mit jeder Minute verlor er mehr Blut und meine Nerven waren gespannt wie Drahtseile.

Gott, bitte mach, dass er mit diesem Ding keinen Unfall baut!

Als wir endlich vor seinem Haus hielten, sprang ich schon aus dem Wagen, während Ray noch bezahlte. James sicherte seine Maschine mit sichtbarer Mühe. Er war vollkommen am Ende, was für eine Überraschung. Ray und ich halfen ihm die Stufen hinauf und packten ihn auf sein Sofa.

Dann verschwand Ray im Badezimmer und ich lief

vollkommen nervös um ihn herum. Mein Puls vibrierte, meine Hände waren eiskalt. Ich wusste weder ein noch aus.

»Was ist da drin passiert?«, fragte Ray, während er in den Schubkästen kramte.

»Es war dieser B. Er wollte sich an mir rächen. Ich hab auf ihn geschossen. Also nicht jetzt ... Aber ... Ich ...«

»Ganz ruhig. Es wird alles gut.«

Das konnte nicht sein verfluchter Ernst sein!

»Nichts wird gut. Er verblutet uns hier, Ray. Wir brauchen einen Arzt!«

»Er wird nicht verbluten, verstanden?« Ray hielt mir eine Nadel und ein festes Garn unter die Nase.

»Was?« Ich schnappte ungläubig nach Luft. »Aber kannst du das denn ... Ich meine ...«

Da war er bereits an mir vorbei und huschte Richtung Wohnzimmer. James lag oberkörperfrei auf seinem Sofa und betäubte sich mit Whisky. Offenbar wusste er schon, was ihm blühte.

»Ich hatte wirklich gehofft, das nie wieder tun zu müssen«, seufzte Ray, während er die Nadel desinfizierte. »Früher musste ich ihn ständig wieder zusammenflicken.«

Zwei der Nähte an den Stichen klafften böse wieder auf und es war eine Qual, das mit ansehen zu müssen. Mit Sicherheit hatte er höllische Schmerzen.

Ray zog den Faden durch die Öse und sah zu mir herüber. »Ich sollte es dir auch beibringen, Kindchen, jetzt wo ihr ...«

»Ray, halt die Klappe und fang an«, unterbrach James ihn schneidend.

»Wir sollten Riccardo davon erzählen«, gab ich zu bedenken, während ich den Gin aus dem Schrank holte und einen Schluck direkt aus der Flasche nahm, um mein Zittern zu vertreiben.

»Nein«, sagte James so grimmig, dass keiner von uns

wagte, zu widersprechen. »Riccardo erfährt kein Wort davon. Er hat genug getan.«

Scheiße! Ich sah es noch immer vor mir. Wieder und wieder flog B vor meinen Augen in den Abgrund. Und wahrscheinlich müsste ich diese Endlosschleife noch eine sehr lange Zeit ertragen. James würde ich nach heute nie wieder auf diesen Tag ansprechen, auch wenn das Geschehene ein kleines Loch in meine Seele gebrannt hatte. Ich konnte es nicht ändern. B hatte mich umbringen wollen. Er hätte es getan, einfach so. Wäre James nicht gewesen. Eilig nahm ich noch einen tiefen Schluck. Trotzdem war es ein Mensch gewesen, der da über diese Balustrade geflogen war. Und mein Geist schaffte es noch nicht, die Bilder in meinem Kopf zu ordnen und den Unterschied zu machen, ob schuldig oder unschuldig.

»Abbie und ich haben uns über das Ende von *London Devil* unterhalten. Willst du James nicht von deiner Idee erzählen, Liebes?« Ray warf mir einen vielsagenden Blick zu. Er wollte wohl, dass ich ihn ablenkte, während er die Stiche setzte.

»Hmmm«, brummte James und drehte den Kopf in meine Richtung. Er sah müde aus. Ich ging zu ihm hinüber, fesselte seinen Blick fürsorglich mit meinen Augen.

O Ray, bitte hol ihn da raus!

»Oswin wird sie verbrennen.«

James stöhnte auf, als Ray mit dem Nähen begann, und ich hockte mich zu ihm und griff nach seiner Hand.

»Aber was dann? Wie wird es enden?«, fragte ich.

»Sie wird ihn zu sich ins Feuer holen«, stieß James hervor und ich zuckte zusammen, als er wieder ächzte.

»Wird sie das?« Ich legte meine Stirn an seine. Er sollte den Schmerz mit mir teilen. Ich nahm ihn nur allzu gern für ihn.

»Er geht zu ihr in die Flammen, weil jetzt alles, was er

war, keinen Sinn mehr ergibt.« James unterbrach sich und atmete gepresst durch die Zähne.

Ich legte meine Hände an seine Wangen. »Sie wird leben und er sterben, weil sie das Feuer selbst ist«, flüsterte ich.

»So ist es!« Wieder ging eine Erschütterung durch seinen Körper. Sacht strich ich mit den Fingern über seine aufgeplatzten Lippen und er lehnte sich erschöpft an mich. Wenn ich ihn nur irgendwann so beschützen könnte, wie er es mit mir tat, ich würde nicht zögern.

Oswin ging zu Sereina ins Feuer ... Das war perfekt! Sereina hatte bekommen, wonach sie sich sehnte. Sie hatte sich gerächt. Das Böse war besiegt. Und trotzdem würde es Spuren in ihr hinterlassen. Etwas in ihr würde mit ihm sterben. Denn das Böse hatte ihr besser gefallen, als sie je zu glauben gewagt hatte. Und in allem Bösen gab es auch einen Funken Licht, genau wie auch alles Gute seine durstigen Schatten besaß. Kein Schwarz ohne Weiß. Und kein Weiß ohne Schwarz.

»Es ist unheimlich faszinierend, euch dabei zuzuhören«, merkte Ray an, während er sich hoch konzentriert seiner Arbeit widmete.

Mir zog es zwar im Magen, als ich hinsah, aber er nähte wirklich sauber und hatte den ersten Schnitt schon fast geschafft. Er nahm sich zusammen, auch wenn ihn der Zwischenfall wieder in nackte Panik gestürzt hatte. Er tat es gut, denn er tat es für James. Und er war klug. Sehr klug. Denn diesen Dialog hatte er nur ins Rollen gebracht, um uns wieder zu verbinden nach einem so grausamen Vorfall wie diesem, der für gewöhnlich die Macht besaß, zwei Menschen auf immer auseinanderzureißen. Aber wir waren nicht gewöhnlich. James war ein Teufel und ich eine Hexe und nicht einmal das Feuer könnte uns je entzweien.

SIEBENUNDZWANZIG

James stürzte sich wie ein Wahnsinniger in Arbeit, sobald er wieder klar denken konnte. Und ich ließ ihn in Ruhe, denn ich spürte, wie viel Energie es ihm gab. Eines Tages tauchte die Polizei am Set auf, aber da sie von dem Vorfall im *Dare* wussten und B ein gesuchter brutaler Kleinkrimineller gewesen war, kamen wir letztendlich glimpflich davon.

Als der Breakdown fertig war, lud James mich zum Essen ein, um mir davon zu erzählen. Ich fuhr in mein Appartement, um mich umzuziehen, und als ich ihm zurechtgemacht in meinem knappen schwarzen Kleid die Tür öffnete, sah er mich an wie die einzige Frau auf der Welt, die es wert war, begehrt zu werden.

Er trug ein Hemd, bis zur Brust aufgeknöpft, und ich konnte seine Tattoos und das Lederband mit dem Silberanhänger an seinem Hals sehen.

Ganz egal, wie oft Ray seinen Körper noch zusammenflicken müsste oder ich seine Seele, er würde immer ein unglaublich schöner Mensch sein. Auch mit all seinen Narben. Oder gerade deshalb.

»Bereit für das Ende?« Er lächelte und hielt mir seine

Hand hin, um mir wie ein tadelloser Gentleman die Treppe hinunterzuhelfen.

Ich schluckte. Ja, das Ende. Und was kam dann? Würde ich gehen? Würde ich bleiben? Würde er es mir sagen können? Denn ich hatte keine Ahnung, wohin mit mir, nicht den blassesten Schimmer.

Heute beschleunigte er seine Maschine ganz sanft und ich genoss die bunten Lichter der Stadt. Es war vollkommen verrückt, was in den letzten sechs Monaten alles passiert war, was diese Stadt mit mir gemacht hatte, zu wem ich geworden war. War es wirklich möglich, in ein paar Monaten zu einem vollkommen anderen Menschen zu werden?

Wir fuhren in die City und hielten vor einer Art Club, dessen Einrichtung durch die Schaufenster edel wirkte. Er half mir vom Motorrad und nahm mir den Helm ab.

»Habe ich schon erwähnt, dass ich jeden Mann umbringe, der dich heute ansieht?« Sein Blick wanderte verklärt über meinen Körper in dem engen Kleid.

»Ach, da stellt wohl jemand Besitzansprüche?«, neckte ich ihn.

»Würde ich mir nie herausnehmen«, erwiderte er ernst und es blitzte in seinen Augen.

Der Club war eine Art Pub und die Einrichtung bestand aus abgegriffenen, großen Lampen aus Bronze und dunklen Tapeten mit Goldverzierungen. Als wir zu unserem Tisch geleitet wurden, lief *Devil Eyes* von Hippie Sabotage und ich war absolut begeistert von dem Ambiente. Das Licht war gedimmt und in der Mitte der Räumlichkeit befand sich eine große runde Bar, um die lachende, plaudernde Gäste herumstanden. Einige waren so chic wie wir, andere casual gekleidet. Ich liebte die Kreativität dieser Stadt, was Bars und Clubs betraf. Es wurde einfach alles so bunt gemixt wie das Publikum und das Ergebnis war immer großartig.

Von unserem Tisch aus konnten wir die gesamte Location überblicken und ich betrachtete alles mit großen Augen wie ein Kind, das gerade die Welt entdeckte.

»Wollt ihr schon etwas trinken?«, fragte die Kellnerin in zerrissenen Leggings und Boots, die uns zu unserem Platz begleitet hatte.

»Bringst du uns eine Flasche Sekt?«, fragte James und sie nickte nur und verschwand.

Ich beobachtete ihn. Seine unwiderstehliche Aura überstrahlte jeden Menschen in diesem Raum. Mir fiel auf, wie die Frauen sich nach ihm umdrehten, eine nach der anderen, aber das interessierte ihn nicht.

Der Sekt kam und die Bedienung goss uns zwei Gläser ein.

»Sekt? Seit wann denn das, Mr. Bolden?«, zog ich ihn auf und stützte mein Kinn auf die Hände.

Seine Augen leuchteten im Kerzenlicht. »Seit unsere Zusammenarbeit fast vorbei ist, Miss Summers.« Er hob sein Glas.

»Tja, dann ...« Ich räusperte mich. »Trinken wir also auf unschöne Umstände.«

»Ganz und gar nicht.« Ein kleines Lächeln hob seine Mundwinkel. »Wir haben da etwas Großartiges geschaffen, wahrscheinlich meinen besten Film überhaupt. Es ist mir eine Ehre, mit dir arbeiten zu dürfen, Abbie. Du bist eine Inspiration. Jetzt musst du das nur noch selbst verstehen, damit du es für deinen zukünftigen Weg nutzen kannst.«

Meinen zukünftigen Weg ... Etwas Gemeines breitete sich glühend in meinem Bauch aus. Es tat weh wie stumpfe Klingen und meine Kehle schnürte sich zu. *Mein* Weg schloss ihn aus.

»Also ...« Ich würgte mit Macht die heiße Traurigkeit zurück, zwang mich zu einem Lächeln und stieß mein Glas gegen seines. »Auf mich und dich, was?«

Er nahm einen tiefen Atemzug, sah mir dabei zu, wie ich das Glas in einem Zug leerte, und drehte seines nur gedankenverloren in der Hand.

Was stimmte nicht mit ihm? Hatte ich tatsächlich so extreme Wahrnehmungsstörungen und er scherte sich einen Dreck um mich? Dann gehörte ich wohl wirklich in Behandlung. *Erster Punkt auf der Liste zu DEINEM neuen Weg, Abigail Summers: Such dir professionelle Hilfe!*

Und schlag dir diesen Mann aus dem Kopf!

Die Safe Zone, schon klar. Wahrscheinlich war ich so etwas wie ein Urlaubs-Fick für ihn. Nur ohne Palmen und Strand.

Als wäre das alles nicht schon schlimm genug, begann sein Handy auf dem Tisch zu vibrieren, und ich erkannte den Schriftzug auf dem Display sehr deutlich:

Hope.

Sein Scheißernst?

Ich machte mir keine Illusion, dass das ein Geheim-Code für eine bessere Zukunft sein könnte. Es war ein verdammter Name und ich erinnerte mich sehr gut an ihn.

Er wirkte kurz überrascht, nahm den Anruf aber an, direkt vor mir. Dieser Kerl besaß wirklich überhaupt kein Feingefühl. Für einen Moment konnte ich Sara verstehen und mir war danach, ihm die gesamte Flasche Sekt in dem Kühler über den Kopf zu schütten. Stattdessen goss ich mir noch ein Glas ein und biss mir so fest auf die Zunge, dass es wehtat.

»Okay, klar. Ja, komm vorbei. Im *Saint,* ja.« Er legte auf und zog die Brauen zusammen. »Hope kommt kurz vorbei. Ich hoffe, das ist okay für dich?«

»*Klar.*« Allein mein Tonfall verriet, dass das alles andere als okay war.

Was hatte er vor? Wollte er hier all seine Bumshäschen zusammentreiben und sich an ihrem Anblick ergötzen?

»Nein, warte. Eigentlich nicht.« Ich nahm einen empörten Schluck von meinem neuen Glas. *Auf dich und auf mich. Schön getrennt, so, wie du es am liebsten hast.* »Was hast du denn noch mit ihr zu schaffen? Ihr habt euch doch eine halbe Ewigkeit nicht gesehen, oder? Warum jetzt plötzlich wieder?«

Er wirkte überrascht über meine Reaktion. Wow, Männer waren manchmal solche Trampel, unglaublich!

»Ich habe sie erst vor ein paar Tagen getroffen, als du mit dem Team auf dem *Summer in the city* warst.«

Ach, tatsächlich?

Ich wusste überhaupt nicht, was ich dazu sagen sollte, schüttelte nur den Kopf und nahm noch einen Schluck.

Unglaublich! Vielleicht wollte er seinen Weg ja lieber mit der Ex seines Erzfeindes teilen als mit mir.

Beruhige dich, Abigail! Eifersucht ist etwas für Schwächlinge. Du bist schön und stark!

»Super.« Fahrig hob ich das Glas in seine Richtung. »Du solltest noch einmal mit mir anstoßen. Wir haben uns nicht in die Augen gesehen. Ohne Blickkontakt gibt es sieben Jahre schlechten Sex und das wollen wir doch nicht riskieren, *du und ich,* oder?«

»Nein.« Sein Blick drang so tief in meinen, dass ich für einen Moment vergaß, zu atmen. »Spätestens dann nicht, wenn ich dich für das hier übers Knie lege.« Sein Glas stieß mit einem leisen Klirren gegen meines. »Und wenn ich mich durch die gesamte Bar hier vögle, du solltest darauf scheißen. Weil du stolz bist und wertvoll. Das ist alles, was wichtig ist.«

Es war einfach unfassbar. Wie schaffte er es nur immer wieder, dass ich ihn schlagen und gleichzeitig küssen wollte, als gäbe es kein Morgen?

»Hi, James.« Auf einmal stand eine schlanke Frau neben unserem Tisch und beugte sich zu ihm hinunter, um ihn rechts und links zu küssen. »Ging doch schneller als gedacht. Ich war gerade um die Ecke. Unglaublich, wie gut du schon wieder riechst.«

Sie war einige Jahre älter als ich, aber drahtig und tätowiert bis zum Hals. Einfach alles, was perfekt für James wäre. Sie hatte eine feurige Ausstrahlung, dieses hemmungslose Blitzen in den blauen Augen und sie war sexy. Mann, ich hasste, wie sexy sie war!

Ihre schmalen Augen musterten mich und sie legte den Kopf schief.

»Das ist Abbie, meine …« James beendete den Satz nicht.

Tja, was war ich nur? Seine Hauptrolle? Seine Hure? Seine Schwäche? Was nur?

»Deine *Auserwählte*«, beendete Hope seinen Satz vollkommen selbstverständlich und musterte mich wie eine seltene Rarität auf dem Antiquitätenmarkt. »Sie ist ganz bezaubernd, wow!« Ihre Hand griff resolut nach meiner und ich ließ es verdutzt geschehen. Ihre Haut war weich wie Seide. »Hi«, sagte sie, während sie meinen schlaffen Arm schüttelte. »Keine Angst! Mich hat er nie so angesehen wie dich. Wir haben nur gebumst. Aber ihr …« Sie blickte von mir zu ihm und zurück und verzog das Gesicht. »Scheiße, ihr liebt euch. Widerlich! Wie schön, dass dein kaltes Herz das noch kann, James.« Sie kramte in den Taschen ihrer Hotpants. »Und ein mieses Timing noch dazu. Aber gerade in üblen Zeiten wie diesen …« Sie griff nach James' Glas und nahm einen großen Schluck. »Ist es doch die Liebe, die uns leben lässt, hab ich nicht recht?«

Unverhohlen zog sie sich einen Stuhl zwischen uns und setzte sich. James und sie sahen einander vielsagend an, dann schob sie zwinkernd einen Zettel in seine Richtung über den Tisch. Sein Blick ermahnte sie entgeistert. Er wollte nicht, dass sie das vor mir tat. Interessant. Eilig steckte er das Stück Papier in die Tasche, aber es war schon zu spät. Ich hatte bereits eine Adresse darauf erkannt. *Church Rd, TW10.*

Was sollte das werden? Wohnte sie dort?

»Die Liebe lässt uns leben.« Sie griff nach der Cocktailkarte und blätterte desinteressiert darin. »Und am Ende nicht selten sterben, was?«

Diese Frau war sexy *und* verrückt, sie passte wirklich perfekt zu James und die Erkenntnis bereitete mir Übelkeit. James richtete sich auf, deutete auf sein Telefon und entfernte sich ein Stück von uns. Schön, vielleicht ließ sich ja gleich noch die nächste Verflossene in unserer trauten Runde nieder.

»Was soll das mit der Adresse?«, fragte ich kühl, als er außer Hörweite war. »Ist das deine?«

Sie blickte überrascht von ihrer Lektüre auf. »Was? Nein!«

»Von wem ist sie dann?« Was spielten die beiden hier für ein Spielchen?

»O Mann.« Ihr Blick schlug in meinem ein. Mitleidig und fast mütterlich. »Ein denkbar schlechter Zeitpunkt, sich in jemanden wie ihn zu verlieben, Schätzchen. Mehr kann ich dazu nicht sagen, tut mir leid.«

Was redete sie da bloß?

Sie räusperte sich, legte die Karte zurück auf den Tisch und starrte auf ihre roten Fingernägel. »So, ich gehe dann jetzt auch wieder. Wollte ihm nur den Zettel vorbeibringen. Manche Dinge schreibt man besser nicht in Handys.«

In einer fließenden Bewegung richtete sie sich auf und warf mir wieder einen dieser Blicke zu, die ich nicht leiden konnte. Ich wollte ihr Mitgefühl nicht. Und diese ganze Show hier machte mir mehr und mehr ein ungutes Gefühl.

»Was auch immer er vorhat ...« Ich griff nach ihrem Arm. »Mach da nicht mit! Halt ihn auf!«

»Kleines ...« Sie beugte sich zu mir herunter und ich konnte durch ihren tiefen Ausschnitt bis zu ihrem Slip gucken. »Kerle, die so viel Feuer haben wie er, die hält man nicht auf. Und das Feuer ist es doch, das dich so an ihm fasziniert, oder nicht? Geht mir ja ähnlich. Er wird tun, was er tun muss, und weder du noch ich können etwas daran ändern.« Ihr Atem roch nach kaltem Zigarettenrauch und sie richtete sich auf, um mit wiegenden Schritten davonzugehen.

Okay, verflucht! Was lief hier?

Mein Kopf spulte wüst zusammenhangslose Gedanken ab und ich kam selbst kaum noch hinterher.

James war zurück, setzte sich mir gegenüber und musterte mich nachdenklich mit seinen tiefgründigen Moosaugen. »Alles okay? Sie ist schon wieder weg? Hast du sie vergrault?«

»James.« Meine Hände griffen über den Tisch nach seinen und ich flehte ihn an: »Bitte bau keinen Mist! Ich beschwöre dich!«

Seine Brauen zuckten und er senkte den Blick zu der Karte, während er seine Hände aus meinen zog. »Hast du dir schon etwas zu Essen ausgesucht?«

»*James!*« Kopfschüttelnd starrte ich ihn an. Sicher gab es Dinge, die mich nichts angingen, aber ich hatte nicht den Eindruck, das hier würde dazugehören.

Der Blick, der in meinen prallte, war dunkel wie die Nacht. Und mir wurde klar, dass ich sagen konnte, was ich wollte. Er würde nicht mehr darüber reden. Aber diese Adresse ... die war in meinem Kopf und dort blieb sie auch. Nie im Leben würde ich noch einmal zulassen, dass ihm etwas passierte!

ACHTUNDZWANZIG

Ray hörte nicht auf, zu hupen, aber ich war noch damit beschäftigt, mir den Mascara aufzutragen. Und als ich nach meiner Tasche griff und in meinem roten Sommerkleid die Treppe hinunterstürmte, fühlte es sich kurz an, als wäre alles wie immer. Aber heute würde nichts wie immer sein, denn es war das letzte Mal. Und der Gedanke daran machte mich zu einer Gestrandeten.

Ray blickte mir liebevoll über den Rand seiner Sonnenbrille entgegen. »Du siehst wundervoll aus wie immer, Liebes.« Seine Stimme klang erstickt. Kämpfte er etwa mit den Tränen?

Auch in meinem Hals machte sich ein Kloß breit und ich versuchte gewaltsam, ihn herunterzuschlucken, während ich mir fahrig meine Sonnenbrille aufsetzte. »Bereit für den letzten Ritt?«

Es war ein herrlicher Sommertag. So warm, dass man keinen Mantel brauchte.

Die Leute im Hyde Park joggten in T-Shirts und ich würde meine frechen Grauhörnchen vermissen, wenn ich wieder im tristen New York war.

»Wie schnell ist die Zeit nur vergangen?« Ray musterte

mich von oben bis unten, als ich in seinen Wagen gestiegen war. »Wie fühlst du dich?«

Seufzend ließ ich mich in das Leder seines antiken Sitzes sinken. »Ich weiß nicht, Ray. Traurig. Erfüllt. Leer. Schwermütig. Ich weiß es wirklich nicht.« Ratlos hob ich die Schultern und hatte keine Ahnung, wohin mit mir.

»Du wirst einen ganz schönen Hangover haben in den nächsten Wochen«, erklärte er mir sehr hilfreich und startete den Motor. »So ist es immer, wenn du eine Rolle gehen lässt. Kunst ist Emotion. Und Emotion tut am Ende meistens weh.«

Emotion tut am Ende meistens weh ... Was du nicht sagst.

»Ich habe gestern Hope kennengelernt«, sagte ich so unvermittelt, dass Ray zusammenzuckte.

»Aha«, machte er knapp und blickte über seine Schulter, um ein Schlupfloch im Verkehr finden zu können.

»*Aha*? Wundert es dich gar nicht, dass James und sie noch in Kontakt stehen?«

»Nein.« Ray räusperte sich und wich meinem Blick aus. »Mein Vater hat furchtbare Dinge mit ihr angestellt, wie er mit fast allen Menschen furchtbare Dinge anstellt. Ist wahrscheinlich seine Definition von Liebe, jemanden bis ins Koma zu prügeln, während er sich an ihm vergeht. James war ihr Hafen. Und das ist er noch immer.«

Natürlich! James durfte für alle Welt der Hafen sein, nur nicht für mich. Mein Schiff schickte er auf direktem Weg ohne Kompass zurück in den Sturm. Wahrscheinlich interessierte es ihn nicht einmal, ob ich kenterte.

»Ich kann sie nicht leiden«, murrte ich.

»So eine Überraschung.« Ray riss das Steuer herum und lenkte uns in eine scharfe Kurve. Pah! Blödkopf!

»Sie meinte, es sei ein mieser Zeitpunkt, um ihn zu lieben.«

»Übergriffig wie immer.« Ray lachte und ich verdrehte die Augen.

»Warum sagt mir eine fremde Frau so etwas, Ray? Was geht es sie an? Und wie sieht sie das nach einer Minute an unserem Tisch überhaupt?«

»Tja, sie ist klug.«

»Klar«, prustete ich abschätzig. »Wahnsinnig klug, wenn sie sich von einem wie Louis Terrence hat zurichten lassen.«

»Liebes«, sagte Ray streng, »das ist nicht dein Problem.«

»Und meine Gefühlswelt nicht ihres!«

»Sie wollte dich nur warnen. So, wie ich es schon seit Monaten versuche.«

»Aber warum? Warum stößt James mich immer noch von sich? Warum müssen fremde Menschen mir sagen, dass ich ihm aus dem Weg gehen soll? Warum kann das alles nicht einfacher sein? Wie bei normalen Leuten auch?« Es tat so verdammt gut, all das einmal rauszulassen. Und vor Ray konnte ich es. Vor ihm wollte ich es. »B ist weg. Louis über alle Berge, was steht denn jetzt noch zwischen uns, Ray? Was? Was plant er da? Ich befürchte, er wird bald riesigen Mist bauen.«

Ray seufzte und die Schatten von ein paar Baumkronen huschten über unsere Köpfe. »Manche Dinge sind einfach vorbestimmt.« Seine Stimme klang bedauernd. »Und das kannst nicht einmal du ändern, auch wenn du der stärkste kleine Dickkopf bist, den ich kenne.«

»Ja, sprich nur wieder in deinen Rätseln.« Ich stützte den Ellbogen ab und blickte hinaus über die Straßen voller Menschen. Wie jeden Tag war der Business-Bezirk busy. Lebendig und tot zugleich. Die Menschen hörten auf ihre Wecker, eilten wie Lemminge in die Büros, arbeiteten für andere Menschen, flüchteten nach Hause vor den Fernseher, schliefen und dann begann das Spiel von vorn.

Tag für Tag.

»Ich kann doch nicht einfach so gehen, Ray. Nach all dem. Weg von euch.« Ich verwelkte innerlich bei dem Gedanken.

»Ich will das auch nicht.« Rays Hand griff nach meiner, die auf meinem nackten Bein unter dem Saum des kurzen Kleides lag. »Aber was man liebt, sollte man gehen lassen.«

Ich sagte nichts, denn meine Stimme hätte nur versagt. Stattdessen fraß sich diese Adresse von gestern tiefer in meine Erinnerung wie die Glut eines Brandzeichens.

Church Rd, TW10.

Gegoogelt hatte ich sie auch schon. War gar nicht so weit entfernt von James' Haus. Und sobald unser Film abgedreht war, würde ich mir mal ansehen, was die gute Hope und er dort so Geheimnisvolles trieben, das mir meine Gefühle für ihn verbieten sollte.

Der übliche Parkplatz vor der Halle, das übliche bunte Treiben der Set-Mitarbeiter und das übliche geborgene Gefühl. Es zog in meiner Brust und ich versuchte, es zu verdrängen, denn die Szene, die wir heute drehten, erforderte Konzentration. Der Schmerz konnte warten.

Wie immer spürte ich James schon, bevor ich ihn sah. Er wirkte wie ein Magnet auf meinen Körper, gegen den ich keine Chance hatte. Die pure gebündelte Energie.

Ich stieg gerade aus Rays Auto, da strich er von hinten mit den Fingern über meine Arme und jagte mir damit einen wohligen Schauer über den Rücken. »Na?« Seine weichen Lippen berührten die Stelle zwischen meinem Hals und meiner Schulter und ich wurde sofort zu Butter in seinen Händen. »Ich würde nach dem Dreh gern mit dir ausgehen, dir ein paar Dinge erklären.« Seine raue Stimme direkt an meinem Ohr hatte mich schon wieder in ihrer Gewalt.

»Ach ja?« Ich sah mich kurz um, und als ich sicher war, dass uns keiner beobachtete, drehte ich das Gesicht ein

Stück in seine Richtung und schmiegte meinen Rücken gegen seine Brust.

»Ja«, brummte er wohlig, »nur du und ich. Sonst niemand.« Seine Lippen tasteten sich zurückhaltend zu meinen und ich griff von hinten in sein Haar.

»Sicher? Denn zu erklären gibt es ganz bestimmt einiges.«

»Ganz sicher.«

»Dann sage ich Ja.« Ich schloss die Augen und küsste ihn. Sacht und vorsichtig. Er schmeckte nach meinem Zuhause und auf ein Zuhause passte man auf.

Als er von mir abließ, blitzte Ray ihn vorwurfsvoll an. Keine Ahnung, was er jetzt schon wieder hatte. An einem Tag mochte er es, wenn wir einander liebevoll behandelten, und am nächsten verurteilte er uns dafür. Wahrscheinlich wusste er schon wieder mehr als ich. Aber ich könnte mich auf den Kopf stellen und er würde mir trotzdem nicht sagen, was hier lief. Also hoffte ich auf James' Erklärung heute Abend, hielt einfach die Augen offen und James nahe bei mir, denn sein verfluchter Hafen gehörte mir!

Unser letzter Drehtag war schon emotional, bevor er überhaupt begonnen hatte. Liza heulte, während sie mich herrichtete, und entschuldigte sich ständig dafür. »Das geht mir jedes Mal so.« Sie schnäuzte sich geräuschvoll und wischte sich mit dem Ärmel über die Augen. »Ich kann es nie gut sein lassen.«

Auch mein Hals schnürte sich zu und ich kam mal besser und mal schlechter dagegen an. Ich trug ein weißes, schmutziges Leinenkleid und keine Schuhe. Es war der Tag von Sereinas Hinrichtung. Und ein wenig fühlte es sich auch an wie meine eigene.

»Schönheit, es wäre aber nett, wenn James dich zumindest ansatzweise in einem Stück lassen könnte.« Liza schniefte und betrachtete die letzten Spuren der Male an meinem Hals, während sie mich abpuderte.

»Was? O nein, das war nicht James.«

»Sicher?« Sie versuchte sich unter ihrer Traurigkeit an ein wenig Strenge. »Ihm musste ich neben seinen Tattoos ein paar fiese Hämatome wegschminken. Ich hab gesehen, was ihr da beim Dreh miteinander gemacht habt. Kann ja sein, dass ihr das so für euch entdeckt habt. Dass das euer Ding ist, wäre ja völlig legitim.«

»Liza!« Jetzt war ich die Bestimmte von uns beiden. »Wir verprügeln uns nicht. Und wir sind auch kein Paar.«

»Zu schade.« Sie zwinkerte mich verschmitzt im Spiegel an. »Wir haben hier am Set schon Wetten darauf laufen.«

Ich stöhnte lautstark. Wie hobbylos konnte diese Bande eigentlich noch werden?

»Und du? Wette verloren?« Ich hoffte es. Ja, ich wünschte es ihr sogar.

»Noch ist nicht aller Tage Abend«, verkündete sie großspurig und bürstete mir das Haar wie eine gute Freundin bei einer Pyjama-Party. »Du trägst deinen Verlobungsring nicht mehr, ist mir aufgefallen. Bye-bye, Scheidungsanwalt.«

Ich seufzte in mich hinein.

»Summers!« Zeus erschien in der Tür zur Maske und presste melancholisch die Lippen aufeinander. »Du solltest das hier nicht aus den Augen verlieren, wenn wir vorbei sind. Ich mache das schon sehr lange und habe viele Schauspieler kommen und gehen sehen. Du hast wirklich Talent.«

Wenn wir vorbei sind ...

Davon abgesehen war das wahrscheinlich das Netteste, was Zeus je zu mir gesagt hatte.

In der Halle war ein riesiger Scheiterhaufen aufgebaut und alle wuselten aufgebracht herum, perfektionierten die Farbe der Holzscheite und bauten hier noch etwas ab und da wieder etwas auf. Der Showdown war immer etwas Besonderes. Sam hatte zur Feier des Tages Brownies gebacken und hielt mir direkt den Teller hin.

»Wehe«, fauchte Liza, die mir gefolgt war und noch immer an meinem Haar herumfummelte. »Du kleckerst dich nur voll oder verschmierst das Make-up.«

»Schon gut«, lenkte Sam unterwürfig ein. »Ich stelle sie da drüben hin für später.«

Wir drehten die Szene, in der Sereina gefesselt wurde und die Flammen über ihr zusammenschlugen. Natürlich gab es nicht wirklich Feuer, außer dem in Oswins Augen, während er bei Sereinas Todeskampf zusah.

Dann bekam ich meine gelben Kontaktlinsen, denn die brauchte ich für den Showdown, und mein Kleid wurde zerrissen und mit Asche beschmiert.

Wir gingen auf Position, und als die Klappe fiel, bündelte ich all meine innere Kraft, um wieder zu Sereina werden zu können. Oswin hatte sie zum Tode verurteilt, sie hatte in den Flammen gebadet. Er wusste dabei aber nicht, dass Sereina selbst aus Feuer bestand. Die tödliche Hitze hatte ihre Macht entfacht, und als ich aus den rasenden, knisternden Flammen stieg, barfüßig, schmutzig und mit Augen, als wäre ich Satan selbst, brach der Teufel von London zu meinen Füßen zusammen. Ich hatte ihn gebrochen. Er hatte sich in das verliebt, was er einst verachtet und gejagt hatte. Und er war nicht mehr imstande, es zu töten, das Kapitel aus seinem Sein zu löschen. Er hatte verloren. Genau wie Sereina verloren hatte. Denn es schmerzte sie, ihn gebrochen zu haben. Und sie hasste diesen Schmerz, weil er sie ebenso brach.

Oswin richtete sich auf und Tränen liefen über sein Gesicht, als er mir entgegenkam. Ich streckte die Hände nach ihm aus, schloss ihn in meine Arme und ging langsam wieder rückwärts. Seine starke Brust bebte an meiner, aber er kam bereitwillig mit. Folgte mir in die alles verschlingenden Flammen. Und so verging meine Seele gemeinsam mit Oswins Körper.

Das Feuer aus unserer Vereinigung brodelte höher, griff um sich und erfasste die umstehenden Häuser. Und als ich schließlich in Oswins Umhang die Stadt verließ, brannte ganz London in einem zornigen Inferno hinter mir nieder, wie der beißende Schmerz es mit meiner Seele tat.

Als die finale Klappe gefallen war, jubelten alle durcheinander, als hätte soeben das Lieblings-Football-Team den Superbowl gewonnen. Aber in Wirklichkeit war es noch besser.

So viel besser!

Das Team weinte, schrie und beglückwünschte sich, während die Champagnerkorken knallten und James durch all den Tumult zielstrebig auf mich zukam, um mich so fest und innig in den Arm zu nehmen, dass auch mir die Tränen in die Augen stiegen.

»Jemanden wie dich werde ich nie wieder finden«, flüsterte er in mein Ohr und etwas in meiner Brust verglühte mit seinen Worten.

NEUNUNDZWANZIG

James fuhr mit mir zu sich und wir hatten unglaublich liebevollen Sex. Er küsste mich unaufhörlich und ich ließ mich in ihm fallen. In allem, was er war.

Als der Abend graute, machten wir uns fertig für das Date, das er mir versprochen hatte. Ich trug ein kurzes blaues Kleid und steckte mein Haar hoch. Und auch er sah atemberaubend aus in seinen dunklen Hosen, dem hellen Hemd und mit dem Silberschmuck.

Wäre es nur immer so, dachte ich, als wir nebeneinander am Fluss entlangspazierten und der Sonne dabei zusahen, wie sie am Horizont versank.

Wo auch immer er mit mir hinwollte, er hatte versprochen, mir ein paar Dinge zu erklären, und ich hatte den leisen Verdacht, dass diese Adresse dazugehörte, die noch immer meine Gedanken bevölkerte.

»Wie fühlt es sich an?«, fragte ich und suchte seinen Blick mit meinem. »Wenn man seine Schöpfung gehen lassen muss, sein Kunstwerk?«

Er lächelte. Ich liebte es, wenn er lächelte. »Ich lasse es nicht gehen, ich lasse es nur frei.«

So konnte man es auch sehen.

»Und wie war es für dich?« Seine Stimme klang sanft. »Der Dreh, das Loslassen, einfach alles.«

»Wundervoll. Und schrecklich«, erwiderte ich bitter, weil ich wusste, dass das Loslassen noch nicht vorbei war.

»Schrecklich ist nicht immer schlecht.« Er legte den Arm um mich. »An Schrecklich wächst man. Sieh mal.« Er zeigte zum Ufer hinunter auf ein längliches Schiff, das mit Lichterketten behangen war.

»Was ist das?« Ich kniff fragend die Augen zusammen.

War das etwa unser Ziel? Wenn ich genauer hinhörte, konnte ich leise Bässe vernehmen und das Licht in dem Schiff war behaglich gedimmt. In den Luken standen Kerzen und auf dem Oberdeck tanzten Paare unter dem Abendhimmel.

»Unser Date«, raunte er in mein Ohr und küsste mein Haar.

»Wow, das ist …«

Je näher wir kamen, desto gemütlicher wirkte dieses Boot. Das warme Licht spiegelte sich auf dem Wasser der Themse und ein schmunzelnder untersetzter Mann im Anzug erwartete uns direkt am Steg.

»Hallo, James. Wie geht's dir? Ganz offensichtlich gut, wie ich sehe?« Er deutete in meine Richtung und zwinkerte anzüglich.

Ich zwinkerte zurück. »Ja, nettes Kerlchen hab ich da abgeschleppt, was?«

Der Typ verzog überrascht das glatte Gesicht und James lachte warm. »Das ist Abbie.«

»Na dann, viel Spaß euch beiden.«

Offenbar hatte der Ärmste noch nie vorher eine Frau gesehen, die ihr Herz auf der Zunge trug. Tat mir wirklich leid für ihn. Der Bootssteg wackelte, als wir darüber liefen, und das Boot verschluckte uns mit seiner Gemütlichkeit, sobald wir es betraten. Es roch nach Holz und Geborgenheit und ein paar Gäste lachten und himmelten einander über die kleinen Zweiertische hinweg an, die aus Fässern bestanden.

»Es ist so schön hier, James.«

Gott, ich liebte diesen Ort!

»Dachte ich mir.« Er schmunzelte und berührte meinen Rücken. »Ich hole uns was zu trinken, ja? Möchtest du Wein?«

»Ja, gern. Du suchst aus. Ich sehe mich inzwischen um.« Beeindruckt musterte ich den Holzboden zu unseren Füßen, in den ein großer Kompass eingearbeitet war. James verschwand zu der Bar, die aussah, als hätte man sie aus Treibholz zusammengebastelt. Es war wirklich einiges los hier unten. Dinner-Geschäft. Und was ich auf den Tellern so erspähte, sah auch wirklich lecker aus. Hauptsächlich Fischgerichte und Nudeln. Dieser Duft. Ich freute mich schon auf unser gemeinsames Essen nachher.

Mein Blick tastete sich zu James hinüber, wie er an der Bar stand und auf unseren Wein wartete. Eine einsame Frau hinter ihm am Stehtisch glotzte ihn unverhohlen an und ich konnte sie verstehen. Er war unfassbar anziehend. Ich hatte es vom ersten Moment an gespürt. Nur manchmal dauert es, bis der Kopf dem Herzen folgt. Und manchmal müssen sie erst kämpfen, bevor man weiß, wo es endet. James spürte meinen Blick und wir sahen einander an. Liebevoll und achtsam. Es kribbelte in meinem Bauch. Dann nahm ich einen tiefen Atemzug, drehte mich um und stieg die kleine, schmale Treppe zum Oberdeck hinauf. Ein lachendes Pärchen wartete, bis ich vorbei war, damit es nach unten gehen konnte. Und als ich oben angekommen war, wurde mir ganz warm ums Herz. Bunte Lichterketten, ein seichter Wind und der Soul-Klassiker *When a man loves a woman* ... Das hier war romantischer, als es jeder Film je sein könnte.

Ich ging hinüber zur Brüstung und blickte auf die

dunkle Themse hinaus. August in London. Der Sommer war wirklich schnell gekommen, auch wenn ich mir so sehnlichst gewünscht hatte, er würde es nie tun.

»Tanzt du mit mir?« fragte James direkt in mein Ohr, so tief und verführerisch, ich bekam direkt eine Gänsehaut am ganzen Körper.

Ich drehte mich zu ihm um, stützte mich an der Brüstung ab und nahm das Glas, das er mir reichte. »Tut mir leid, ich bin eine echt miese Tänzerin.«

»Das halte ich für ein Gerücht.« Die Lichter glänzten in seinen schönen Augen, während er mit mir anstieß. »Auf uns!«

»Ja.« Ich lächelte allumfassend. War das eine Anspielung auf sein *du und ich* gestern? Falls ja, liebte ich es. »Auf uns.«

Der Wein war köstlich und passte einfach perfekt zu diesem herrlichen Abend. »Danke für all das hier«, sagte ich mild und meinte damit einfach alles. Den Job, diesen Abend, London, den Film, ihn.

»Komm schon, Abigail Summers.« Er nahm mir mein halb leer getrunkenes Glas ab, stellte beide auf einen Stehtisch in unserer Nähe und zog mich in seinem Arm auf die Tanzfläche. »Weißt du, was ich mir gedacht habe?« Seine Augen glänzten wie die eines kleinen Jungen, während er mich leicht im Takt wiegte und meine Taille mit seinen Armen umschloss.

»Was hast du dir gedacht, hm?« Ich legte den Kopf schief und schmiegte mich näher an ihn.

»Ich werde für das Team eine Pre-Preview von *London Devil* veranstalten. Morgen Abend. Es ist natürlich noch eine grobe Roh-Form des Filmes und nur eilig zusammengeschnitten, aber die Idee gefiel mir.«

»Ich finde sie ganz wundervoll. Wo willst du es tun?«

»In meinem neuen Vorführraum natürlich.« Er lächelte. »Ist alles schon organisiert. Wirst du kommen?«

»Machst du Witze?«

Ich war so wahnsinnig stolz auf ihn! Dass er diese alte Hölle zu etwas so Wundervollem gemacht hatte. Einen kleinen Lichtfleck in sein Dunkel gebracht hatte. Licht besaß immer die Eigenschaft, sich nach und nach auszubreiten. »Natürlich werde ich kommen!«

»Versprochen?«

»Hoch und heilig.«

Er zog mich enger an sich und ich atmete den Duft seiner Haut, während wir tanzten. Bei all dem Glück, all der Geborgenheit war da trotzdem etwas Gemeines, das scharf hinter meinem Brustbein brannte. Für ein paar Atemzüge schloss ich die Augen.

Komm schon, Abbie! Rede mit ihm! Tu es!

Noch einmal tief einatmen, dann nahm ich den Kopf zurück, um ihn ansehen zu können. Oh, ich wollte meinen Wein. Ich wollte allen Wein dieser Welt. *Jetzt!* Er sah mich erwartungsvoll an.

Warum war mein Hals plötzlich so trocken? *Reiß dich zusammen!*

»James«, begann ich erstickt und räusperte mich. Meine Finger gruben sich fester in den weichen Stoff seines Hemdes. Mein Herz begann zu pochen, aber ich musste mit ihm sprechen. So, wie es war, konnte es nicht enden.

»Abbie?« Seine Augen verengten sich ein klein wenig. Wir waren einander so nahe, dass ich die goldenen Sprenkel darin erkennen konnte.

»Was, wenn ich nicht stolz bin? Wenn ich es gar nicht sein will?«

»Was?« Er lachte überrascht gegen meine Lippen.

Ich verwirrte ihn. Verständlich. Mich selbst verwirrte ich ja auch.

Hör jetzt bloß nicht auf!

»Was, wenn es mir nicht egal ist, ob du andere Frauen

vögelst? Was, wenn ich mich um dich sorge, obwohl ich es nicht will? Was, wenn ich mir aus tiefstem Herzen wünsche, jeder Abend wäre wie dieser? Weißt du, so, wie du mich siehst, bin ich nicht. Es ist mir nicht egal, wenn du leidest, und auch nicht, wenn du glücklich bist, und ich kann auch nicht einfach so gehen und dich vergessen, als hätte es all das hier nie gegeben. Es ist vielleicht unprofessionell, dass ich mich nicht einfach umdrehen und ein neues Kapitel aufschlagen kann. Aber ich habe das noch nie vorher gemacht und auch noch nie vorher jemanden wie dich getroffen, James. Wenn du nichts dergleichen fühlst, dann sag es mir jetzt, damit ich behaupten kann, es wäre okay für mich, auch wenn das eine Lüge wäre. Denn es würde mir das Scheißherz brechen.« Tränen stiegen mir in die Augen und ich atmete tief durch, bevor ich in der Lage war, weiterzusprechen: »Weil ich alles an dir liebe, James Bolden. Deinen Scharfsinn, dein Feuer, deine Zerrissenheit, deine Wut und deine Seele. Vor allem deine Seele. Und jetzt sag mir, dass du es anders siehst, dass du nichts für mich empfindest, damit ich endlich aufhöre, zu reden. Bitte!«

Ich presste fest die Lippen zusammen und schüttelte freudlos lachend den Kopf. Was zur Hölle redete ich da nur? Das Blut kochte mir bis in den Kopf hinauf. Ich versuchte, mich von ihm zu lösen, aber er ließ mich nicht weg.

»Sag es einfach«, stammelte ich kleinlaut und wich seinem Blick aus.

»Das kann ich nicht«, erwiderte er so gefühlvoll, dass ich erstarrte.

Mein Blick traf auf seinen und das Glimmen in seinen Augen brachte mein Herz beinahe zum Explodieren.

»Denn ich will dich ebenso wenig anlügen. Und das ist das ganze Problem.«

Schmerz sickerte in seine Augen und wir sahen einander eine halbe Ewigkeit an, bevor er sacht die Hand an meine Wange legte, mir die Tränen wegwischte und mich küsste. Mein Herz stand in Flammen. Meine Knie wurden weich. Er schmeckte nach dem, was wir einander eben gestanden hatten. Endorphine fluteten meinen Körper. Wir waren zwei Menschen, die einander liebten. Zwei Seelen, die sich gefunden hatten. Ich würde ihm schon noch beweisen, dass ihm das keine Angst machen musste. Als ich die Augen wieder öffnete, verschwamm das Boot um uns herum. Im ersten Moment dachte ich, ich sei benommen von dem Kuss, aber irgendetwas stimmte nicht.

»Komm her.« James zog mich an sich und hielt mich fest.

»Was ... was ist ...«, brachte ich mühsam hervor. Verdammt, mir ging es wirklich nicht gut. Hatte der Wein mich etwa so schnell betrunken gemacht?

»Schlafmittel«, raunte James leise in mein Ohr. »Ich habe noch etwas zu erledigen und du wärst mir wieder gefolgt, aber das kann ich diesmal nicht zulassen, okay? Es ist zu gefährlich.«

Was? Die Worte klangen unwirklich in meinem Kopf.

»Nein«, presste ich mühsam hervor. Alles drehte sich. »James, nicht!«

Scheiße! Verfluchte Scheiße!

Nackte Panik vermischte sich mit dem Unwillen meines Körpers, der nach und nach aufgab. Ich wollte ihn packen, aber meine Arme machten nicht mehr mit.

»Wie ich schon sagte«, flüsterte er und hielt mich sanft und liebevoll in seinen Armen. »Du und ich. Eine andere Zeit. Ein anderes Leben.«

DREISSIG

Ich wusste nicht, was passiert war, als ich die Augen öffnete. Wo, zur Hölle, war ich?

Erst nach und nach kam meine Erinnerung zurück. Der Raum hüllte sich in Dunkelheit. Trotzdem erkannte ich ihn. James' Wohnzimmer. Die Terrassentür stand offen, es war Nacht. Kopfschmerzen! Stöhnend rieb ich mir die Stirn und setzte mich auf dem Sofa auf. Eine Decke. Irgendjemand hatte mich zugedeckt. Aufgewühlt biss ich mir auf die Lippe und zermarterte mir meinen schmerzenden Schädel. *Wie bin ich zu James gekommen und was mache ich auf dem Sofa? Streng dich an, Abigail Summers!*

Hatten wir Zoff? War da nicht etwas mit einem Boot und einem ... O wow, ich musste ganz schön betrunken gewesen sein.

»Ich weiß es nicht, Charly!« War das Rays Stimme da drüben im Nachbarzimmer? Er klang wahnsinnig aufgelöst. »Ich weiß nicht, wo! Ich habe ihm gesagt, ich will nichts davon wissen.«

Davon ... *Wovon?*

»Dir ist klar, dass er wahrscheinlich dabei draufgehen wird?«, schimpfte Charly und Ray erwiderte etwas, das ich nicht verstand.

Angst raste durch meinen Körper. Mit einem Schlag war alles wieder da. Der Tanz, James' Worte, der Wein … Mein Puls hämmerte wie ein Propeller. Schritte näherten sich und ich schlüpfte eilig wieder unter die Decke, um mich schlafend zu stellen, obwohl ich rennen wollte. Nein, verflucht! Ich *musste* rennen! *Sofort!*

Die Schritte stoppten direkt neben mir und ich gab mir alle Mühe, in meiner Panik einen ruhigen Atem zu imitieren. Ray schniefte und weinte nahe bei mir, dann ging er wieder auf den Flur und ich riss die Augen auf.

Hektisch suchte ich die Umgebung ab und meine Gedanken rasten dabei wild durcheinander.

Ich habe etwas zu erledigen.

Zu gefährlich.

Weder du noch ich könnten ihn aufhalten.

Church Rd, TW10.

Mit einem Satz war ich vom Sofa, taumelte kurz und suchte angestrengt im Dunkeln meine Tasche. *Verfluchtes Schlafmittel!* Ich fand sie neben der Terrassentür. Als ich darin wühlte, hörte ich Charlys Stimme näherkommen.

Oh, bitte, bitte, bitte nicht!

Verbissen grub ich weiter. *Verdammte Tasche!*

Da! Ich griff mein Telefon und war mit einem Sprung draußen in der kühlen Nachtluft. Mit zitternden Fingern gab ich die Adresse noch einmal ins Navi ein, um sicherzugehen. Ich durfte jetzt keine Zeit verlieren. Die Strecke bildete sich auf dem Display. Wie eine grüne Schlange zog sie sich die Straße entlang. Es war nicht weit. Überhaupt nicht weit.

Auf nackten Füßen rannte ich los, immer am Fluss entlang durch die Nacht. Von Angst getrieben. Ich zitterte so sehr, dass ich Mühe hatte, das Smartphone zu halten.

Bitte, lieber Gott, lass mich noch rechtzeitig kommen!

Was auch immer James vorhatte, er durfte nicht! Er konnte nicht! Ich war ein einziges Durcheinander.

Als das Navi mir eine freudig wehende Zielflagge zeigte, rang ich um Atem. Meine Lunge schmerzte und ich tastete mich keuchend hinter ein paar parkenden Autos entlang. Was für eine protzige Straße. Fieberhaft suchte ich die Eingänge ab. Und erspähte schließlich Hope im Licht einer Laterne vor einer der Villen. Mir verschlug es direkt den mühsam gehenden Atem. Sie trat ihre Zigarette aus und war angezogen wie eine Prostituierte.

Wo wollte sie bitte hin?

War das doch ihre Adresse?

Was wurde das hier?

Ich konnte sogar von hier drüben erkennen, wie nervös sie war. Als sie auf ihren überirdisch hohen Schuhen die drei Stufen zum Hauseingang erklomm, erkannte ich zwei muskulöse Typen in Anzügen, mit denen sie lachte und scherzte.

Was sollte das darstellen? Ein Nobel-Bordell?

Die Tür öffnete sich und mir rutschte das Herz in die Hose. Das war doch Louis, der da auf dem Treppensims stand. Er redete kurz mit den Tieren in Anzügen und die beiden hoben die Hände wie zum Gruß und zogen von dannen.

Louis trug nur einen Morgenmantel und musterte Hope von oben bis unten, bevor er sie in den Arm schloss und sie hineingingen.

Was?

Mein Kopf wurde von Fragezeichen überflutet.

Was tat sie da? Ich dachte, er hätte sie geschändet, geschlagen und wer weiß was noch für Dinge mit ihr veranstaltet? James war ihr Hafen? Für mich sah es gerade eher so aus, als würde sie ihn verraten.

Oh, du kleine Schlampe, warte, bis ich …

Hope küsste ihn, ich traute meinen Augen kaum, aber sie tat es tatsächlich. Ihre knappe Bluse rutschte von ihren

Schultern und Louis griff beherzt nach ihren Brüsten unter dem knappen Outfit.

Wo immer sie im Haus entlanggingen, flackerte warmes Licht auf. Bewegungsmelder ... Nobel.

Ich erkannte das Schlafzimmer und Hope warf Louis' schlanken Körper auf das riesige Bett. Er starrte sie lüstern dabei an, wie sie etwas sagte, zum Fenster ging, es öffnete und kokett kicherte.

Angewidert verzog ich das Gesicht. Ich wollte den beiden nicht bei ihren ekelhaften Intrigen zusehen, es widerte mich an.

Gerade wollte ich mich abwenden, da sah ich etwas unter dem offenen Fenster entlanghuschen. Nicht mehr als einen Schatten. Eine dunkle Gestalt zog sich am Fensterbrett hinauf, während Louis gerade dabei war, Hope den kurzen Rock herunterzureißen.

Erst als er entrüstet aufblickte, wurde mir bewusst, dass all das tatsächlich passiert war. Für ein paar Sekunden stand die Zeit still. Da war plötzlich jemand bei ihnen im Raum.

Ein Mann in schwarzer Lederjacke stand mit dem Rücken zu mir vor den beiden und Hope wich zurück, warf sich ihre Bluse wieder über und verschwand fluchtartig zur Tür hinaus. Louis rührte sich nicht, starrte den Einbrecher nur an, als hätte er ihn erwartet. Kühl und berechnend. Er erkannte ihn. Und als er sich kurz im Raum umblickte und ich sein Profil zu sehen bekam, brannte es mir ein Loch durch den Körper hindurch direkt in die Seele.

James. Scheiße! Verfluchter Mist! Nein!

Ich hielt die Luft an und starrte aus meinem Versteck hinaus wie eine Ratte, die in eine tödliche Falle gejagt worden war.

Alles ging wahnsinnig schnell und ich war wie gelähmt. Als hätte man mich am Boden festgeleimt.

Sie redeten und James zog etwas aus seiner Tasche. Als er im Raum auf und ab lief, erkannte ich unter seiner Lederjacke noch immer das Hemd, das er vorhin auf dem Boot getragen hatte. Was war das in seiner Hand? Louis' Blick wurde abfällig, als er es sah, und er stand lachend auf und ging zu seinem Nachtschrank, um etwas herauszuholen. Ich erkannte den Gegenstand in James' Hand erst, als er nach vorn sprang und den ersten Treffer landete. Der Totschläger, den ich in dem Schubkasten gesehen hatte ...

Louis wurde von dem heftigen Schlag zur Seite geschleudert. Die Waffe, die er gerade aus dem Schrank geholt hatte, flog gegen die Wand und er kroch rückwärts in Richtung Tür. Blut sickerte ihm von der Stirn und er sagte etwas unter einem schmutzigen Grinsen, bevor James wieder zuschlug. Und wieder und wieder.

Ich konnte nur zusehen. Und es wurde kalt in meinem Inneren. Eiskalt. Kalt wie der Tod.

Als James fertig war, richtete er sich auf und steckte den Totschläger zurück in seine Tasche. Er wischte sich die blutigen Hände an seinem Hemd ab und sein Rücken hob und senkte sich unter heftigem Atem, während er auf Louis' reglosen Körper hinunterblickte.

Mir wurde übel, aber die Kälte füllte mich so allumfassend aus, dass es kaum eine Rolle spielte.

James zog sein Telefon aus der Tasche und machte einen Anruf. Das war die Jacke, an die ich mich auf seinem Motorrad so oft geklammert hatte. Und das Hemd, an das ich mich vorhin auf dem Boot beim Tanzen geschmiegt hatte. Er sah sich prüfend um mit den Augen, in denen ich ein Zuhause gefunden hatte. Sein Gesicht zierten lang gezogene Blutspritzer. Meine Beine versagten mir den Dienst und ich musste mich an dem Auto festklammern, hinter dem ich mich verbarg.

War das hier tatsächlich gerade passiert?

Was hatte er getan? *Scheiße, was hatte er getan?*

James holte seine E-Zigarette hervor und ging zur Haustür hinaus. Aber anstatt einfach zu verschwinden, setzte er sich auf den Treppenabsatz und dampfte in aller Seelenruhe. Ich wollte ihn rufen, ihm sagen, dass er abhauen musste, bevor die beiden Gorillas zurückkamen und ihn umbrachten, aber ich konnte nicht. Sein Hemd war voller Blut, sah aus wie ein perverses modernes Gemälde. Und sein Blick war genauso Eis wie meine Seele.

Was hatte er getan?

James, was hast du getan?

Erst als die Polizeiautos vorfuhren und ihre Insassen schwer bewaffnet ausschwärmten, um Louis' Leiche zu inspizieren und James abzuführen, spürte ich die Tränen, die über mein Gesicht strömten.

Nein! Lasst ihn los!

Scheiße, warum wehrst du dich nicht?

Er ließ sich bereitwillig und völlig ohne Emotion in den Wagen schieben. War ihm eigentlich bewusst, dass sie ihn für immer mitnehmen würden? War ihm das klar?

Ich bekam keine Luft, kauerte hinter diesem verschissenen Auto und hatte das Gefühl, jeden Augenblick sterben zu müssen. Einfach so. Weil mein Herz erfror und aufhörte, zu schlagen.

Zitternd und völlig neben mir stehend taumelte ich zurück zu James' Haus, weil ich sonst nicht wusste, wohin ich sollte. Ray und Charly standen schon vor der Tür und kamen auf mich zugerannt.

Über Rays Gesicht lief ein nicht versiegender Strom aus Tränen. »Liebes, bist du wahnsinnig, einfach so davonzulaufen? Geht es dir gut? Ist dir etwas passiert?«

Tief aus meinem Inneren kam ein vollkommen mutloses Geräusch und es war ein Wunder, dass ich nicht einfach umfiel und für immer liegen blieb. Auf diesem Rasen hier, auf dem James und ich uns geliebt hatten, als sich noch nicht der Schlund der Hölle zu unseren Füßen aufgetan hatte.

»Du hast es gewusst.« Es war das erbärmliche Heulen eines geschändeten Tieres, das da aus mir drang, und es richtete sich gegen Ray.

Er schlug die Hände vor den Mund und sah mich leidend an. Schuldbewusst. Schmerzerfüllt. Er war schuldig.

»Wie konntest du ihn das tun lassen?« Ich hatte noch immer Mühe, die Bilder greifen zu können, die meine Augen gerade sehen mussten.

»O Gott, Süße«, wimmerte Charly und fuhr sich grob durchs Haar. Er wusste es auch. Sie hatten es beide gewusst.

»Ray, wie konntest du?« Der Eisblock in mir bekam Risse. Es tat so weh! So verdammt weh. Tränen verschleierten meine Sicht.

Er griff sacht nach meinem Arm, aber ich stieß ihn weg. »Wag es nicht, mich anzufassen!« Für ein paar Atemzüge starrten wir einander nur an. Ich erkannte seine kantigen Züge kaum noch hinter all den Tränen. »Warum, Ray? Warum hast du mir nichts gesagt?«

Verzweiflung löste meine Wut ab. Denn es war sowieso zu spät. Alles war zu spät. Was getan war, war getan. Und jetzt würde sein bester Freund im Knast verrotten. Er hatte es nicht verhindert und ich hatte es nicht verhindert. Wir waren alle schuldig.

»Damit du ihn aufhältst?«, weinte Ray. »Das war keine Option und das weißt du.«

»Keine Option?«

Jeder Herzschlag tat weh. Jeder Atemzug tat weh. Ray hatte mich angelogen. Und das war das Schlimmste von allem. Ich liebte Ray. Und ich liebte James. Und gerade verlor ich sie beide.

»Ich hasse dich!«, presste ich zwischen den Zähnen hindurch.

»Das verstehe ich«, würgte Ray mühsam hervor und senkte den Blick. »Aber nimm wenigstens den hier, er ist von James für dich.« Er hielt mir einen Brief hin, ohne mich anzusehen.

Ein Brief ... Er hatte mir einen Brief geschrieben. Rabiat griff ich danach.

»Falls es dich beruhigt«, zischte ich, »er ist nicht tot. Er verschimmelt nur im Knast, bis die Maden ihn zerfressen.«

Ich ging zwischen ihnen hindurch, holte meine Tasche, drehte mich um und stapfte davon, wurde schneller und schneller und begann zu rennen. In meinem blauen Kleid auf nackten Füßen und dieses Stück Papier umklammernd, als hinge mein ganzes gepeinigtes Leben daran.

EINUNDDREISSIG

Ich saß auf meinem Balkon und starrte auf den Brief in meiner Hand. Ich spürte keine Kälte, keine Erschöpfung und keine Wut mehr. In einem Moment faltete ich das Blatt auseinander und im nächsten wieder zusammen. In der einen Sekunde hatte ich das Gefühl, nicht genug Kraft zu haben, seine Zeilen zu lesen, und in der nächsten hing meine ganze Existenz davon ab. Und so vergingen die Stunden, in denen ich dasaß und starrte und atmete und war, ohne wirklich zu sein.

Da war kein *Warum* mehr. Ich wusste, warum er es getan hatte, und in gewisser Weise verstand ich es sogar. Aber ich wollte es nicht akzeptieren. Ich konnte nicht. Denn wenn ich akzeptierte, hieß das, ich müsste ihn loslassen.

Irgendwo weit entfernt heulte ein Motorrad auf und ich ertappte mich dabei, wie ich aufblickte.

Der Morgen krabbelte inzwischen durch die Bäume, der Hyde Park war grau und blau und eine aufgeschreckte Amsel flatterte an mir vorbei.

»Okay.« Meine Stimme zitterte. Und meine Finger ebenso, als ich das Papier auf meinem Schoß ausbreitete.

Mein Schlucken fühlte sich an, als würgte ich eine

Handvoll Nägel hinunter, die meinen Rachen entlangkratzten.

»Okay.«

Das Leben ist voller Teufel, Abbie.

Man kann sich glücklich schätzen, wenn sie einem fernbleiben, aber manchmal ist es leider nicht so einfach.

Diese Teufel, das sind Menschen wie Louis Terrence.

Ich musste mich kurz sammeln, atmete tief durch und legte den Kopf in den Nacken. *Verdammt!* Es tat schon jetzt weh.

Menschen, die kleine Jungs besinnungslos prügeln, die ihre eigene Frau tagelang einsperren, betrügen und missbrauchen lassen, um ihren Willen zu brechen. Die über Leichen von unschuldigen Kindern gehen, um einen nutzlosen Kleinkrieg zu gewinnen.

Der Teufel ist aus Fleisch und Blut wie du oder ich, Abbie, deshalb musst du ab jetzt besonders gut auf dich aufpassen.

Und vielleicht kannst du eines Tages verstehen ...

Wenn ich der Sache kein Ende bereitet hätte, hätte er sich an der Frau vergriffen, die ich mehr als alles andere schätze, und das konnte ich nicht zulassen. Er hätte dich bestraft, Abbie. Und er hätte Ray bestraft. Weil ich euch liebe. Das ist seine Logik und es hätte niemals aufgehört.

Deshalb musste ich es tun – und ich weiß, dass es ekelhaft ist und du mich dafür hassen wirst, aber das ist es mir wert, solange ich euch damit schütze.

Pass gut auf Ray auf. Du bist so viel stärker als er.

Und vergiss nicht: Die Welt gehört dir.
Also geh da raus und erobere sie!
JB

Der Tag brach an und ich saß noch immer mit diesem Brief auf meinem Balkon, der eigentlich schon nicht mehr mein Balkon war, denn das Mietrecht erlosch mit der Fertigstellung unseres Filmes. Meine Brust fühlte sich an wie ausgehöhlt. Ich hasste ihn nicht. Wie könnte ich?

Viel mehr fehlte er mir und gleichzeitig war ich entsetzt von den Bildern in meinem Kopf. Ich war zerrissen, mein Herz gebrochen, weil er es nicht mehr zusammenhielt.

Wie lange er das alles schon geplant haben musste ... Deshalb hatte er mich so vehement von sich gestoßen. Es hätte keinen Sinn ergeben, mich zu lieben, einfach keinen Sinn. Und trotzdem hatte er es getan.

Weil keiner gegen die Liebe ankam.

Nicht einmal der Teufel.

Als ich am Abend beim *Don't you dare* ankam, waren alle anderen bereits im Vorführraum. Ich wollte nicht reden, wollte einfach nur das Versprechen einlösen, das ich James gegeben hatte, denn er hatte seine auch immer gehalten.

Bobby lächelte mich gütig an und öffnete mir die Kette. »Hallo, traurige, kleine Lady«, brummte er wie ein gutmütiger Teddybär und senkte den Blick.

Ich zwang mich zu einem Lächeln, denn wenn einer ein Lächeln verdient hatte, dann er.

Der hübsche Barmann bekam auch eines und erwiderte es matt. »Schön, dass du hier bist. Magst du etwas trinken? Das Bier, das dir so gut schmeckt?«

»Nein, danke.« Ich ging auf direktem Weg zum Vorführraum, atmete durch und schlüpfte durch den Vorhang.

Als ich die zweite Tür aufdrückte, hielt ich kurz inne. Wie wundervoll dieser Ort geworden war! Auf der großen Leinwand lief gerade noch der Vorspann.

Sogar Miley war hier, ich sah sie sofort. Sie drehte sich zu mir um und lächelte beschämt. Ein blaues Auge ... Da hatte sie wohl schmerzlich am eigenen Leib erfahren müssen, was B für einer gewesen war.

Ich hätte sie vielleicht schütteln und anbrüllen sollen. Fragen, ob sie jetzt zufrieden war, aber mein Geist war zu müde und der Moment zu heilig. Es mochte verrückt sein, aber ich war fast beruhigt, dass ihr nichts Schlimmeres passiert war.

Liza winkte mir kurz zu und sah wieder zur Leinwand.

Und Ray ... Er hatte vor allen anderen registriert, dass ich hier war. Ich presste die Lippen aufeinander und stand einfach ratlos da, wie bestellt und nicht abgeholt.

War es die richtige Entscheidung gewesen, hierherzukommen? Was, wenn ich all das gar nicht ertrug? Was, wenn es viel zu viel war?

Ray verzog die Lippen zu einem kleinen, traurigen Lächeln und klopfte auf den Sitz, den er neben sich freigehalten hatte.

Als ich mich verunsichert neben ihn schob, griff er ganz selbstverständlich nach meiner Hand, um sie zu halten. Und das tat er den ganzen Film über, als hätte ich ihm nicht vor ein paar Stunden noch an den Kopf geworfen, ich würde ihn hassen.

London Devil zerriss mich und setzte mich wieder zusammen. Ray und ich lachten, weinten und hielten einander, weil wir es allein nicht ertragen hätten, all das zu stemmen.

Und kurz bevor es vorbei war, wurde ich plötzlich so von Emotionen überwältigt, dass ich an die frische Luft musste. Ich lief an der Themse auf und ab und verdaute die Bilder. Unser Film war grandios! Ein Kunstwerk! Eindeutig James' Bester und das sagte ich bestimmt nicht nur, weil ich mitspielte. Aber ohne James war alles nur halb so schön.

»Alles gut, Liebes?«, fragte Ray hinter mir.

»Nein.« Ich starrte auf das Wasser des Flusses. »Und bei dir?«

Ray seufzte tief. »Auch nicht.«

Hilflos suchte ich seinen Blick mit meinem. Er sah unsagbar müde und ausgelaugt aus.

»Was sollen wir denn jetzt tun, Ray?« Meine Stimme wollte nicht so wie ich und brach. »Wir lieben ihn doch.«

Er zog mich an seine schmale Brust und hielt mich fest. »Ja, das tun wir.«

Und so standen wir da und blickten hinüber zum Big Ben. Die Themse glitzerte in tausend Farben, wie sie es immer tat. Die beleuchteten Touristenboote fuhren an uns vorbei, als wäre alles, wie es immer war. Und London erstrahlte in der gleichen Pracht, mit der es jeden begeisterte, der aus einer fremden Stadt hierherkam, um etwas wiederzufinden, das ihm irgendwann unterwegs abhandengekommen war.

»Charly und ich gehen nach San Francisco«, sagte Ray leise und ich presste fest die Zähne aufeinander. »Sein Vater hat eine Bar in der Nähe der Golden Gate Bridge. Er sucht Künstler wie uns, du weißt schon, verrückte Kerle in Frauenkleidern. Und ... Tada, da sind wir.«

»Das freut mich für euch«, erwiderte ich und blickte einer Möwe nach, die über den Fluss segelte.

»Wir werden den Herbst dort verbringen und dann ein

wenig herumziehen. Wie Nomaden, weißt du? Die Welt sehen. Schauen, wo es uns hintreibt. Frei sein.«

»Das klingt ganz großartig.« Ich umklammerte Ray noch fester. Der nächste Abschied nahte.

»Ich habe ihm gesagt, ich kenne eine grandiose Sängerin, die schön ist wie eine Kriegsgöttin, ein bejubelter Filmstar und ein ganz bemerkenswerter Charakter noch dazu.«

»Wer soll das bitte sein?« Ich lehnte mich zurück und zog skeptisch eine Braue nach oben.

Er grinste verschmitzt und Zuneigung huschte durch seinen Blick. »Komm mit uns, Schätzchen!«

»Was?« Er konnte doch nicht wirklich mich meinen! Und ich konnte doch nicht einfach ... Wie sollte das ... Das konnte doch nicht ...

»Charly hat drei Tickets gekauft«, fügte er noch hinzu. »Und wenn du nicht willst, müssen wir Miley fragen. Ich denke nicht, dass sein Vater darüber so begeistert wäre. Komm mit uns, Abbie!«

»Genau, komm mit uns!« Plötzlich umarmte Charly mich von der anderen Seite. Aus welcher Ecke war er denn plötzlich gesprungen?

»Ich kann nicht ... Ich hab doch in New York meine ...« Ja, was eigentlich? Meine Lilith? Die war doch ohnehin die seltenste Zeit in New York. Meine Wohnung? Pustekuchen! Das war Marcs Loft.

»Deine was?« Charlys große dunkle Augen blinzelten bittend zu mir herunter. »Ich kann dir sagen, was du dort *nicht* hast: Strand. Salzige Seeluft. Palmen. Pina Colada, bis wir umfallen. Und wir könnten zu dritt singen. Mein Dad lässt uns komplett freie Hand.« Er malte mit den Fingern einen Streifen an den Horizont, als könne er mir damit unsere schillernde Zukunft besser verdeutlichen.

Singen in einer Bar ... Jeden Tag Strand. Cocktails.

Glückliche Menschen. Sand unter den Füßen. Das klang tatsächlich zu schön, um wahr zu sein.

»Aber ... James«, stammelte ich hilflos.

»Er will es.« Ray griff nach meinen Händen und sein Blick war beschwörend. »Er kennt unseren Plan und will, dass wir dich mitnehmen. Es ist doch erst mal nur für ein paar Wochen.«

Er wollte es? Oh, ich konnte mir lebhaft vorstellen, wieso. Er wollte mich von sich befreien.

Die Welt gehört dir, Abigail Summers!

Aber das schaffte er nicht. James Bolden mochte vieles schaffen, aber nicht das. Ich würde ihn immer in mir tragen, vollkommen egal, wohin ich ging.

»Okay, also ich ... Okay.« Hatte ich das tatsächlich gerade gesagt?

»Okay?« Ray knutschte mich begeistert und griff nach meinen Armen.

»Sie hat Okay gesagt«, bestätigte Charly, »ganz klar und deutlich.«

»Ja. Okay. *Okay*«, wiederholte ich und musste ein wenig schmunzeln, als die beiden mich in die Liebes-Klemme nahmen und wild grölend mit mir im Kreis tanzten.

Die Welt gehört dir.

Also geh da raus und erobere sie!

EPILOG

San Francisco, ein Jahr später

San Francisco war eine Offenbarung.

Charly, Ray und ich waren ein Traum-Trio und zogen die Gäste an wie das Licht die glitzernden Motten. Die Menschen hier waren entspannt, die Bar von Charlys Vater war genau das, wovon ich in meiner Kindheit geträumt hatte.

Sängerin in einer Bar.

Damals hätte ich nie ahnen können, dass sich dieser Wunsch eines Tages erfüllen würde. Noch dazu sprengte *London Devil* alle Charts. Die Leute erkannten mich, wollten Selfies und Autogramme und die meisten von ihnen waren wirklich nett, aber ab und zu fragten sie nach James. Wie es war, mit einem solchen Genie zu arbeiten, ihn zu küssen. Und ob die Chemie zwischen uns auch im wahren Leben so gepasst hat, wie es im Film den Anschein machte.

Nach solchen Begegnungen saß ich oft stundenlang am Strand und starrte auf den aufgewühlten Ozean. In den ersten Wochen hatten wir noch versucht, James zu erreichen, aber er wollte uns nicht. Ich war nach London geflogen, um ihn im Gefängnis zu besuchen, aber er weigerte sich, mich zu sehen. Wie immer wollte er uns mit Zurückweisung schützen, wollte sich aus unseren Köpfen löschen, und so sehr ich auch kämpfte, er war stärker.

Eine sehr lange Zeit machte mich das unglaublich zornig. Ich wütete, tobte und schrie, aber Ray und Charly waren immer da und holten mich wieder runter von meiner Gewitterwolke. Wir teilten uns ein kleines Appartement mit Meerblick und aus den eigentlich geplanten Wochen wurden schnell Monate und schließlich ein Jahr.

Lilith besuchte uns regelmäßig. Charly und sie mochten einander wahnsinnig gern und mein neues Leben gefiel ihr sehr gut. Doch sie sah, dass ich traurig war. Und das gefiel ihr wiederum absolut nicht. Aber sie konnte es nicht ändern. Und auch Ray konnte es nicht ändern oder Charly. Keiner konnte das. Ich war traurig, obwohl ich glücklich sein sollte. Ein absolut verrückter Zustand.

Gerade war ich in meinem Strandkleid und Flipflops Früchte auf dem Markt einkaufen, als dieser Anruf von Charlys Dad kam, den ich inzwischen schätzte wie einen Vater: »Abs?«

So nannte er mich immer. Keine Ahnung, wieso, aber es war okay für mich, solange es ihn fröhlich machte.

»Hier ist so ein spießiger Typ für dich. Sieht ziemlich mächtig aus. Magst du in die Bar kommen? Er ist irgendwie grimmig. Oder soll ich besser die Cops rufen?«

»Grimmiger, spießiger Typ? Du machst mir die Sache ja wahnsinnig schmackhaft.« Ich rieb mir die gebräunten Arme und betrachtete das kleine Tattoo an meinem Handgelenk. Es war ganz frisch gestochen.

Eine Ritterlilie.

Für James.

»Also die Cops«, schlussfolgerte er.

»Nein«, widersprach ich eilig und angelte mir eine besonders große Papaya aus der hinteren Reihe. »Sag ihm, ich bin in zehn Minuten da. Oder …« Ich klemmte mir das Telefon zwischen Schulter und Ohr, damit ich das Obst wiegen konnte. »Besser in fünfzehn.«

»Okay. Bis dahin behalte ich seine gruselige Visage im Auge. Bis gleich, Abs.«

»Bis gleich.«

Als ich in der Bar eintraf und sah, wen ich vor mir hatte, fühlte ich mich direkt einen Kopf kleiner in meinem lockeren Strand-Outfit. Marcs Vater saß an der Bar, in einem verdammten Anzug, der hier so gut hinpasste wie ein Ufo auf eine Kuhweide, und drehte unzufrieden eine Flasche *Salitos* zwischen seinen Händen.

»Abigail.« Seine eisblauen Augen nahmen mich ins Visier und er zog die Brauen zusammen. »Gehen wir ein Stück?«

»Ähm … Klar.«

O Mann, er wollte mir bestimmt die Hölle wegen Marc heißmachen. Aber warum jetzt? Und wie hatte er mich hier nur gefunden? Verdammter Sherlock Holmes!

»Ich weiß nicht, ob ich die Lady mit Ihnen gehen lassen möchte«, verlautete Charlys Dad argwöhnisch hinter seinem Tresen. Er war genauso großartig wie sein Sohn.

»Ist schon okay. Er ist der Vater meines Ex-Verlobten.«

»Das macht es jetzt aber nicht zwingend besser.«

»Wenn ich in dreißig Minuten nicht zurück bin, kannst du die Hunde auf mich ansetzen, okay?« Die Hunde … Das waren Beef, eine gutmütige Bulldoge, die an Blumen schnüffelte und vor Fliegen davonlief, und Cupcake, eine übergroße Deutsche Dogge, die sich für einen Chihuahua hielt.

»Nette Leute hier«, murrte Marc Senior abschätzig, während er an mir vorbei auf die Straße hinaustrat.

Ich musterte forschend seine einschüchternde Gestalt. Wie immer ein Mann mit Ausstrahlung, nur fühlte ich mich deshalb nicht mehr wie ein kleines, dummes Mädchen, denn ich wusste inzwischen, dass ich das nicht war.

»Bist du extra meinetwegen den ganzen Weg von New York hierhergekommen? Hätte er besser doch die Cops rufen sollen?«

»Lass uns an den Strand gehen.« Sein tadelnder Seitenblick traf mich. »Ich war so lange nicht mehr an einem Strand.«

Als wir nebeneinander durch den Sand stapften und die Wellen zurückhaltend unter der Sonne San Franciscos wogten, betrachtete er mich das erste Mal mit einem Anflug von Zuneigung. »Du hast dich verändert.«

O Himmel, ja! Das hatte ich.

»Wie geht es Marc?«, wagte ich mich wahrscheinlich ein Stück zu weit vor, denn sofort zerfurchten wieder tiefe Falten seine Stirn.

»Was denkst du denn, wie es ihm geht? Und eigentlich bin ich auch stinkwütend auf dich wegen all dem ...«

Ich schluckte. Seine Wut wollte keiner.

»Aber«, fuhr er fort und zügelte sich, »wegen Marc bin ich nicht hier. Mein Besuch ist eher beruflicher Natur.«

»Bitte?« Ich blieb stehen, um ihn ratlos anzustarren. Das war ja fast noch schlimmer. Die schmutzigen Geschichten aus seinen Schubladen konnte er schön bei sich in New York behalten. Für mich gab es zurzeit nichts als Sonne, Palmen und die Bar.

Außerdem war er in Rente, wann würde er das endlich akzeptieren?

»Willst du das hier haben?« Er hielt mir die Flasche

Salitos hin. »Hab nicht den Hauch einer Ahnung, was das darstellen soll. Der überfürsorgliche Barbesitzer hat sie mir geschenkt. Ist wahrscheinlich eher etwas für so Leute wie euch.«

So Leute wie euch ...

»Nein, danke«, erwiderte ich und sah ihn aus schmalen Augen an. »Was ist es? Raus damit! Brauchst du noch mehr Spitzel? Du hast doch deine korrupten Jungs. Was soll ich tun, um das auszubaden, was ich deinem Sohn angetan habe, hm?«

»Ich wiederhole.« Er drehte den Kopf in meine Richtung und die Sonne glitzerte in dem makellosen Blau seiner Iriden. »Es geht hier nicht um Marc.«

Wir setzten unseren Weg fort und ich war vollkommen verwirrt. Wenn es nicht um Marc ging, warum sollte er sonst hier sein? Mein dünnes Kleid flatterte im Wind. Eine Möwe kreischte über uns.

»Dein Freund, James Bolden«, begann er, nur um den Satz damit gleich wieder zu beenden.

Etwas Schweres sackte tief in meine Magengrube hinunter. O nein! Was heckte er aus? Wollte er ihn für mich leiden lassen? James hatte doch nun wahrlich genug durch und was konnte man ihm bitte noch Schlimmeres antun, als ein Leben hinter Gittern?

»Woher weißt du von ihm?« Meine Stimme klang bitter.

»Ist er ein guter Mann?« Sein Blick war schneidend und mein Herz glühte, als ich ihm standhielt.

»Der Beste!«

»Dachte ich mir ... Sonst wäre es wahrscheinlich nicht so gekommen.« Seufzend wischte er sich übers Gesicht, das inzwischen ein paar Falten mehr aufwies.

»Was hast du mit ihm vor? Bitte lass ihn in Ruhe!«

Marcs Vater mochte vielleicht im Ruhestand sein, aber er besaß trotz allem noch immer die Macht und die Kontakte, alles unter seiner flammenden Faust zu zerquetschen, das sich ihm querstellte. Sein Wille geschah. Immer. Er war klug und einflussreich genug, um alles zu erreichen, was er wollte.

»Ach, Abigail.« Er lachte dröhnend. »Mit Geld wurde schon so manche Verurteilung umgekehrt, richtig? Und ich habe eine ganze Menge davon, wie du sicher weißt. Und im Tatsachenverdrehen bin ich auch nicht übel.«

Nicht übel war untertrieben. Darin war er unangefochten.

»Was?« Mein Kopf versuchte, die losen Fäden zu verknüpfen.

»Dieser alte Fall«, fuhr er fort und seine Augen funkelten. »Der, der mich nie losließ ... Diese schmutzigen Bastarde, die unsere Straßen verseuchten, und der untergetauchte Kopf der Bande, der sich immer wieder grandios darin verstand, einfach von der Bildfläche zu verschwinden, bevor ich ihn in die Finger bekam ... Du weißt, wie sehr ich es hasse, zu verlieren. Und diese kleine Kröte hat mich gereizt. Interessanterweise sitzt dieser James Bolden im Gefängnis, weil er ihn zur Strecke gebracht hat.«

»Was?« Die Zusammenhänge wurden immer weniger greifbar. »Louis Terrence war ein Drogendealer in London, du arbeitest in New York. Das ergibt keinen Sinn.«

»Dieser Kerl war überall. Tauchte er in einer Stadt unter, sprang er in einer anderen aus den Schatten wie ein munteres Stehaufmännchen. Klug genug, um der Justiz und der Wut seiner Rivalen zu entgehen. Aber die Geschäfte begleiteten ihn. Er saugte alles auf wie ein Schwamm, wuchs mit jedem Deal mehr.«

»Aber ...« Verstört verzog ich das Gesicht. »Ich dachte, er sei nur ein kleiner Fisch, ein unbedeutender Kleinkrimineller.«

»Falsch gedacht, Abigail. Er hatte ein ganzes Nest an

Ratten hinter sich. New York, Boston, London, L.A. Und dank seines Todes kamen sie alle planlos aus ihren Verstecken gekrochen und wir konnten sie ausheben. Dank dieses Bolden, mit dem du meinen Sohn, einen ehrbaren Mann, ins Unglück gestürzt hast, konnte ich endlich eine alte Rechnung begleichen. Eine schwelende Wunde heilen.« Er schloss die Augen, legte den Kopf in den Nacken und genoss den Seewind. »Und das schenkt mir so viel Seelenfrieden.«

»Aber ... Was ...« Ich betrachtete ratlos seinen gelösten Gesichtsausdruck.

Mit Geld wurde schon so manche Verurteilung umgekehrt.

»Was hast du getan?«

Einer seiner Mundwinkel hob sich verschmitzt und er öffnete die Augen, um mich anzusehen. »Was denkst du denn?«

»Du vertrittst ihn?« Nein! Zu viel Hoffnung, ich musste mich beruhigen.

»Schon geschehen.« Minor Senior zwinkerte und ich bekam für einen Moment keine Luft mehr.

»Du machst Scherze.«

»Sehe ich wie ein Mann aus, der scherzt? Du hast Fehler gemacht, Abigail Summers, und ich hoffe, das ist dir bewusst. Ich habe es nicht für dich getan. Sondern nur aus beruflichen Gründen. Ich brauchte den kleinen Mistkerl, um an Informationen zu kommen. Und das macht sich frei einfach besser als in diesen schmutzigen Besuchsräumen voller neugieriger Ohren.«

»Frei?« Ich traute meinen Ohren nicht.

»Ja, frei«, wiederholte er und musterte mich amüsiert. »Eigentlich wollte ich es dir nicht sagen, weil du es überhaupt nicht verdient hast, aber ich mochte dich immer gern, Abigail. Und deshalb sage ich es dir einfach, bevor ich es mir doch noch anders überlege.«

Was? Das alles konnte nur eine Halluzination sein ...

Irgendwie musste mir die Sonne zu sehr auf den Kopf geprasselt haben in den letzten Wochen.

»Ich soll dir von ihm mitteilen, dass er ab heute jeden Abend im *Purple Haze* sein wird, um auf dich zu warten. Und du sollst erst kommen, wenn du bereit bist, aber er versteht auch, falls du das nie sein solltest. Ah, es widerstrebt mir, dir das weiterzugeben.« Er verzog das strenge Gesicht.

»Das kannst du nicht ernst meinen.« Ich starrte ihn an wie vom Donner gerührt. Die Gefühle rangen in mir und ich hatte das Bedürfnis, mich zu setzen. Nur war hier nichts als Sand und Wind. Und ich wäre einfach rücklings auf den Hintern geplumpst, hätte seine eiserne Hand nicht nach meiner Schulter gegriffen.

»Manche Ratten muss man zur Strecke bringen, Abigail. Egal, auf welchem Weg. Geh zu ihm, hör dir an, was er zu erzählen hat. Ich hasse es, das sagen zu müssen, aber ich fürchte, er ist tatsächlich ein guter Mann. Und ihm wurde gerade ein neues Leben geschenkt, das er so nicht hat kommen sehen. Ohne unseren Deal hätte er bis zum Ende seiner Tage eingesessen. Verdient hätte es der kleine Drecksack wohl, er hat dich meinem Sohn weggenommen.«

Ein neues Leben …

»Ich weiß nicht, was ich sagen soll.« Kopfschüttelnd blinzelte ich die Tränen fort. »Er ist hier? Aber er steigt nicht in Autos. Und er wollte keinen Kontakt … Nichts. Es … Ein verdammtes Jahr ist vergangen.« Es wollte mir einfach nicht in den Kopf.

»Nicht fluchen, Kind«, tadelte mich Marcs Vater. »Die Dinge ändern sich eben. Und jetzt nimm endlich dieses Gebräu hier, ich muss nämlich wieder los.«

Völlig geistesabwesend griff ich nach der Flasche und umklammerte sie.

»Du bist ein gutes Mädchen, Abigail, und ich schätze

dich nach wie vor sehr. Manchmal sind die Schubse eben so heftig, dass sie andere Menschen auf deinem Weg umstoßen. Marc wird es überstehen. Dein Leben ist das, was jetzt zählt, und wenn dieser James dazugehört, dann solltest du besser nicht warten, bis er wieder verschwindet. Das Leben beginnt erst hinter der Mauer aus Angst. Also los!« Seine Hand tätschelte meine Wange. Eine unsagbar liebevolle Geste für seine Begriffe. »Du schaffst das!«

Ich erzählte Ray und Charly davon, nur um sichergehen zu können, dass ich nicht geträumt hatte. Charly weinte und Ray strahlte so glücklich wie seit einer sehr langen Zeit nicht mehr. Dann suchten sie eine halbe Ewigkeit ein Kleid für mich aus. Charly wollte das halbtransparente Weiße, Ray das Violette, das über die Knie ging, weil es meine Augen so schön betonte. Und weil es so gut zum Namen *Purple Haze* passte.

»Stopp!«, rief ich nur, während sie plappernd ein Outfit nach dem anderen vor mich hielten, als wäre ich eine willenlose Schaufensterpuppe.

Sie stockten und starrten mich beide aus großen Augen an. »Was?«

»Ich weiß gar nicht, ob ich das kann.« Und das stimmte. Er hatte Louis umgebracht, eiskalt erschlagen. Und ich hatte ihn ein Jahr weder gesehen noch gehört. War er noch der James, den ich kannte? Der James, den ich liebte? Wenn ich näher darüber nachdachte, machte mir dieses Treffen eine Scheißangst.

»Schätzchen.« Ray nahm mein Gesicht in beide Hände und lächelte mich sanft an. »Du weißt doch selbst, dass du keine Wahl hast. Du liebst ihn.«

»Sie liebt ihn«, wiederholte Charly gerührt und legte Ray seine Hand auf die Schulter.

Ray griff danach und schmiegte sich an ihn. San Francisco hatte die beiden zu einem liebenden Paar gemacht und sogar Ray war jetzt endlich bereit dazu, das der ganzen Welt zu zeigen.

Seufzend schüttelte ich den Kopf. »Aber was, wenn ... Falls ...«

»*Was, wenn, falls, aber* ...« Ray schnalzte tadelnd mit der Zunge. »Das wirst du jetzt alles nicht brauchen. Sag mir stattdessen lieber: Was hast du zu verlieren, mein Engel?«

Ich entschied mich für das violette Kleid und es flatterte mir um die glatten, gebräunten Beine, als ich hinunter in Richtung Strand ging. Das *Purple Haze* war eine kleine maritime Bar direkt an der Kante des Ozeans und ich sah die Fackeln schon von der Promenade aus.

Mein Herz raste so sehr, dass mir ganz schwindelig wurde, und mein dunkles Haar wehte mir um den Kopf, während ich auf nackten Füßen durch den Sand stapfte.

Der Abend war mild und die Sonne noch nicht ganz im Meer verschwunden.

Ich sah ihn und es verschlug mir sofort den Atem. Er saß an dem Tresen aus Bambus, drehte sich zu mir um, als hätte er meine Anwesenheit gespürt, und stellte sein Bier ab. Sein Blick wurde weich, als er mich so verloren im Sand stehen sah.

O mein Gott! Wie wundervoll er aussah! Einfach nur wundervoll. Müde und erschöpft, aber er war mein James! Wie hatte ich nur je daran zweifeln können?

Ich rang um Fassung, als er aufstand und langsam auf mich zukam. Seine grünen Augen glänzten, während er mich ansah. Sah so Glück aus? War er glücklich?

»Du bist gekommen«, stellte er mit dieser herrlich rauchigen Stimme fest, die mich schon so oft um den Verstand gebracht hatte.

Und in diesem Moment tat sie es wieder.

»Ich dachte, ich würde dich nie wiedersehen«, sagte ich erstickt und fuhr mir verlegen durchs Haar, als würden wir uns gerade das erste Mal begegnen.

Er kam mir so nahe, dass sein Duft mich umgab wie ein Versprechen.

»Was machst du hier, du lebensmüder Wahnsinniger? Du wolltest ein Jahr lang nichts von mir wissen. Ich bin so wütend und so glücklich, so erleichtert. Viel zu viel von allem.« Meine Stimme brach.

Er griff nach meiner Hand und die Berührung fühlte sich an, als würde ein Energie-Blitz durch mich hindurchrasen. Sein warmes Lächeln, als er mein neues Tattoo entdeckte und sacht mit dem Finger darüberstrich. Nur um mein Handgelenk danach an seine Lippen zu führen und ihm einen behutsamen Kuss aufzuhauchen. Ich spürte es in diesem Augenblick noch heftiger als je zuvor: Es war komplett um mich geschehen. Ich war verloren. Hoffnungslos verloren.

»Ich musste dich wieder singen hören, alles andere ist unwichtig. Solange du singst, ist der ganze Rest Schall und Rauch. Meinst du, du kannst mich zuhören lassen? Nur noch das eine Mal?« Er sah mich an wie ein Gestrandeter, der nach langer, langer Zeit endlich ein Schiff am Horizont erblickt. Er war gestrandet. Genau wie ich.

Ich tastete mich mit den Fingern zu seiner Wange vor. Seine Haut fühlte sich warm an. Genau wie seine Gegenwart.

Ich lächelte sanft. »Heute, morgen, immer! Wir fangen einander auf, wenn wir fallen, schon vergessen?«

Eine unbeschreibliche Zuneigung leuchtete in seinen Augen auf, als seine Hand behutsam nach meiner Taille griff.

»Eine neue Zeit. Ein neues Leben«, flüsterte er und sein Blick versank tief in meinem, traf direkt auf mein Herz. Genau da gehörte er hin.

»Du und ich«, erwiderte ich leise und Wärme flutete meinen Körper.

»Du und ich.«

Ende

NACHWORT

Das war sie, die Geschichte von Abbie und James.
Und es tut so verdammt weh, dass sie vorbei ist.
Ich sage dir, ich habe geweint, gelitten, geflucht und heißblütig geliebt, als ich ihr Abenteuer niedergeschrieben habe. Und ich hoffe, du hast es beim Lesen ebenso getan.
Danke, dass du an ihrer Seite warst und an meiner bist.
Dann bleibt mir nur noch eines zu sagen, das wir alle besser beherzigen sollten, denn es kommt von James:

Sei immer hungrig.
Und immer auf der Jagd.
Das Leben ist dein Abenteuer, also nimm dir, was dir zusteht!

DANKSAGUNG

Du bist mit Abbie und James gegangen, hast sie in dein Herz gelassen, auch wenn sie da bestimmt ganz schön etwas angerichtet haben. Dafür danke ich wieder zu allererst DIR! Für deinen Support, den Platz in deinem Regal oder auf deinem Reader für *London Devil* und deine Leidenschaft beim Lesen der Geschichte.

Für jedes Teilen, jede Bewertung, jedes Wort, das du mir schreibst, jedes Gefühl, das meine Bücher in dir auslösen. Ich liebe das! Deshalb bin ich, wer ich bin, und tue, was ich tue. Für dich!

Danke an meine Testlese-Mädels, die immer hinter mir stehen und so viel zu der Story beigetragen haben, dass ein Danke eigentlich zu wenig ist. Auch wenn die Deadlines mal knapper waren, wart ihr immer da. Danke an Jenny für unsere allnächtlichen Nachrichten-Sessions und meine liebste *London Devil*-Tasse! Danke an Feli für all die klugen Einwände, für das Licht in meinen blinden Momenten und das Stopfen so mancher Logik-Löcher. Danke an Saskia für deine emotionalen Kommentare zu jedem Kapitel und dein Herzblut für die Geschichte. Danke an Sonja für deine Emotionen und deine Liebe für

Abbie, James und Ray. Und danke an Kim für diese heftig langen E-Mails voller Gefühl, die mir so viel sagen und mich so viel weiter bringen!

Mädels, jetzt, wo feststeht, dass mein nächstes Projekt auch ein Zuhause im Verlag findet, wäre ich überglücklich, wenn ihr wieder dabei wärt!

Danke an Anja, meine liebe Korrektorin, die sehr geduldig mit mir ist und mich immer mal wieder zurückpfeift, wenn die Kraftausdrücke zu sehr ausarten.

DANKE an meine Soulmates Sophia Como und Anny Thorn. Ihr seid die Geilsten und ich liebe euch!!! Ohne eure Unterstützung und unseren täglichen Austausch würde wirklich ein Stück von mir fehlen. Ihr seid sehr gute Freundinnen geworden, obwohl wir uns wegen des bösen C noch nie live treffen konnten. Es ist verrückt, aber auch wundervoll. Ich drücke euch, bis euch die Luft wegbleibt!

Und DANKE an den Federherz Verlag, der es überhaupt erst ermöglicht, dass diese Zeilen dich erreichen. Für das Vertrauen in mich und meine Story, die Unterstützung und das Wissen. Und dafür, dass mein nächstes Baby auch im Verlag an den Start gehen darf.

Ich bin Feuer und Flamme! Es hat mich schon komplett in seiner Gewalt und ich genieße es in vollen Zügen.

Wirst auch du wieder mit auf die neue Reise kommen?

Wenn du mir weiter folgen möchtest, gern auch über:

Instagram: @sophie.moore_autorin
Facebook: @Sophie.Moore.Autorin

Ich freue mich riesig über jedes Feedback oder auch nur ein liebes „Hallo". Wenn du meine Geschichten magst, lass ihnen auch gern eine kurze Rezension auf Amazon und Co da.

Shadow ist der Vice President der Fallen Saints. Niemand stellt sich ihm entgegen. Er tötet – und er genießt es. Und er wird auch deine Seele zu sich in die Dunkelheit holen ...

Als die junge Storm nach einem Streit mit ihrem gewalttätigen Vater an den Falls River flieht und Augenzeugin eines brutalen Mordes wird, zerbricht ihr Traum von einem Leben in Freiheit. Noch bevor sie flüchten kann, wird sie von Shadow Cane – dem Vizepräsidenten der Fallen Saints – geschnappt. Der Outlaw-MC ist für seine Skrupellosigkeit in ganz Arizona bekannt. Shadow bekommt die klare Anweisung, Storm notfalls mit Gewalt vom Club fernzuhalten, aber es gibt einen Teil in ihm, der die schöne Studentin beschützen will. Die beiden geraten in einen Sog aus dunkler Begierde, bis Storm einen folgenschweren Fehler begeht und ihr Leben riskieren muss, um dem MC zu helfen.
War es die richtige Entscheidung?
Und wird Shadow rechtzeitig kommen, um sie zu retten?

Bist du mein Untergang? Oder werde ich dich töten müssen, um mein eigenes Leben zu retten?

NATE Ich bin ein skrupelloser Auftragskiller und SIE ist meine größte Schwäche. Niemand kann von mir verlangen, dass ich die Liebe meines Lebens töte, nicht einmal mein Vater.
Ich muss Selene täuschen, ihr das Herz brechen und hoffen, sie nie wieder zu sehen, damit sie für immer vor mir sicher ist.

Doch zehn Jahre später steht sie erneut vor mir. Dieses Mal ist sie es, die eine Waffe auf mich richtet. Der Tod lächelt mich an und ist nie hübscher gewesen. Auch wenn Selene verändert scheint, verwickle ich sie in unser altes Spiel und begehe dabei einen gravierenden Fehler. Denn als mein Vater erfährt, dass ich ihn damals betrogen habe, um Selene zu schützen, beginnt er, sie zu jagen.

Du sollst sterben und mit dir alles, was mich jemals zu einem guten Menschen gemacht hat. Wir werden sehen, wer mich am Ende tötet: Meine größten Feinde – oder du.

Hat unsere Liebe eine zweite Chance verdient? Oder wird am Ende alles in Flammen aufgehen?

Eine betrogene Braut.
Ein ungezähmter Cowboy.
Und eine tödliche Gefahr.

Kurz vor dem schönsten Tag ihres Lebens zerbricht Ellis Welt – sie erwischt ihren zukünftigen Bräutigam mit einer anderen Frau. Verletzt und voller Wut flüchtet sie und strandet auf der Wild Creek Ranch mitten in der texanischen Prärie.
Elli beschließt kurzerhand, zu bleiben und ihr Leben neu zu ordnen, doch sie hat die Rechnung ohne den Besitzer der Ranch gemacht – Sam.
Der raue Cowboy mit den verboten schönen Augen weckt in ihr längst vergessene Sehnsüchte. Seine geheimnisvolle Ausstrahlung bringt sie um den Verstand, sein feines Gespür für Pferde berührt ihr Herz. Nachdem er sich bei einem Zwischenfall schützend vor sie gestellt hat, erliegt Elli der Versuchung und gibt sich Sam hin. Gemeinsam verbringen sie eine Nacht voller Leidenschaft, die alles verändert. Elli hofft auf neues Glück, doch sie ahnt nicht, dass bereits eine dunkle Bedrohung über der idyllischen Ranch lauert.
Denn Sam trägt ein Geheimnis mit sich, von dem niemand etwas weiß. Als dann auch noch ihr Verlobter auftaucht, überschlagen sich die Ereignisse.
Elli gerät in Lebensgefahr und nur Sam kann sie retten. Doch dafür muss er sich seinen Dämonen stellen.

Rockkonzerte, One-Night-Stands und exzessive Partys – damit kann Paula rein gar nichts anfangen. Sie ist ein Good Girl: schüchtern, strebsam und unauffällig.
Doch dann trifft sie auf ihn.
Mats. Es reicht ein Blick in seine strahlend grünen Augen, damit alles um sie herum verblasst.

Und obwohl sie sich mit sämtlichen Mitteln gegen seine einnehmende Ausstrahlung sträubt, verliebt sie sich Hals über Kopf in ihn. Paula stürzt sich in eine Welt, die ihr nicht fremder sein könnte, und entdeckt bislang völlig unbekannte Seiten an sich.
Mats jedoch wird von den Dämonen seiner Vergangenheit verfolgt. Liebe und Gefühle existieren für ihn nicht. Und vor allem Paula darf er nicht zu nah an sich heranlassen, denn sie beide verbindet ein gut gehütetes Geheimnis, das alles verändern würde, wenn es ans Licht käme ...

Der emotionale Auftakt der neuen New-Adult-Reihe von Alessia Gold.

Mitreißend, ergreifend und gefühlvoll